|红色经典丛书|

狱中书简

[德国] 罗莎·卢森堡 著
钟冬樵 译

江苏凤凰文艺出版社
JIANGSU PHOENIX LITERATURE AND ART PUBLISHING, LTD

图书在版编目（CIP）数据

狱中书简 /（德）罗莎·卢森堡著；钟冬樵译. —
南京：江苏凤凰文艺出版社，2018.5
（红色经典丛书）
ISBN 978-7-5594-1829-6

Ⅰ.①狱… Ⅱ.①罗… ②钟… Ⅲ.①书信集－德国
－现代 Ⅳ.①I516.65

中国版本图书馆 CIP 数据核字(2018)第 075753 号

书　　名	狱中书简	
著　　者	（德）罗莎·卢森堡	
译　　者	钟冬樵	
责 任 编 辑	孙金荣	
出 版 发 行	江苏凤凰文艺出版社	
出版社地址	南京市中央路 165 号，邮编：210009	
出版社网址	http://www.jswenyi.com	
印　　刷	南京新洲印刷有限公司	
开　　本	880×1230 毫米 1/32	
印　　张	8.375	
字　　数	195 千字	
版　　次	2018 年 5 月第 1 版　2019 年 7 月第 2 次印刷	
标 准 书 号	ISBN 978-7-5594-1829-6	
定　　价	35.00 元	

（江苏凤凰文艺版图书凡印刷、装订错误可随时向承印厂调换）

目 录

致露易丝·考茨基(1904年9月) 001
致卡尔(和露易丝)·考茨基(1904年9月9日) 005
致露易丝和卡尔·考茨基(1906年3月13日) 008
致卡尔和露易丝·考茨基(1906年3月15日) 011
致科斯佳·蔡特金(1907年6月24日) 013
致玛尔塔·罗森鲍姆(1915年3月12日) 015
致玛蒂尔德·雅各布(1915年4月9日) 017
致科斯佳·蔡特金(1915年4月10日) 020
致弗兰兹·梅林(1915年8月31日) 023
致玛蒂尔德·雅各布(未署日期) 028
致玛蒂尔德·雅各布(1915年11月5日) 030
致玛蒂尔德·雅各布(1915年11月10日) 032
致玛尔塔·罗森鲍姆(未署日期) 033
致玛尔塔·罗森鲍姆(未署日期) 035
致索菲娅·李卜克内西(1916年8月5日) 036
致索菲娅·李卜克内西(1916年8月24日) 038
致索菲娅·李卜克内西(1916年11月21日) 039
致玛蒂尔德·乌尔姆(1916年12月28日) 040
致汉斯·狄芬巴赫(1917年1月7日) 043

致索菲娅·李卜克内西(1917年1月15日) 047
致露易丝·考茨基(1917年1月26日) 049
致玛尔塔·罗森鲍姆(1917年2月4日和2月9日之间) 056
致玛蒂尔德·雅各布(1917年2月7日) 058
致汉斯·狄芬巴赫(未署日期) 061
致玛蒂尔德·乌尔姆(1917年2月16日) 062
致索菲娅·李卜克内西(1917年2月18日) 067
致汉斯·狄芬巴赫(1917年3月5日) 070
致汉斯·狄芬巴赫(1917年3月8日) 074
致汉斯·狄芬巴赫(1917年3月27日) 078
致汉斯·狄芬巴赫(1917年3月30日) 083
致玛尔塔·罗森鲍姆(1917年4月) 087
致玛尔塔·罗森鲍姆(1917年4月) 089
致汉斯·狄芬巴赫(1917年4月5日) 091
致克拉拉·蔡特金(1917年4月13日) 094
致露易丝·考茨基(1917年4月15日) 097
致汉斯·狄芬巴赫(1917年4月16日) 101
致索菲娅·李卜克内西(1917年4月19日) 106
致汉斯·狄芬巴赫(1917年4月28日) 108
致玛尔塔·罗森鲍姆(1917年4月29日) 112
致索菲娅·李卜克内西(1917年5月2日) 114
致玛蒂尔德·雅各布(1917年5月3日) 117
致汉斯·狄芬巴赫(1917年5月12日) 120
致汉斯·狄芬巴赫(1917年5月14日) 124
致索菲娅·李卜克内西(1917年5月19日) 126
致索菲娅·李卜克内西(1917年5月23日) 128
致索菲娅·李卜克内西(1917年5月底) 132
致索菲娅·李卜克内西(1917年6月1日) 135
致玛蒂尔德·雅各布(1917年6月1日) 137

致玛蒂尔德·雅各布(1917年6月8日)..................138
致玛蒂尔德·雅各布(1917年6月13日).................139
致汉斯·狄芬巴赫(1917年6月20日)...................140
致汉斯·狄芬巴赫(1917年6月23日)...................144
致汉斯·狄芬巴赫(1917年6月29日)...................149
致汉斯·狄芬巴赫(1917年7月6日)....................155
致索菲娅·李卜克内西(1917年7月20日)...............159
致玛蒂尔德·雅各布(1917年7月26日).................163
致索菲娅·李卜克内西(1917年8月2日)................164
致玛蒂尔德·雅各布(1917年8月6日)..................168
致玛蒂尔德·雅各布(1917年8月11日).................171
致汉斯·狄芬巴赫(1917年8月13日)...................173
致玛蒂尔德·雅各布(1917年8月18日).................176
致汉斯·狄芬巴赫(1917年8月27日)...................177
致弗兰兹·梅林(1917年9月8日).....................180
致玛蒂尔德·雅各布(1917年9月18日).................181
致玛蒂尔德·雅各布(1917年11月9日).................182
致露易丝·考茨基(1917年11月10日)..................183
致露易丝·考茨基(1917年11月15日)..................184
致玛蒂尔德·乌尔姆(1917年11月15日)................186
致索菲娅·李卜克内西(1917年11月中旬)..............189
致索菲娅·李卜克内西(1917年11月24日)..............192
致露易丝·考茨基(1917年11月24日)..................196
致克拉拉·蔡特金(1917年11月24日)..................199
汉斯·狄芬巴赫死后,给他的姐姐葛丽特的信(1917年).....204
致索菲娅·李卜克内西(1917年12月中旬)..............206
致伊曼纽尔和玛蒂尔德·乌尔姆(1917年12月17日)......210
致弗兰兹·梅林(1917年12月30日)...................211
致伊曼纽尔与玛蒂尔德·乌尔姆(1918年1月)...........212

致索菲娅·李卜克内西(1918年1月14日) 215
致玛尔塔·罗森鲍姆(1918年2月) 218
致弗兰兹·梅林(1918年3月8日) 219
致罗茜·沃尔夫施泰因(1918年3月8日) 220
致斯蒂芬·布拉特曼-布罗多夫斯基(1918年3月9日) 221
致克拉拉·蔡特金(1918年3月11日) 224
致索菲娅·李卜克内西(1918年3月24日) 226
致伊曼纽尔和玛蒂尔德·乌尔姆(1918年4月22日) 227
致索菲娅·李卜克内西(1918年5月2日) 229
致索菲娅·李卜克内西(1918年5月12日) 230
致露易丝·考茨基(1918年5月28日) 233
致玛蒂尔德·雅各布(1918年5月28日) 235
致克拉拉·蔡特金(1918年6月29日) 236
致罗茜·沃尔夫施泰因(1918年7月16日) 239
致克拉拉·蔡特金(1918年7月23日) 240
致露易丝·考茨基(1918年7月25日) 241
致尤里安·马尔赫列夫斯基(1918年7月底8月初) 244
致卡尔·李卜克内西(1918年8月8日) 246
致索菲娅·李卜克内西(1918年9月12日) 247
致阿道夫·盖克(1918年9月14日) 249
致尤里安·马尔赫列夫斯基(1918年9月30日) 250
致索菲娅·李卜克内西(1918年10月18日) 254

致露易丝·考茨基

茨威考　1904年9月

亲爱的！

非常感谢你送给我卡尔的照片，并附带写上了可爱的题词！这张照片棒极了，是我见到的第一张真正不错的他的照片。那双眼睛，脸上的那种表情——都是非常好的，（只有那条领带，上面布满了白色豆子形状的斑点，这真的很惹眼！——这样一条领带可以成为离婚的理由。是的，是的，我知道——女人们——即使有着最高贵的灵魂，她们首先注意的还是领带……）（但严肃地说，）这张照片给我带来很大的快乐！昨天，奶奶（米娜·考茨基）的信到了。她的信很惹人喜爱，她想让我开心起来，但她并不善于隐藏她自己的沮丧。给她送去我衷心的问候，希望她的一切事情都再次变得顺利起来。在这里至少是最可爱的天气占了上风。——然而，似乎只要我一离开，世界就要变成碎片了。当我阅读《柏林日报》的时候，看到了弗兰吉斯库斯（弗兰兹·梅林）辞职的消息，这是真的吗？① 但这将成为一次大失败——也是整个第五等级的胜

---

① 机会主义者在1903年9月14日—20日举行的德国社会民主党的代表大会上诋毁梅林，而党却仅仅做出了温和而前后矛盾的和稀泥似的声明，梅林感到很愤慨，就于1904年6月表达了他辞去在《莱比锡人民报》和《新时代》的工作的意图。

利!① 他不能克制自己不走出这一步吗？这真的让我震惊，让我感到很沮丧。但同时，你给我写的信上除此之外没有说其他的事情，你这个可怕的家伙！——

现在是晚上，一阵柔和的微风穿过我的屋顶窗，从上方吹进我的囚室，让我的绿色灯罩轻轻晃动起来，柔和地翻动着席勒的书的书页，那本书正打开着，放在我的面前。外面有一匹马被人牵着慢慢地经过监狱，向家里走去，在夜晚的宁静中，马蹄踏在铺过的路面上的得得声，奇怪地安静地回响着。从远处，传来口琴奏出的感伤的旋律，声音小得几乎听不见，一个散步从这里经过的新来的人，随着这种旋律"气喘吁吁"地跳起了华尔兹。我在什么地方读过的一首诗里的几句最近一直在我的脑海中吟诵：

> 在树木的树顶之上
> 是我小小的安静的花园
> 那里有玫瑰和石竹
> 等了你很久亲爱的

我完全不懂这些话的意思。我甚至不知道它们是否有某种意思，但与爱抚般触摸我头发的空气的呼吸一起，它们把我带进了一种奇怪的心境。生活永远跟我玩着捉迷藏游戏。它似乎总是不在我的心中，不在我所在的地方，而是在远处的某个地方。那时在家里（在我小的时候），我常常偷偷地爬到窗户——在父亲起床之前起来是被严格禁止的——我会静静地打开窗户，偷偷看着外面的大庭院。那里一定没有太多可看的。一切都在静静地睡着，一只白猫用它柔软的爪子爬过庭院，两只麻雀在打架，发出一阵厚颜无耻的鸣叫。又长又高的的安东尼穿着他的短小的羊皮夹克——他无论冬天还是夏天都穿这件——穿着皮鞋站着，两只手和下巴都

---

① 显然卢森堡用"第五等级"这个词来泛指机会主义者和改良主义者。

靠在扫帚的扫把上,深深思索的表情铭刻在他昏昏欲睡的,没有洗的脸上。这个安东尼,顺便说一下,是一个很有抱负的人。每天晚上在锁门之后,他坐在监狱一层他睡觉用的长凳上,借着提灯微弱的光,一字一字地把官方的"警察笔记"读出声来,他阅读的声音整栋楼都能听得见,就像是压低声音的祷告。在这件事上,他完全是被对艺术和文字的兴趣所吸引,因为他一点也看不懂"警察笔记"的内容,但仅仅喜欢读出这些字;他喜欢这些字就是因为它们本身。尽管如此,他并不是那么容易满足。一次,在他的请求下,我给了他一些东西读——卢伯克的《文明的起源》。① 我刚刚仔细地读完这本书,带着极大的热情去读它,作为我所读的第一本"严肃"的书。但他两天之后就把它还给了我,他的解释是这本书"毫无价值"。至于我,几年后我才开始认识到安东尼是多么正确——安东尼会总是站着待一段时间,深深地陷入思索,但他会抖动一下,用手猛砸一下,打一个长长的呵欠,这个放松的呵欠总是意味着:到了工作的时候了。甚至现在我仍然能听到安东尼把他的潮湿的,弯曲的,里面弄断了的小扫帚拖过铺过的地面的时候发出的喷喷声和啪啪声,在这一过程中他总是艺术地,煞费苦心地在它的边缘形成优雅均匀的小圈,它会被人们误认为是最漂亮的布鲁塞尔花边装饰品。他打扫院子是一首真正的诗。那是沉闷的,吵闹的,叮叮咣咣的大楼生活苏醒前最可爱的时刻。早晨时刻庄严的寂静笼罩在庭院里铺过的地面上的每一件东西之上,窗格子上闪耀着黎明初升的太阳的金色光芒,在上方,带着一抹粉色的云朵在飘动,散发着香气,直到它们在大都市的灰色天空中消散。那时我坚定地认为"生活",也就是"真正的生活",是在远处的某个地方,在那

---

① 约翰·卢伯克是一个英国政治家、银行家和博物学家(他是很多关于人类学、昆虫学和地理学的著作的作者)。他的《史前时代》(最早出版于1865年)被翻译成多种文字,并常被用作教科书。马克思在它的《民族学笔记》中对卢伯克的《文明的起源》做了重要的摘录笔记。见《马克思的民族学笔记》,劳伦斯·卡拉德尔抄录(阿森,1972年),第331—352页。卢森堡可能不知道马克思的这些笔记。

些屋顶上方的空中。从此我就开始追求这种生活。但它仍然隐藏着,隐藏在一些屋顶或其他东西的后面。最后它是不是全是某种荒唐的游戏或者毫无价值的玩具,对我来说?真正的生活是不是其实就在院子那里,在我和安东尼第一次读《文明的起源》的地方?

衷心地拥抱你,罗赛塔

附言:巴塞尔的"闹剧"——它让我感到很有意思。[1] 那里有乌尔什莱格先生,他维持了来自罗马教皇的祝福,在他之后就是尊贵的米勒兰阁下,他对柏林德意志帝国政府唱赞歌。

……好像他们习惯于说过去的修道院歌曲中的话:

   Et pro rege et pro papa
    Bilunt vinum sine aqua[2]

喂,那边的人!在这个世界上事情变得越来越漂亮。

---

[1] 在1904年9月26日—28日,在瑞士巴塞尔召开了工人法律保护协会的第三次大会。瑞士社会民主党人欧根·乌尔什莱格,作为巴塞尔市市长,在会上做了开幕演说,讲话的人中还有亚历山大·米勒兰,来自法国的修正主义派社会主义者。罗马教皇还向大会表示了他的同情。

[2] 为了国王和教皇,他们在喝葡萄酒,而且不掺水。

致卡尔(和露易丝)·考茨基

茨威考　1904年9月9日①

亲爱的卡罗露斯：

谢谢你提供的消息②。我对出版委员会从不抱很大的希望。当下我放弃了争取发表这篇文章的努力，因为我清楚地知道从监狱里发动一场媒体辩论并不会占有什么优势。我必须急迫地请求你做一件事情：写几句话给普列汉诺夫（如果有必要，你可以到我的住处去拿他的地址），向他解释清楚这篇文章遭受到了什么样的命运，因为，他还在等待它的发表。你会做这件事吗？提前感谢你。让他相信，以后当我从这里出来了，我们将寻找机会重新开始解决这个问题，并且在我们自己的媒体上说正确的话（告诉他们社会民主党的执行部门也站在我们一边）。

因此现在你要进行另一场斗争。这让我感到很高兴，因为它

---

① 1904年1月16日（萨克森邦的）茨威考地方法院以她曾在1903年的一次竞选演说中侮辱普鲁士君主威廉二世皇帝而给她定了对君主不敬罪。1904年7月她的上诉被驳回，法庭判处她入狱三个月。1904年8月26日她开始在茨威考地方法院的监狱服刑，但在10月15日，她在为纪念萨克森邦新国王腓特烈·奥古斯都三世的加冕而进行的大赦中被提前释放。见J.P.奈托《罗莎·卢森堡》（牛津，1960年），第198—199页。

② 考茨基告诉卢森堡，她那篇与《前进报》编辑部关于恐怖主义的观点相抵触的文章被《前进报》编辑部和对《前进报》负责的出版委员会拒绝发表。

显示那些小人物因我们在阿姆斯特丹的胜利①而感到受到了重重一击。根据我对形势的估计,他们准备在不莱梅再赢回来。② 我们应该撒上大量的盐来粉碎他们的企图!因此你说你羡慕我这时被关在监狱里,这让我感到很苦恼!我坚信你会给库尔特(库尔特·艾斯纳)、格奥尔格(格奥尔格·格拉德瑙尔)和国家的所谓的头脑一记带劲的敲打,但你一定要带着乐趣和喜悦的心情来做这件事情,而不是把它作为一种不情愿的干预,因为公众总是能感受到战士的心境,如果能从斗争中取得乐趣,将会让你在辩论中获得一种更富有生气的语调,并给你带来道德上的优势。据我所知,现在你确实是一个人在战斗。奥古斯特(奥古斯特·倍倍尔)一定会一直在上帝的葡萄园里劳作,直到最后也是如此,而且正如你所指出的,亚瑟·勒本和保利·勒本是多愁善感的人③,如果他们在这样一次会议(国际社会主义大会)之后会是伤感的,雷鸣和闪电将把他们推到地下七英寻的地方,在这两场战斗之间,一个人应该充满了生活的乐趣!卡尔,现在正在进行的"扭打"和"争吵"并不是一场我们在一种单调乏味的气氛中不得不参加的冲突,大家对它都不感兴趣,在近几年,你不得不多次参与这种战斗,而如今大众对社会主义事业的关注恢复了,我可以透过(监狱的)墙感受到它,而且不要忘记第二国际正在密切关注着我们,或者我应该说密切关注着你,因为争辩的起点实际上是在阿姆斯特丹。我给你写所有这些并不是为了"鞭策你",我不会如此缺乏品味,我是为了让你在你的争辩中感受到快乐,或者至少把我的快乐传递给你,既然在这里,这7号囚室,我不能从这种快乐中得到更多东西。

你知道,我给阿姆斯特丹大会带去了很多思想。对于国际社

---

① 1904年8月14日—20日在阿姆斯特丹举行的国际社会主义大会上通过了反对修正主义的决议,同样的决议也曾在1903年德国社会民主党的德累斯顿大会上通过。在国际社会主义大会上关于该决议的投票结果是:25票赞成,5票反对,12票弃权。
② 将于1904年9月18日—24日在不莱梅举办德国社会民主党年度大会。
③ 指的是亚瑟·斯塔特哈根和保罗·辛格。

会主义运动的大形势和(我们理解的)马克思主义在第二国际的前景,我有太多的话想要跟你说,但还必须等一等。对我来说,这个故事的寓意在于,我们有非常多的事情要去做,而且首先有非常多的东西要去学。我指的是不同国家的社会主义运动。我感到我们(德国人)仅仅通过了解其他国家的现实的社会主义运动,就可以取得优势,并且获得影响力,另一方面我感到仅仅通过与第二国际靠得更近,我们(狭义的我们)在德国社会主义运动中的地位将会变得越来越强。一句话,我正在快乐地享受着生活。把你的那些文章与信一起放在信封里寄给我,但只给他们文章的剪辑版。我确信克拉拉(也就是克拉拉·蔡特金)不是多愁善感的,而且会与你我二人取得一致意见。你们两个在不莱梅会度过如火如荼的日子。与她在合适的时候达成谅解,她是可以信赖的人。我非常乐意收到她的来信。关于"第四卷"①,当它真正面世的时候,我非常想给它写一篇书评,因为在我的头脑中关于这本书有很多想法。

现在轮到你了,亲爱的露易丝,或者不如说这一点仅仅是对你说的,因为整封信当然也是写给你的,你通常能更快更好地理解(当这里有些东西需要去"理解"时)我。我非常想给你写一些话,但现在我不得不把它压缩到这样短!让我只说这么多,你的那些信把我带到了最阳光的心境;为了每一个字我感谢你一千次。你的信给我描绘了关于你家周围环境的一张生动的图画!向霍兰德送上我最衷心的问候。经常给我写信,但当你愿意写的时候再写,不要强迫你自己。我吻你们夫妇俩,还有孩子。向奶奶致敬,你的罗莎。

露易丝:请给特鲁尔斯特拉写信,这样当我们到那里(阿姆斯特丹)的时候,我会第一次有机会去拜访萧克耶夫人。你可以毫无顾虑地送照片到这里。从不莱梅给我写一些话,告诉我在那儿事情进展得如何。

---

① 卢森堡计划为当时即将出版的卡尔·马克思的遗著《剩余价值理论》写一篇书评。马克思将这部著作当做《资本论》的第四卷。

致露易丝和卡尔·考茨基

1906年3月13日

我最尊贵的、最亲爱的朋友：

在星期天晚上，也就是3月4日晚上，命运捉住了我：我被捕了。我的护照上已经盖上了让我离境的章，我已经处于离境的边缘了。唉，事情就发展到了这一步。让人充满希望的是，你并没有把这件事过多地放在心上。革命以及随革命而来的一切万岁！在某种程度上，可以这样说，我非常愿意坐在这儿，而不是与派乌斯争论。我陷入了一种很尴尬的局面，但让我们不做声地忽略这种局面。我坐在这里，在市政厅监狱，在这里政治犯和普通刑事犯还有精神病人都被塞在一起。在这种环境下我这个囚室简直是天堂（一个普通的单间，在正常情况下只能住一个人），这个囚室如今关了十四个人在里面，所幸都是政治犯。在我们囚室的隔壁是两个大的双层囚室，每个囚室关大约三十个人，都处在混乱的状态中。但是人们告诉我，这样的条件就像是在天堂一样。早先一个囚室里有六十个人，每到晚上他们就轮着睡，每人睡两个小时，而同时其他人就在囚室里溜达。现在我们就像国王一样睡觉，靠在木制的长凳上，被一个挨着一个塞在一起，就像罐头里的沙丁鱼一样。一切都会不错——只要没有人把外面的喧闹带进来。例如在昨天，我们这里来了一个发疯的，语无伦次的犹太女人，她二十四个小时一直用她的尖叫和来回跑动让整个囚室里的每一个人屏住呼吸。她让不少政治犯流下了眼泪。今天我们最后把她弄了出去,这样就只有三个安静的疯子跟我们在一起。在这里没有人有到院子里去散步的奢望。为了弥补这一点,囚室的门在白天都是开着的,一个人可以整天在走廊里溜达,这样就可以与妓女们擦肩而过,听她们美丽的歌声和雅致的谈吐,还可以享受到从厕所里传来的香味,厕所也一样总是开着的。所有这些仅仅描述了事物的外部联系,而不是我的内在心境,它总是处于极好的状态。现在我还隐蔽着,但这种状态可能不会维持很久。他们不信任我。总体而言,这个案件是很严重的,因为,我们毕竟生活在一个动荡的时代,在这个时代里"所有存在的都应当在将来毁灭"①。

因此我根本不相信任何长期的货币兑换业务和期票。因此带着一种好心情,来蔑视一切。总体而言,就我们这儿来说,在我一生的时间里,一切事情都进展得非常好。我为此感到非常骄傲。这是在整个俄罗斯的唯一一块绿洲,尽管经历了风暴和压力,工作和斗争都在勇敢地,激烈地进行着,并且取得了进步,就像在"世界上最自由的宪法"时期一样。此外,我们的工作是一种阻碍(建设),日后将在整个俄罗斯成为样板。从健康的角度来说,事情变得越来越好。因为案件很严重,我将被转移到另外一个监狱里。不久我会给你写信说说那边的情况。你们一切进展得怎么样,我最亲爱的夫妇俩?你们将要做什么?孩子们怎么样?奶奶怎么样?汉斯怎么样?给我们的朋友弗兰茨库斯(梅林)我最衷心的问候。希望在坚定的汉斯·布洛克的努力下,《前进》的事会再次好起来。②

现在请求你做几件事,露易丝:(1)请替我付房租,我会尽快还

---

① 这句话是歌德的剧本《浮士德》里的摩菲斯特说的。
② 在卢森堡于1905年12月底离开柏林,前往华沙后,布洛克被调到《前进报》取代她。他是卡尔·考茨基的支持者。

你,非常感谢。(2)请在我的授权下,立即送一张2000奥地利克朗的汇票给克拉科夫的提奥多尔斯祖克的印刷店的亚历山大·里博先生,地址是绿色街7号,并且让亚当·潘兹绍夫斯基先生去送交。对这个印刷店提出的所有其他要求都暂不答复。(3)同样地,这张500马克的汇票给雅尼采夫斯基在柏林的印刷店,地址是伊丽莎白-厄弗29号,仍由亚当送交。(4)除了这两笔钱以外,没有经过我的请求,不要发放任何钱款,大多数支付钱款都从特别账户提取,而不要从主要账户提取。唯一的例外是可以应卡尔斯基的要求付钱,除此之外,不要用主要账户里的钱支付,而且也不要从汉斯账户提取钱款支付。(5)从老前辈那里,从于斯曼那里要求得到我们应得的份额,并将它存在主要账户上。(6)卡尔,亲爱的,在这个时候你要在国际社会主义局承担起代表波兰和立陶宛社会民主党的职责,并正式通知他们,而且你参会所支出的任何旅行费用都将得到补偿。(7)不要公开我被捕入狱的消息,直到此事已经被他人披露了。然而——我要让你知道——只要出一点声响,这儿的人就会吓一跳。

　　我不得不就此停笔了。一千个吻和最好的祝愿。写信就直接寄到我的地址:华沙市政厅监狱安娜·马什科夫人。毕竟我是《新时代》周刊的工作人员。但当然要写得得体。再一次给你最好的祝愿。牢门关了。我全心全意地拥抱你。你的安娜。

致卡尔和露易丝·考茨基

华沙监狱　1906年3月15日

只是几句话。我很好；今天或明天将被转移到另一个监狱。现在，只再提一个请求：《莱比锡人民报》的记者也被关在这里，来自柏林的奥托·恩格尔曼先生①（他是一个金发碧眼的先生，在克拉纳赫街生活了很长一段时间）。现在，一旦人们问起《莱比锡人民报》的编辑哪种传闻是真的，他们应该重申他确实在几个月前作为他们报社的记者去了华沙。（一旦人们用恩格尔曼先生的其他名字问这同一个问题，他们无论如何也应该这样重申。）我已经从我家里得到消息，我很抱歉他们在我的案子上酿成了悲剧，并且给你们大家都带来了不便。我非常地平静。我的朋友们坚决主张我给维特②打电话，给这里的德国领事写信，以争取能释放我。我从未想过这些！这些先生可以等很长一段时间，直到一个社会民主党人向他们寻求保护和公正。革命万岁！高兴起来，振奋起来，否则我就会对你非常非常地生气。在监狱外面，工作进展得很好。

---

① 利奥·约基希斯的化名。
② 谢尔盖·维特（1849—1915）：1905—1906年的俄国首相，他镇压了1905年革命。

我已经读了最新几期的报纸。欢呼!

你的全心全意的
罗莎

把你的信直接写给我。几天之后,你可以把信寄到奥吉尔纳街的帕夫拉克监狱,这座监狱是专门关押某某政治犯的。

致科斯佳·蔡特金

柏林女子监狱,巴尔尼姆街 1907 年 6 月 24 日

小男孩:

今天我感受到一种极大的快乐,一种双重的快乐。首先今天早上我收到了你的来信,然后我也有希望利用机会立刻给你回信。① 我的小家伙在做什么,这个我觉得一刻都停不下来的小家伙? 当吃饭的时候,我担心地想,他会被人们忽视,没有人会照顾他,这个可怜的家伙会过吃不饱的日子。最要紧的时候,在早上我被这个想法折磨,他拥有这样好的胃口,人们却只给他一点稀粥。我确信你会很厌烦我在想着吃饭这样没有意义的事情。但对我来说,在这种关系中没有任何东西是没有意义的,我认识到最好写上这些,而不是写那些我已经写过的东西。我的好精神头并不是总能扛过我的渴望,有时候我不得不在床上躺下,什么也不做,梦想着……平静,和平和宁静,就像我离开之前在沙发上躺着的时候。我不能想象有比这更大的幸福:这样泰然自若地待着,享受这种甜蜜,心满意足的平静。有时我的反叛思想想在不远的将来找到

---

① 在一封给克拉拉·蔡特金的信中,卢森堡用 per Gelegenheit 这个词语来解释,她的意思是一个把信偷送出监狱的机会,这样可以避开监狱当局的审查,也可以防止他们读她的信,了解她在写什么。

一个固定的参考标准,那时我将再一次找到幸福的和平和宁静的时刻,目前我的思想找不到这样的参考标准,因此我被弄得心烦意乱,而且我的思绪乱成一团……但之后我很快让我"平静下来"——我真的安静下来了,我告诉我自己,在面对未来的时候,不要有这种不值得的沮丧和怯懦!——接着汽车的形象召唤着我……我已经为我自己描绘了这次汽车旅行的那么多可爱的景象!在晚上,在幽暗的,散发着甜美的香气的树林的凉爽中,我们驾车以一支箭的速度飞快地爬上山——我们三个紧紧贴在一起,孩子在中间,我们一声不吭,我们的高速通行让我们说不出话来,但这种沉默是多么壮美!然后就是一个个在金色阳光照耀下的早晨,草仍然很潮湿,露水在草上闪着光芒,然后我们在新鲜的空气中,沿原路驾车下山……露易丝·考茨基告诉我你们每天都来看他们;起初有一个时候我感到嫉妒,后来我为此严厉斥责自己,并且全心为你在了解其他人而感到喜悦。考茨基家的两个大孩子给我留下了非常亲热的印象,在那天晚上那种神秘而重要的保密气氛中。如果你愿意经常去看他们,我会很高兴的,毕竟,孩子总是比成人要合适一些的。

小男孩,开心一些,把很多工作做好。我拥抱你,并且吻你我亲爱的——我的孩子——很多很多次。

你的

附言:在这里经常收到来信是不可能的,因此在一周之内或者一个半周内不要再给我写信。我的弟媳从昨天开始就住在我的寓所里。告诉格特鲁德·兹罗特考,除了鞋子之外,她应该给我带来一些画和我的肥皂。送来肥皂将表明你收到了这封信。

如果你的母亲申请要在星期天来探望我,让我的弟媳通过露易丝来劝她,让她推迟她的探望,直到她快要离开柏林的时候,否则就会有太多的探望,一个接着一个,这里的人(监狱当局)就会变得非常不愿意合作。

致玛尔塔·罗森鲍姆

1915年3月12日

最后我终于有机会给你写几句话了,然而,在你给我的下一封信中你最好不要提到这封信。你在这月5日问候我,还带来了花朵,我衷心地感谢你。那些花还放在我的小桌子上。真的,它们现在还保存得相当好。我珍爱它们就像珍爱我眼中的苹果一样;每天每一株雪莲花和每一株水仙花都要经过检查。其实所有这些都是"违禁的",但它们还是被送到我的手上。事实上,在5日,我出人意料地——如果不是事先安排地——收到了这样多的信和花朵,它们自己就冲垮了这里僵化的"制度堤坝"。

我突然被切断通信联系,就好像我正在用电话和别人交谈,而电话突然被切断了一样,起初我相当沮丧,虽然我还是强迫自己笑。我的一些计划就这样被破坏了,但不是全部计划,我希望。最终两个星期之后,我收到了我的书和工作的许可。你能想象这些他们跟我说一次就足够了。

我的身体最终将不得不适应这个地方的有些奇怪的饮食。主要的问题是,它不要打扰我的工作。想一想,我每天在5:40准时起床!一定的,到9点我必须躺在"床"上——如果你可以把这个东西称为"床"的话。每天早上我把它折起来,每天晚上我再把它打开;在白天,把它紧靠着墙放着,就像一块木板一样。

根据我从报纸上所得到的消息——现在报纸是我与世界历史的唯一联系途径——事情正在生气勃勃地发展。你可能还对雨果·哈泽充满热情,尽管你认为他有很大的缺点。除了他的全部抱怨和批评与他的投票记录有很大出入以外,如果没有卡尔·李卜克内西在州议会的强有力的声音指出,为了符合我们做事情的方式,为了让人民重新关注那些曾经打动过他们的主张,有些东西是要说的,他几乎不能找到正确的说话方式。

总体而言,我非常好,也非常有信心,我们正在把历史抓在手中。把给我的信放在给库尔特·罗森菲尔德的问候中。写了这么长,为一切致敬,时不时给我写一两行字。毕竟,我只被允许"一个月写一封信"。

充满深情的你的
罗莎·卢森堡

附言:但在电话里谈到我和这封信的时候请小心一点。

致玛蒂尔德·雅各布

1915年4月9日星期五
柏林巴尔尼姆大街女子监狱

最亲爱的雅各布小姐：

我希望你能在星期天来探望我之前及时收到这封信。我衷心地感谢你给我寄来那些信，那些信我读了很多遍，而且它们给我带来了很大的快乐。第二封信是今天收到的（寄自耶拿，我不知道你在那儿是在哪家旅馆里住），信封里还装着精美的附件。

咪咪的照片让我开心极了。当我看它的照片的时候，我总是忍不住笑起来：我经常能观察到在照片上显露出的那种野性。当一些人"试图接近"它的时候，看着这张小照片，我几乎能听见它的吠叫声；照片把这些都很完美地表现出来了。一次，我感到我非常同情那位年轻的医生，他对我的咪咪显示出那样多的关注。

特别感谢你送来的这些花，你不知道你对我做了一件多好的事。我可以再次重新进行我的植物学研究，这是我酷爱的兴趣，也是我工作之后最好的休息方式。我不知道我有没有给你看过我的植物学笔记本。从1913年5月开始，我用这个本子收集了二百五十种植物——都非常完好地保存着。我把它们都保存在这里，就像我的各种各样的图集。现在我可以开始写一个新的笔记本，专门用来记录有关巴尔尼姆街的内容，恰巧我没有你送来的几种花的任何信息,现在我已经把它们收进了我的笔记本;随着第一封信寄来的那些小黄花让我特别高兴,那些金星花(在柏林周围找不到这种花),还有,冯·施泰因夫人①的那两片常春藤叶子是不朽的——我确定我还没有常春藤(它的拉丁语名称叫 Ledera helix),它的物种谱系给了我双倍的快乐。除了欧龙牙草以外,所有的花都被很用心地压平了,这对植物学研究来说非常重要。

我很高兴你仔细看了那么多博物馆里的陈列品,对我来说,当我不得不去参观博物馆或类似的地方时,我很难做到这一点。我从来都是如此:马上就会犯周期性偏心病,并且完全被耗虚了。对我来说唯一的休息就是躺在草地上,在阳光照耀下观察细小的甲虫,或者那些云彩。当我们将来一起旅行的时候,记住这一点,我不会不让你去参观任何让你感兴趣的地方,但你不能不原谅我。确实,能做到两者兼顾,毕竟是最好的。

我在一个法国十八世纪的展览上看到了汉密尔顿夫人的画像。我记不清画家的名字了,我只保留了对画法刚健,色调强烈的艺术风格的回忆——一种生气勃勃的,有进取心的美丽给我留下一片寒冷。我的艺术品味有些接近更加典雅的那种女人的类型。在同一个展览上,我清晰地看到了勒布伦夫人②画的拉瓦里尔夫人的画像,它的银灰色调与那张半透明的脸,那双蓝色的眼睛和那身金黄色的衣服形成了完美的搭配。我很难让自己离开这幅画,它是革命前的法国的精美的,一种带一点颓废味道的真正的贵族文化的化身。

我很惊讶你在读恩格斯的《农民战争》。③ 你已经读过了齐默尔曼的书? 事实上,恩格斯并没有向我们展现一部历史,而仅仅是一种关于农民战争的批判性哲学。而齐默尔曼则向我们提供了那

---

① 夏洛特·冯·施泰因(1742—1827):她是歌德的一次伟大爱情中的连任。他们的恋爱关系从 1776 年一直延续到 1788 年,歌德的作品中与她相关的地方数不胜数。
② 罗莎指的那个画家可能是玛丽-安妮·维热·勒布伦(1755—1842)。
③ 恩格斯的名作《德国农民战争》。

些历史事实的具体内容。当我骑马穿过在臭名昭著的粪山之间沉睡的符腾堡地区的小镇，看到嘶嘶鸣叫着的鹅不情愿地给机动车让道的时候，当这个村子里的一个很有前途的年轻人喊我的名字的时候，我不能想象同样在这些小镇里，世界历史曾以一种轰轰烈烈的方式向前行进，一些戏剧般的人物在这里匆匆走过。

作为休息，我正在阅读德国地质史。只想象一下阿尔冈纪的黏土层里——也就是说在地球历史的远古时期，甚至在有机生命的最早踪迹出现之前，在瑞典的这种黏土层里发现了短促降下的雨滴的痕迹。我不能向你诉说，这种来自远古时代的遥远的问候是如何神奇地感动了我。我读任何东西都不像读地质学这样兴奋。

顺便提一下冯·施泰因夫人，我对她的常春藤叶子表示一切应有的尊敬；但上帝原谅我，我要说，她是一个蠢女人。因为，当歌德要跟她分手的时候，她的举动简直像一个动不动就骂街的洗衣女工。我坚持我的观点：一个女人的性格不是在爱情开始的时候显露，而是在爱情结束的时候表现出来。在歌德的所有的杜尔西尼亚[①]中，唯一让我喜欢的是文雅、矜持的玛丽安妮·冯·维勒默尔，也就是《西东合集》中的苏莱卡。

你正在恢复健康，这让我非常高兴；你正是需要这样！我很好。充满真情的问候。

你的
罗莎·卢森堡

[①] 杜尔西尼亚是塞万提斯的《堂吉诃德》中堂吉诃德的理想恋人。

致科斯佳·蔡特金

柏林 1915年4月10日

纽纽,亲爱的,我希望你在你的生日那天就能收到这封信。我把咪咪的照片放在信封里,作为一份礼物。那张照片是我昨天照的,它给我带来了很多快乐。负责照顾咪咪的年轻医生是雅各布小姐(玛蒂尔德·雅各布)的熟人,他想用他的照相机给咪咪照一张相,但他自己必须把咪咪按在一个地方不让它动。我从韦尔特海姆那里为你订了一本书,但他还没有把它送来,一旦书到了,你就会得到它。我希望你在星期天有时会有时间读几个小时书,而且很愿意这样做。另外你还会收到我寄来的10马克,你可以用这10马克为自己买一些不错的东西,不幸的是,我现在肯定不能为你买了。① 可能一个人无法在军营里摆放鲜花,因此买些其他东西。我想可能一支自来水笔会对你有用。我自己受不了这样一种文具,对我来说它和温度计属于同一类东西,但在野外,(在你执行军事任务的时候,)它真的会对一个人有用。②

你在信中把复活节假期描写得如此悲伤,纽纽。你肯定不应

---

① 卢森堡不得不在1915年2月18日到1916年2月18日在监狱服刑,这是源自1914年2月20日在法兰克福对她的判决。她是在巴尔尼姆街的柏林女子监狱服刑的。
② 科斯佳·蔡特金于1915年3月被招募从军。

该带着这样一种沉重的心情。对此唯一一个严肃的理由就是你母亲的身体状况,但我非常希望"希望先生"(亚当斯·莱曼①)会积极地治疗你母亲的病。也许你会写几行字给他(给"希望先生")。这样会起到非常好的效果。顺便说一句,我不愿意相信她是得了器质性心脏病(什么也不用多说)。你母亲先前的心脏不适症状很可能是神经引起的。确保你把"希望先生"的诊断记了下来,这样我们就可以了解事实如何。除此之外,你一定要震惊而且开心。纽纽,再耐心等待一段时间。一年之内一切一定会变得好起来。除了每天的工作,不要想任何其他的东西,这样时间就会过得很快。明年我们将以适当的方式庆祝你的生日。这已经是第二次没有好好庆祝你的生日了。但去年至少你去了波斯,在那里度过了一段可爱的时光。

纽纽,只想想,我在这里又在研究我的植物学了!我身边有我的植物收集簿(为了收集弄干了的花朵的),还有芬弗施土克写的植物学书,以及从你那里弄来的一些小图册。有时我自己采一些花,或者从雅克布小姐寄来的信里得到一些花,她正在图林根过复活节。我开始用一个新的收集簿来收集弄干了的花朵(这是第十一个了!),我放在这里面的第一朵花是3月5日纽纽给我的雪莲花。② 那是那朵"大一些的雪莲花"——Leucojum vernum。而那朵"小一些的雪莲花"在花冕上有三片小型的心叶,没有涂颜色,但被剜成了心的形状,每片叶子上都有三条绿色的小线;在柏林这种雪莲花在街上被大量出售,但我不认为你的花园里有这种雪莲花。它有这样一个小名:"雪滴花"。想一下,这个植物家族(石蕊科)不仅仅包括雪莲花和水仙花,还包括硕大的龙舌兰!如果你能找到我不熟悉的千里香或绵枣儿,或者其他美丽的花儿,请把它放在信中送给我。雅各布小姐也曾送给我一株西洋樱草——它上面有非

---

① 一位来自英国的医生,当时住在德国。
② 3月5日是卢森堡的生日。

常柔软的绒毛——和一朵金星花，它非常美丽。你对这些都熟悉吗？

它这样快地发生在我身上，因此当我们早遇到监狱，或军营，或其他任何困难的时候，我们会变得烦躁和难以容忍，但塞万提斯——比方说——在这么长的时间里处于一种不折不扣的奴隶状态之中。人类作为个人，作为他们自己，能够忍受更多的磨难，远胜于一个被大众带着奴隶一般的服从膜拜的"英雄"所能忍受的。我不知道是谁最近让我想起了塞万提斯，但在某些地方我读到的一些文字表达，引起了我对《堂吉诃德》这本书的无限惊讶。也许它竟是一部由歌德创作的作品？

纽纽，我送给你一篇报纸上的文章，它是关于复活节岛的。这个名字让我着迷，更让我着迷的是那些巨人石像的"秘密"。你对此了解些什么吗？你能对它做出什么推测吗？确实，这个岛屿仅仅是一块更古老的，已经沉没的大陆的一部分，这块大陆过去可能与智利的海岸相连。但所有那些眺望着大海的石像呢？但等一下！也许这只是《柏林日报》开的愚人节玩笑吧？会是这样吗？

我拥抱你，纽尼亚

致弗兰兹·梅林

  柏林,1915年8月31日——巴尔尼姆街10号
  为人们敬仰的尊贵朋友,你的信给我带来了很大的快乐,因为我一直焦急地渴望着你和你尊贵的妻子爱娃能寄信给我,在信中给我写上几句话,所以现在我就更高兴了。我非常想知道你是否能如你所愿地找到了休息和休养的合适地方。坏天气让你深受折磨,这让我感到很震惊,我担心地透过屋子上方的通风口望着阴沉的、灰蒙蒙的天空和从天而降的瓢泼大雨。也许在哈茨山上,也正是这样的大雨折磨着你,把你的心情又一次弄糟了。但把那种心情和你的年龄联系在一起是多么荒谬!如果是那样的话,我就可以做你的祖母了,因为我像一只青蛙一样对天气极为敏感,当秋雨绵绵的时候,有时我就觉得我整个人都像是一个浅薄而毫无意义的闹剧。而且如果不是那种人们可以从工作、争斗和放声大笑中获得的难以抑制的快乐的话,青春又是什么呢?当涉及这种事情的时候,你仍然能打败其他所有人,每天都是如此。你一定不知道,你那令人惊叹的工作才能的榜样作用,仅仅想到你的灵魂的惊人的柔韧性,或者仅仅是最渺茫地想得到你的赞许的希望——所有这一切是如何让我感到自愧不如,并且在我要放弃的时候给了我很大的激励——你对我的这种令人羞愧的弱点了解得太少了——那种时候我有了逃跑的打算,从单纯的不耐烦到想从责任

的重压下解脱出来。

很明显,现在整个形势正处于一种复杂混乱的状态之中,真正的斗争的喜悦与此并不相配。一切仍在不断变化,剧烈的变动似乎永无止境,在这种一切搅翻了个个,并且在不断变化的形势下,确定策略并组织斗争是一种难度极大的工作。事实上现在我不再充满恐惧和不祥的预感了,一点儿也不。起初,在8月4日(1914年)的时候,我受到了惊吓,充满了恐惧,几乎要垮掉;从那以后我变得相当平静。灾难已经达到这样严重的程度,一般的衡量人类罪孽和人类痛苦的方式已经不再适用;可怕的灾难事实上包含着某种让人平静的东西,这恰恰是因为它的巨大无边和难以捉摸。最后如果事情就是如此,如果和平时代的架构的全部光辉仅仅是一种鬼火,一种在沼泽上空徘徊的骗人的光芒,那么这种幻象走向终结肯定是更好的。但当前我们正感受着过渡时期的苦恼和不安,那句话真的很适合我们:Le mort saisit le vif①。我们那些不断动摇的朋友们的让你抱怨不已的胡说八道,事实上仅仅是那种普遍堕落的产物而已,这种普遍堕落源于在和平时代曾骄傲地闪烁着光芒的那种架构的崩溃。无论何时,人们只要一伸出手,就会碰到腐朽易爆的火绒。我认为所有这一切仍将会继续瓦解,变得更加破碎,直到埋在下面的良材最终展现在人们面前。

在这种不幸的形势下——如今我正在用一颗完全平静的心去接受它——你的信对我来说是一种很大的安慰。你在《新时代》上的第一篇文章让我非常感兴趣,因为我恰好正在读希利或麦考莱写的和你(文章)的主题相关的东西,在其中我发现你所提出的观点被充分地证实了:从根本上讲,七年战争实际上是一场发生在英国和法国之间的,为争夺美洲和亚洲的霸权而进行的战争,弗里德里希(普鲁士国王弗里德里希二世)仅仅是这场世界范围的斗争的意外的受益者。起初我对(你所提出的)观点感到惊讶,一个人肯

---

① 法语:"死人抓着活人不放。"

定从学校的教室里学到了一些国内编造的、视野狭窄的、以欧洲为中心的观点——但如今,正是基于现在的经验,人们可以从你所展现的宽广视野里感受到快乐。它也让我想起去阅读对弗里德里希的军队以及它的辉煌胜利的描述,以及对克莱武和他的印度土兵的描述。①从历史的意义上说,在当前(经常使用)的像"战争英雄主义——向全世界招募——英国的雇佣兵们"这样的章节标题中包含了多少内涵。我正在焦急地等待着后续部分。但今天的《新时代》以它的愚蠢的方式没有刊登你的文章的后续部分!在那儿编排文字的人可能不再是一名编辑了,因为他至少可以把你的作品的不同部分(以连续的方式)一段一段地呈现给读者。

为了让我自己振作起来,我又多读了一些拉萨尔的作品②,但上帝呀,让我从像在我的皮肤上爬行的一只只小虫一样让我不舒服的伯恩施坦的注释中解脱出来吧。他像一只愚蠢的公猫一样在拉萨尔的两条腿之间不断地跳来跳去。当后者正在滔滔不绝地讲出最漂亮的话,给戴莱慈·舒尔茨一记响亮的耳光的时候,那头驴(伯恩施坦)拉住他的胳膊,伸出手指评论道,"事实上"舒尔茨"并不是完全"错误,等等。当拉萨尔用一种响着轰鸣的雷声,打着闪电的大风暴的方式结束一章的时候,我深深地吮吸着这种美妙清新的空气,可是很快冒出了一段注释,就像蛛网上的一只蜘蛛,无可阻挡的爱德·伯恩施坦,他"观察到"莫利纳里"实际上"在1846年已经说了如此这般,或者他塞给我别的我根本不知道是什么的垃圾。哎呀,也许是这个魔鬼把你捉走了!我不得不每时每刻都这样喊出声来。他完全介入进来,不让我独自和拉萨尔在一起。

---

① 罗伯特·克莱武将军为英国在东印度的殖民势力奠定了基础;"土兵"指的是接受训练、在东印度公司的军队里服役的印度土著。

② 卢森堡可能指的是拉萨尔的一篇题为《巴师夏-舒尔采-德里奇先生,经济的尤利安,或者资本和劳动》的文章,这篇文章被收入拉萨尔的《演讲和文章:一个完整的版本》的第三卷,编者是爱德华·伯恩施坦,他还为此书写了一篇序言,介绍拉萨尔的生平。

你怎么能容忍如此玷污逝者？你为什么不用电闪雷鸣一样的有力的行动来表达你的气愤？你的妻子爱娃一定是对的：我们太过温和了。唉，我们平静地接受了太多东西。但我发誓我要改变自己的做法。我觉得自己像是一只浑身的刺都竖了起来的豪猪，怒火中烧，在一群用人之间狂乱地奔跑。

不幸的是，在我的工作方面事情进展得不是非常好。可能是生活的单调和狭隘以及感受的匮乏，它们像浆糊一样粘在了我的感官上。总体而言，我只能在兴高采烈的状态下工作，在我处于一种清爽和愉快的心境的时候，但现在每一点这样的感觉都是我付出了很大的努力才创造出来的。这不是为了抱怨，而是为了提供"减轻处罚的情节"，为我自己请求原谅，如果我辜负了你的期望的话。

你完全不需要为我的健康担心，雅各布小姐要挨训了，因为她过分随便地谈论我的身体状况。我真希望自己能保持平静，不为我们的克拉拉（也就是克拉拉·蔡特金）忧虑不安。[1] 但是在她身上会发生什么谁也无法预知，同样没有人知道这场丑恶的闹剧会持续多久，这让我有些心烦意乱。顺便说一下，我很气愤——不，让我们诚实一些：我很高兴——"分部"（德国社会民主党在德意志帝国议会中的议会党团）对克拉拉的事一声不吭。你还记得，在歌德的剧本《浮士德》里，奄奄一息的瓦伦丁对格雷琴说："Und bist du einmal eine—so, sei es eben recht!"[2]

现在再一次衷心地祝福你们。我多么想坐在你那间舒适的书房里的一张小桌前，和你一起聊天，一起放声大笑！

---

[1] 1915年7月29日，克拉拉·蔡特金在斯图加特被捕，并被押往卡尔斯鲁厄。7月30日开始对她展开调查，罪名是她"叛国预谋"。调查指向她于1915年3月26日—4月8日在瑞士伯尔尼举行的国际社会主义妇女大会上扮演领导角色，并在德国散发大会通过的宣言书。1915年10月12日，宣布指控不成立，克拉拉·蔡特金被从拘留所释放。

[2] 这段话的大致意思是："如果你像你本来的那样生活，那将是非常正确的。"

再一次向你致以美好的祝福。你的罗莎·卢森堡。

为你即将送来的《莱辛的传奇》[1]和马克思那本书的从印刷厂弄来的折叠书页。[2]

注意:也许是由于疏忽,你寄来的信没有封口。

---

[1] 《莱辛的传奇》是弗兰兹·梅林最负盛名的著作之一。
[2] 弗兰兹·梅林正在写马克思的传记。

致玛蒂尔德·雅各布①

未署日期
寄自柏林女子监狱

最亲爱的雅各布小姐!

我对你下星期天的来访致以清爽、愉快的欢迎。请给克拉拉·蔡特金写一封信,告诉她,我已经知道了她儿子的消息,请她不用担心。

我很乐意听听你对《皮特与狐狸》②的看法。星期天你会拿到布瓦洛③的诗集,我刚把它读完,而且我答应把这本书给你已经有很长一段时间了。布瓦洛的诗很乏味,但由于他所受到的"古典教育",还是一定要读他的书。有时他也很幽默,因此,他的《第六首讽刺诗》的开头写得非常好,《第七首讽刺诗》的结尾也很经典——你找到阿那托尔·法朗士④的书了吗?另一个问题:你家里有没有迈尔先生的《百科全书》?因为如果你有的话,我想请你定期地抄

---

① 玛蒂尔德·雅各布是罗莎·卢森堡的秘书和朋友,她偷偷地把卢森堡的信件和手稿带出监狱。在这些通过审查的信中,地址的写法更正式。
② 弗里德里希·胡克(1873—1913)的作品。
③ 尼古拉·布瓦洛(1636—1711),法国古典主义诗人和批评家。
④ 阿纳托尔·法朗士(1844—1924),法国作家,他是那一代作家中最受读者欢迎的。

一些东西给我。我所有的东西——由于苏登台区的寒冷天气——对我一点用也没有。当你不能立刻找到你所需要的东西的时候，工作是令人生厌的。我深情地拥抱你和咪咪。

你的
罗莎

致玛蒂尔德·雅各布

1915 年 11 月 5 日

最亲爱的雅各布小姐：

我正想给你写几句话，告诉你我感谢你的慷慨，现在，我的食物储存很充足。我只希望你在星期二给我带来一些沙丁鱼。你想得真周到，给我带来了诗；我已经有很长时间没有读一本诗集读了那么长久（歌德除外，我从来不会把他的书放在一边）。我几乎完全不知道荷尔德林①（喔，这是耻辱！）。他的诗有点太注重表面的富丽堂皇了。例如，你把他的《致希望》与莫里克②的同一主题的诗对比一下，你就会发现莫里克的诗是多么真挚和富有诗意！顺便提一下，雨果·沃尔夫③把后者谱成一首美妙的歌曲。星期二，与荷尔德林的书一起，我还会给你利卡尔达·胡克写的《费德里戈·康法罗尼里伯爵》，你可能不知道这本书。我读了她写的几乎全部

---

① 弗里德里希·荷尔德林(1770—1843)：德国诗人。一些批评家甚至认为荷尔德林的诗艺在歌德之上。荷尔德林曾与哲学家黑格尔和谢林一起在蒂宾根大学上学。在写了一些非常优秀的作品之后，他于 1806 年开始隐居，并且在隐居地——蒂宾根的一座塔里度过余生。他最有名的作品包括《许佩里昂》和《恩培多克勒斯》。

② 爱德华·莫里克(1804—1873)，德国浪漫主义文学的重要作家。他的作品包括《博登湖牧歌》和《莫扎特的布拉格之旅》，但他最著名的作品还是他的诗篇。

③ 雨果·沃尔夫(1860—1903)，作曲家，音乐批评家。他曾为歌德和莫里克的很多诗篇谱曲。他的作品在勃拉姆斯和勋伯格之间的音乐时代占据中心地位。

作品，但我认为《康法罗尼里伯爵》是最好的。

　　你想把迈尔的卷帙浩繁的《百科全书》从苏登台带到这里！我亲爱的朋友！我为这件事笑得前仰后合。在这里我能对这 22 卷本的四开大书做什么？不！我这里还凑合。忘掉他吧。

你的
罗莎

致玛蒂尔德·雅各布

1915 年 11 月 10 日

亲爱的雅各布小姐：

你真是不可救药！用购物袋又给我送来一个糖三角，甚至我连上周送来的食物都还没有吃完。我还是马上用这些甜食开一家食品店的好（因为我每天只吃一块半方糖，你却用几公斤的食品来轰炸我）。非常感谢你送来了美丽的翠菊和利卡尔达·胡克的书。当然，我立刻开始用功地读她的诗，但我必须承认：公开表现女性的性欲对我来说总是令人困窘和难堪的。就像我们的伊格纳斯·奥埃①曾经说过的一样："人们不那样说这些事情，但他们那样做。"无论如何，我更喜欢她的散文。不过你给我带来的礼物仍然让我高兴。我深情地拥抱你和咪咪。

你的
罗莎

---

① 这里指的是奥埃在关于"修正主义"的辩论中关于伯恩施坦的立场的那段著名的讲话，在这段讲话中他试图把党的革命理论与它的改良主义实践调和起来。

致玛尔塔·罗森鲍姆

(未署日期,从狱中寄出)

亲爱的玛尔辰①:

你昨天的来访让我这样高兴,它是这样美好,这样愉快,我希望你今天和星期天的来访也会是这样。对我来说,这是一种巨大的精神鼓舞,我能在好几个星期里享受它的积极影响。你用你的亲密这样轻松地让我感受到温暖,亲爱的家伙。一会儿之后,你又要来了,不是吗?我已经在盼望你的下次来访了,也就是说,如果那时我仍在这里过日子的话。

总的来说,你可以真的对我感到放心。现在我小心翼翼地遵从医生的嘱咐,而且我坚定地希望能健康强壮地走出这里,这样你们所有人都可以在斗争和工作方面为我而感到自豪。这里有很多斗争,也有很多工作要去做。但我绝对没有气馁。亲爱的,当形势似乎是最令人绝望的时候,历史自己总是最清楚需要做什么。我在这里并不是鼓吹一种安逸自得的宿命论。恰恰相反,必须激励人们把事情做到最好,我们的工作就是使出我们的全部力量有意识地进行斗争。但我的意思是:现在,当一切事情似乎显得这样毫无希望的时候,这种有意识的对大众的影响的成功与否取决于基

---

① 玛尔塔的昵称。

本的,深藏不露的,历史的曲折的反弹。而且我从历史经验,以及我在俄国的亲身经历中了解到,正是在表面上一切似乎悲惨无望的时候,一场翻天覆地的变革正在酝酿中。它一定会变得更加暴烈。尤其是不要忘了:我们是受历史发展的规律束缚的,这些规律绝不会失去作用,甚至当它们没有完全按照我们制定的计划发挥作用的时候也是如此。好的,无论如何,保持你的头脑冷静,绝不说丧气话。我以最温暖的爱紧紧地拥抱你。

你的
罗莎

致玛尔塔·罗森鲍姆

未署日期

去波森找我的医生雷曼大夫。他的住址是波森,维多利亚街 26/27 号。把他说的所有东西记下来,并用完全一样的方式把它交给我(不要把它散布出去)。吻你。

你的
罗莎

致索菲娅·李卜克内西

巴尔尼姆监狱　1916年8月5日

我亲爱的小索尼娅：

今天，8月5日，我刚巧收到了你的两封信；它们一起到的，一封是7月11日(!!)的，一封是7月23日的。

你看信的递送比我在纽约的时候要慢多了。但你送给我的书到得更早一些。衷心地感谢你所做的一切。我很抱歉我不得不在你处于现在这种情况的时候离你而去；我多想再一次和你一起在原野上漫步，或者透过你厨房的吊窗看太阳落山。关于赫尔米①，你也送我一张明信片，跟我描述一下他的旅程。也非常感谢你送来荷尔德林的书。但你一定不要为了我浪费这么多钱财。我真的不喜欢这样。

非常感谢你给我带来一大篮子好东西，也感谢你送来的豆子。

快些给我写信，因为也许我将在这个月末拿到另一封信。最温暖的爱。保持一颗振奋的心。我从来不会忘了你。给卡尔和孩

---

① 赫尔米是李卜克内西的儿子。

子们更多的爱。

你的
罗莎

皮埃尔·洛蒂①的书非常好；我还没有读别的书。

---

① 法国海军的一名上尉,生于1850年,小说家。

致索菲娅·李卜克内西①

明信片

佛龙克 1916年8月24日

亲爱的索尼奇卡：

现在我不能和你在一起！这个判决让我很难过。但是请你昂起头来。事情会变得与现在显现出的样子不同的。然而，在当下，你必须离开——去某个地方：去乡下，去那个翠绿色的地方，那个美丽的地方，那个你能得到照顾的地方。待在这里更久，让你的身体越来越坏，这样既不理智，也毫无意义。到上诉被受理还有好几周的时间。我央求你尽快离开……知道了你已经离开这里去休息了，卡尔也一定会感到宽慰。

非常感谢你10日的来信和你送来的精美的礼物。下个春天我们一定能在一起，到田野和植物园散步。我已经在期盼着将来我们在一起的快乐时光。

但是现在，离开这里，索尼奇卡！你能不能到康斯坦茨湖去？这样你就可以体验一下南方的风光。在你走之前，我绝对需要去看你。向司令部办公室写一份申请。快些给我来信。无论如何，保持平静与快乐！我拥抱你。

罗莎

---

① 这封信写于卡尔·李卜克内西被判处四年苦役的当天。

致索菲娅·李卜克内西

佛龙克 1916年11月21日

我亲爱的索尼奇卡:

我从玛蒂尔德·雅各布那里得知,你的兄弟在军事行动中阵亡了。你所遭受的这一新的打击让我非常震惊。以后你将如何承受这一不幸!而且我甚至不能和你在一起,安慰你,让你快活起来。

我也很担心你的母亲将如何承受这一新的不幸。这是一个艰难的时代,我们所有人都不得不面对一个长长的牺牲者的名单。现在真的,过了一个月……就像过了一年一样。

我希望我将很快能见到你。我衷心期待着和你的会面。你是怎么知道你兄弟的消息的,是从你母亲那里得知,还是直接收到了战争部的通知?你从你的大哥那里听说了什么?我非常想通过玛蒂尔德给你送一些东西,但不幸的是,在这里,我除了一条染色的方围巾之外一无所有——不要取笑;这只是要告诉你我非常爱你,快些给我写几句话来,这样我就能知道你现在的情况,给卡尔一千个问候。我深情地拥抱你。

你的
罗莎

致玛蒂尔德·乌尔姆

佛龙克　1916年12月28日

我最亲爱的玛蒂尔德：

我想立即给你的圣诞贺信写回信，这封信在我心中激起的愤怒至今还没有消散。是的，你的信让我怒不可遏，因为它尽管简短，但它的每一行都显示你再次受到你的圈子的致命影响。这种多愁善感的腔调，这种对于你所经历的"失望"的"喔，亲爱的"和"我太不幸了"——把这些不幸归于他人，而不是照照镜子看看人类的猥琐是有多么惊人的相似！在你的嘴里"我们"现在指的是沼泽地里的青蛙们（也就是中派），你现在和他们在一起，而早些时候，当你和我在一起的时候，"我们"意味着你和我。所以等着吧，以后我在提到你的时候，将使用复数的"你们"来称呼。

你用你那种忧郁的口吻假设：你"绝不想"成为我喜欢的那种"冒险者"，"绝不想"真好！总的来说，你们全都不是"用腿走路"，而是"爬行"。这不是程度的区别，而是本质的不同。大体上，你们所有人的暴躁、坏脾气、怯懦和半心半意的缺点从来没有像现在这样让我觉得疏远，又觉得可恨。你暗示"去冒险"可能实际上适合你们，但一个人这样做仅仅会"处于危险之中"，并且因此"毫无用处"。喔，你们的可怜的困于琐事的灵魂，它们一定也为准备来一点"英雄主义"做准备，但仅仅是为了钞票，为了三枚破破烂烂的铜便士,因为你们首先要去看在商店柜台上放着的"有用的东西"。而且对你们来说,那诚实直率的人的简明扼要的话"我站在这里,我不能做其他的,所以祈求上帝帮助我",从来没有说过。幸运的是,到现在为止,世界历史不是像你们这样的人书写的,因为如果这样我们就不会有宗教改革了,而且可能还处在君主专制的旧秩序下。至于从未表现软弱的我,在近期将会变得像打磨过的铁一样坚硬,而且从现在开始,无论在政治上,还是在私人关系上,都不会做出哪怕是最轻微的让步。当我简单地回想起你的英雄陈列馆,(想到他们)一阵沮丧就攫住了我的心:满嘴甜言蜜语的哈塞,留着可爱的胡须,在帝国议会发表了一系列可爱的演说的迪特曼,和不断动摇的,被人误导了的牧羊人考茨基,你的埃莫①忠实地追随他,当然,越过高山和溪谷,还有高贵的阿图尔·施塔特哈根——ah, je n'en finirai!② 我向你发誓:我宁可坐几年监狱——我指的不是这里——佛龙克监狱——这里毕竟像在天国里一样,而是在亚历山大广场的洞穴里,在那儿,在十一平方米大的囚室里,从早到晚看不到光,人被塞在壁橱和铁床铺之间。在那里我会大声背诵我喜欢的莫里克的诗。我宁愿这样,也不愿和你的英雄们一起"战斗",如果我可以用这个词的话,或者宽泛地说,跟他们有任何关系!事实上我宁可去与韦斯塔普伯爵合作——不是因为他曾在帝国议会说我"长着一双像杏仁一样的天鹅绒眼睛",而是因为他是一个男人。我告诉你,一旦我能再次把鼻子伸出这座监狱,我将会去捕猎和追赶你那群青蛙,伴随着喇叭的嘟嘟声,皮鞭的噼啪声和猎犬的吠叫声——我将会像潘特希里亚那样说,但你们那伙人天生就不是阿喀琉斯。你受够了我的新年问候了吗?那么一定确保你仍然是一个人。作为一个人是最重要的事情,比其他的一切都重要。而要作为一个人就意味着:要坚定,清白而且快

---

① 玛蒂尔德·乌尔姆的丈夫伊曼纽尔·乌尔姆的昵称。
② 法语:"喔,这个名单我是写不完的。"

乐,是的,面对一切事情,面对任何事情都要保持快乐,因为嚎哭是软弱的表现。要做一个人就意味着要愉快地把你的整个生命扔到"命运的巨大天平上",如果必须这样做的话,并且要同时为每一天的光明和每一朵云的美丽而感到喜悦。喔,我不知道任何可以写下来的处方,教人们如何成为一个人,我只知道,一个人何时可以称作是一个人,你过去也一向是知道的,当我们一起连走几个小时,穿过苏登台的原野的时候,当时夜晚的红色光辉笼罩在谷子的茎上。世界是这样美丽,带着它的所有恐怖。而且它会更加美丽,如果这里没有软弱者和怯懦者的话。来吧,再给你一个吻,因为毕竟你本质上是一个正直、善良的小女孩。为新年干杯!

罗莎

致汉斯·狄芬巴赫

佛龙克波森要塞
1917年1月7日

汉森,今天是星期天,星期天对我来说总是讨厌的一天,自从我开始住进这里以来,我第一次感受到"可怜又被抛弃,就像是来自拿撒勒的耶稣"。正因为如此,就在今天一种感情在我的心头涌动:我必须给汉森写信。你没有因为我这么长时间保持沉默而对我生气吧?尽管如此,每次收到你的来信我都很激动,我嘲笑自己对待这些信太傻气了,而且把你想得非常重要。汉森,什么时候我们再一次在苏登台度过我们美好的夜晚?在那些夜晚,你会大声朗诵歌德的诗篇,喝下无数杯茶水,而我自己则在一种懒散中放松自己。咪咪坐在沙发上。或者,我们会从白天开始为每一件事情争辩,一直争辩到午夜,那时你会带着一种绝望的表情看看你的表,然后突然抓起你的帽子,像发了疯一样快速地向火车站跑去,到了拐角处还不忘回头看看我,嘴里哼着《费加罗》①。

我害怕在战争结束后,宁静和安逸会变得无影无踪。向上帝发誓,我对即将到来的争吵一点也不偏爱!永远是同样的可亲的

---

① 《费加罗的婚礼》,莫扎特的歌剧。

人在身边,同样的阿道尔夫·霍夫曼①,带着他的柏林的"天生机智"和他的"不可言说"(请你原谅!),那两条裤腿就像两根倒塌的多利斯石柱。永远不得不看着薄煎饼神父②的那顶宽边棕绒帽子。我害怕这些东西会包围着我,直到我的生命结束。"一顶顶王冠爆裂,一个个王国破碎",世界将会翻个底朝天——但最后我仍然不能打破"恶性循环",永远是那同样的一小撮人——et plus ça change, plus ça reste tout à fait la meme chose.③因此听任事情的发生!我也不知道我会变成什么样子,正如你所知道的,我也是一块有无穷可能性的土地。

然而,我终于给你找到了一个合适的工作,那就是——entendons-nous④——一个副业!你的主要任务仍然是,就像过去一样,把明亮和光辉带到我的现世生活中,或者,就像你带着这样的骑士风范在上一封信中所写的那样,做我的弄臣。除此之外,你还将为我们创造一种在德国文学中还不存在的文学体裁——文学历史体散文。

这种形式并不像弗兰兹·布莱⑤那样的人所能想象的那样,是所有其他领域的精神虚弱的避难所。相反,这种散文正和 Lied⑥音乐一样,是一种严格而合理的艺术形式。为什么在英国和法国如此辉煌地得到表现的散文这种艺术形式在德国却彻底缺乏?我

---

① 阿道尔夫·霍夫曼(1858—1930):他参加了第二国际的成立大会,并且参与了创立德国独立社会民主党。1920年他加入了德国共产党,随后在1922年重新加入德国社会民主党。作为一个无神论者,而且出身贫寒,资产阶级常用与罗莎·卢森堡在这里所用的语言相差不远的言辞来嘲弄他。凯斯勒伯爵也曾提到魏玛宪法之父雨果·普鲁思的"螺丝起子(改锥)一样的裤腿"。
② 指的是德国社会民主党人威廉·普凡库赫(Wilhelm Pfannkuch),他的姓氏与德语的薄煎饼(pfannkuchen)一词相近。
③ 法语:越是变化,越是停留在完全相同的状态。
④ 听我们的。
⑤ 弗兰兹·布莱(1871—1942):德国先锋派作家和诗人。
⑥ Lied,德国艺术歌曲。

认为原因在于德国有太多学究式的全面彻底,而缺乏那种智慧的火花;当他们了解了什么,马上就会出现大量带着成包成捆的引用文献的论文,却没有出现一个简明的草图。唉,既然汉森无疑是那种具有智慧的火花,而非仅仅以知识傲人的人,他似乎是将散文优雅地引入德国的理想人选。其实,我是很严肃的!在战争结束后,你像一只凤蝶一样在所有的花床上尽情享受的阅读方式必须结束,先生!如果你愿意的话,弄到陶赫尼茨的麦考莱①等人的作品(在《历史和批评散文集》中),然后仔细地读他的作品。

西伦堡的闹剧给了我很大的打击,甚至超出了你所能想象的。这种打击既让我失去了内心的平静,也影响了我和他人之间的友谊。②你会提醒我要有同情心。你知道我能感受每一个生灵的痛苦,并为此遭受精神的折磨;一只蜜蜂掉进了我的墨水池里,我会把它放到温水里洗三遍,然后把它放到阳台上,让阳光把它的全身弄干,让它恢复生命之光。但是,请告诉我,为什么在这件事上我不应该对另一方表现出同情心呢,那一边的人忍受着被活着蒸烤的痛苦,并且在上帝赐予的每一天里都必须经历但丁所写的七层地狱的痛苦?而且,我的同情心,就像我的友谊一样,是有明确的界限的;它们距离哪怕有一线之遥,它就应该结束。那就是说,我的朋友们应该有良好的记录,不仅仅在公众生活上,也在私生活上,包括在生活中最隐秘的那一块儿。但是在公众场合大声喊着"个人自由"这样的伟大语言,而在私人生活中却用一种疯狂的感情奴役一个人的灵魂——我对此不理解,也不能原谅。从这个事情的所有方面,我找不出一个女人天性中的两个基本因素:善良和自尊。尊贵的上帝,只要我从远处感觉到某个人不喜欢我,我的思想就会像一只受惊的鸟一样逃离它的轨道,甚至连瞥他一眼都显

---

① 托马斯·麦考莱(1800—1859):政治家和历史学家,他写了很多散文和一部《英格兰史》。
② 指的是克拉拉·蔡特金的婚姻问题。她多年拒绝与她的丈夫(比她年轻得多)离婚。

得太冒昧了。一个人怎么能,噢,怎么能这样糟蹋自己?

　　你会提醒我与此相关的强烈的精神痛苦。好的,我会告诉你,汉森,如果我最好的朋友告诉我说:"我只能在做出卑下的行为和悲伤而死之间做出选择。"我会用一种冷淡而平静的语言告诉他:那就选择死吧。对于你,我有一种平静的,让人宽慰的确信,你不能弄清其中的意义,甚至在你的思想里也是如此。如果你的奶油吐司脾气和你永远冰冷的手有时会让我烦恼的话,我仍然会说,祝福这种冷淡的性格,如果它让我相信你永远不会像一只豹子一样横冲直撞,剥夺他人的快乐和平静。但实际上,这跟性情一点关系也没有。你知道我的火气可以让一片大草原燃烧,然而其他人的宁静和其他人简单的愿望对我来说就像一座圣殿一样,我宁可在它面前垮掉,也不会侵犯它。够了!对你之外的其他所有人,关于这一悲情事件我一句话也不会说。

　　为什么,我还没有为你的圣诞礼物感谢你。确实,如果我不是简单地收到它,而是也受到了你的最终选择,它会让我更加高兴。我知道从你那土气的小镇,你至多会把你的钢琴或你的勤务员还给我,这两样东西在我这里都没有地方放。什么时候你们能最后停止这场战争,这样我们就能再一次一起去听《费加罗》?啊,我对你充满忧虑,你把征服法国的大业让给别人,满足于毫无风险地去征服法国的姑娘们。你对任何事情都没有帮助。这就是为什么战争没有取得任何进展的原因。但我决不支持任何"领土兼并",你听见了吗?而且,请首先让我们写出一份详细的报告和"全面忏悔",直接寄给佛龙克 I.P.Festun 吕贝克医生那里,尽快寄过来。噢,我忘了,我在这里很好,不要为我担心。给我送来更多你和你的小马的照片。

深情地
你的罗莎

致索菲娅·李卜克内西

佛龙克　1917年1月15日

今天有一个时候我感到很痛苦。3点19分,火车的汽笛声告诉我玛蒂尔德已经离开了。在我像往常一样沿着墙"散步"时,我走过来又走过去,就像一只关在笼子里的动物。我的心因为悲伤而抽搐,因此我也不能从这里离开。喔!必须从这里离开!但这没有关系。此后不久,我的心猛的一疼,必须治疗了;它已经学会了服从——就像一只训练得很好的狗,让我们不要再谈我了。

索尼奇卡,你还记得我们为战争结束之后定下的计划吗?一起去南方旅行。我们会一起去的!我知道你梦想着和我一起去意大利,最高贵的土地。而我,恰恰相反,计划着带你去科西嘉,那里甚至比意大利更好。在那儿,一个人会忘掉欧洲,至少是忘掉现代欧洲。

想想一种宽广的,史诗一般的风景:群山和山谷雄壮的轮廓。在高处,除了寸草不生的一层岩石以外什么也没有,那层岩石具有一种高贵的灰色。在下面,是茂盛的橄榄树、樱桃树和经年日久的栗子树。在所有这些之上笼罩着一种史前的宁静——没有人类的声音,没有鸟儿的鸣叫,只有一条小溪在岩石间潺潺流淌,或者在山崖之间有一阵风在飒飒作响。正是一股同样的风撑起了奥德赛①的船帆。如果你遇到了这里的人，你会发现与这里的风景完全相配。

例如，从小路的拐弯处，忽然出现一列人和动物——科西嘉人走路的时候总是一个人跟在一个人后面，形成一个单列，大踏步地行走，——不像我们的农民那样成群结队地行走。通常是一只狗跑在前面，后面是一只山羊或一条小驴拖着几口袋栗子，在慢慢地走着。再后面跟着一头大骡子，上面坐着一个妇女，怀里抱着一个孩子。她骑在横鞍上，两条腿摇晃着垂了下来。她直着身子坐着，一动不动，她的身躯像一棵柏树一样苗条。在她身边，一个留着胡子的男人以一种平静而坚定的步伐行走着。两个人都一声不吭。

你会发誓：这就是耶稣基督的神圣家庭。② 这样的景象你在这里会不断地碰到。每一次我都自发地受到强烈的感动，我真想屈膝跪下，在绝妙的美面前总是不得不这样做。在那里《圣经》中的世界和古希腊罗马的世界仍是活生生的。我们必须去那里，并且像我曾经做过的那样：徒步走遍整个岛屿，每天夜里在不同的地方休息，每天早晨早早起来，去迎接日出。这对你有吸引力吗？如果我能向你展示这个世界，我会非常地高兴。

多读些书。你必须在文化方面取得进步，而且你能做到这一点——你仍然很年轻也很灵活。现在我必须搁笔了。祝你的这一天快乐而宁静地度过。

你的
罗莎

---

① 古希腊两部荷马史诗之一《奥德赛》的主人公，他曾乘船在海上历险十年。
② 神圣家庭指圣母玛利亚、圣婴耶稣和玛利亚的丈夫约瑟。

致露易丝·考茨基

佛龙克波森要塞，1917年1月26日

露露，亲爱的！

昨天在柏林对我进行了审判（在我缺席的情况下），在这次审判中无疑几个月的监禁又落在我的身上。① 到今天，我被羁押，"坐"在这里已经有整整三个月了——我的牢狱生活的第三阶段。② 为了庆祝这两个值得纪念的日子，它们以这种有趣的方式打断了我如今维持了数年的这种生活，为此值得给你写一封信。原谅我，亲爱的，我这封回信让你等了这么久，但我在这几天时间里恰好碰上一阵怯懦病发作。这几天我们这儿刮了一阵风暴，很冷，我感到自己很渺小很虚弱，因此我根本就没有走出我的"窝"，因为害怕那种寒冷会彻底打垮我。在这样一种心境中，我当然在等待着热心

---

① 在中柏林的皇家特别法庭，人们以卢森堡侮辱一位刑事司法系统的官员而起诉她。她被判处在监狱中继续服刑十天。

② 第一阶段是在亚历山大平原监狱，第二阶段是在巴尔尼姆街的女子监狱，第三阶段是在佛龙克。1916年7月10日，因为她的政治活动，卢森堡被投入"军事保护性羁押"，这是勃兰登堡侯国（德意志帝国的一个邦）的最高军事指挥官古斯塔夫·冯·卡塞尔下达的命令。起初她被羁押在柏林亚历山大平原的警察监狱，然后在7月21日她被转到巴尔尼姆街的柏林女子监狱。从1916年10月26日到1917年7月22日，她被羁押在波森省的佛龙克监狱。从那里她被送到布雷斯劳监狱，她最终在德国革命中于1918年11月8日被从那里释放。

的,能给我鼓励的信,但不幸的是我的朋友们总是等着我鼓动他们,激励他们。他们中没有人曾经具有一种不错的,新鲜的主动精神,并且出于他们自己的心愿给我写信——除了汉森·狄芬巴赫。在这两年半的时间里,他(汉斯·狄芬巴赫)写的信经常"没有寄到你那里",而且没有收到回信,他可能已经厌倦了。最后是索尼娅·李卜克内西的来信,但她的腔调总是像打碎了的玻璃。在这一点上,我像我一贯的那样,我想通过自己的努力,从这种低谷中走出来,这样做也是很适宜的。

如今我再次变得愉快和活泼,而且处在一种不错的心境之中,你让我失望的只是你没有到这里来和我聊天,并且开怀大笑,就好像只有我们两个人懂得该如何去做。我会很快让你再次笑起来,即使你的最近几封信充满了令人不安的阴郁。你知道,一次当我们在一天晚上从倍倍尔那里回家,当时正值午夜时分,我们三个在大街中央上演了一场普通的青蛙音乐会,你说当我们在一起的时候你总是感觉有点醉了,好像我们喝了香槟酒。这正是你让我喜欢的地方,我总能让你处于一种像喝了香槟酒一样的心境中,当生活让我们的手指发麻,让我们准备面对各种愚弄的时候。我们可以连续三年都没有见到对方,然后仅仅在半个小时之内就好像是在昨天还见过一样,我非常想现在就闯进汉斯·奈乌斯(汉斯·考茨基)的家,能够再次与你以及那些围坐在你桌旁的人一起大笑,就像在六月汉斯·狄芬巴赫拜访我们的时候那样大笑。(他后来给我写信说:在乘火车到前线的一路上,他都忍不住不时大声地笑出声来,让车厢里他的士兵同伴们惊讶不已,在他们的眼里我无疑"像个傻瓜"。)事实上香槟酒是没有问题的,如今我们已经处于喝了香槟酒的状态很久了,自从可怜的雨果·费伊斯特倒下死去,成为世界大战的第一个死难者。①

哦,不说香槟酒了,不说雨果·沃尔夫的歌了。顺便提一下,

---

① 雨果·费伊斯特于 1914 年 7 月 30 日阵亡。

我对我们的上一次香槟"欢宴"保留着一种非常暖心的记忆。那是在上个夏天（在战争之前）当我在黑森林的时候。① 他（费伊斯特）在星期天与科斯佳（也就是科斯佳·蔡特金）一起来，他们从维尔德巴特上山，来拜访我们；那是不可思议的一天，吃过饭后，我们坐在摆成一小排的一瓶瓶玛姆香槟酒前的空地上，在阳光下陶醉，而且非常开心。当然那个喝得最多的人获得了（香槟酒）的"最高荣誉"（也就是费伊斯特）。他再一次经历了"难忘的时刻"，他大笑着，做着手势，叫喊着，把一个又一个闪闪发光的杯子扔进他敞开的"斯瓦比亚"陷阱。他尤其被在星期天来访的公众逗笑了，他们在走廊里，聚集在我们周围。"看看这些凡夫俗子是怎么目瞪口呆地看着我们的，"他兴奋地叫喊着，"真希望他们知道是谁在这里狂饮作乐。"最有意思的事情是我们是很笨的人，因为房东——正如他在那天晚上之后告诉我的——通过某种方式识破了我们不幸的"隐姓埋名"，自然将这件事暗中告诉了他所有的客人。这个坏蛋一直带着谄媚的微笑为我们服务，让这里不断响起打开酒瓶瓶塞的砰砰声，但凡夫俗子们，正如所想的那样，大部分很受这次"社会民主党人香槟酒狂欢"的启发。——在费伊斯特的坟墓四周如今已经是第三次了，春天将要"让它的蓝色绶带飘动"（他唱那首歌②唱得很美，比朱莉亚·卡尔普唱得好得多，我们曾听过她唱的这首歌——你还记得吗？——当你和我一起在歌唱学院的时候）。可能对你来说，对音乐的渴望，对其他所有事情的渴望，都暂时被放到了一边，你的心中充满了对世界历史的忧虑，它完全走错了方向，你心中充满了对谢德曼和朋友们的不幸的叹息。每个给我写信的人都用同样的方式哀悼和叹息。你懂不懂这种全面灾难过于重大，让我们不能对它哀悼和叹息？我可以悲伤或者感觉不愉快，

---

① 罗莎·卢森堡指的可能是她在黑森林的维森巴赫的时候。1912年8月她和克拉拉·蔡特金一起在那里。

② 这指的是爱德华·莫里克的诗《你要找的人就是他》，这首诗由作曲家雨果·沃尔夫谱成歌曲。

如果咪咪生病了,或者如果你身体不好了。但如果整个世界出了问题,那么我仅仅寻求理解发生了什么,为什么发生,然后做好我的职责,从那开始我会很平静,并且精神头很好。Ultra posse memo obligatur。①于是对我来说,这里还存在的所有其他的东西仍然让我高兴:音乐、绘画、天上的云朵、在春天进行植物学研究、好书、咪咪、你,还有许多其他的。——简言之,我"很富有",而且我想一直这样下去。对我来说,让自己完全屈服于头痛和每天的不幸是完全不可理解,而且不可忍受的。看看,比如说,歌德是如何冷静超脱地对待各种事情。想想他所必须经受的一切:法国大革命,它从近距离看一定像是一场血腥而毫无意义的闹剧,然后从1793年到1815年,是连续的一系列战争,那时世界一定看起来像一个失去控制的疯人院。然而同时,他是如此镇静而坦然地进行关于植物的形态演变、颜色的理论和很多其他事物的研究。我不要求你成为歌德那样的诗人,但每个人都可以按照自己关于生活的观点来生活——普遍利益,内在的和谐——或者至少朝着这个方向努力。如果你说类似这样的话:但歌德并不是一个政治斗士,我的观点是:一个斗士恰恰是一个努力超脱于各种事情之上的人,否则他一定会把鼻子紧贴在每一件愚蠢的事情上。很明显我是在用宏大的尺度来看待战士,而不是用坐在你桌旁的"那些伟人"的水准来衡量,最近他们把一封问候信送到我这里……不要担心——你的问候事实上是所有那些问候信中唯一一封对我来说宝贵的。为了报答你,我想很快从我的特纳相册里找一张小照片送给你。唯一的请求是你最好不要给我回信,就像最近发生在我身上的那样。只想一下,为了庆祝圣诞节,我从这个相册里找了一张非常非常美丽的照片送给了利奥·约基希斯,然后我从雅各布小姐的途径得到了一句回话:感谢但拒绝;据说这种行为是"野蛮破坏",而且这张照片必须从那个相册里取下!特立独行的利奥,是

---

① 拉丁语:没有有义务去做超出他们能力的事情。

不是这样？我气极了,因为我也坚持歌德在这里表达的观点:

> 我会有丝毫的犹豫,
> 从巴尔赫、布哈拉、撒马尔罕,
> 买来这些城市里最鲜亮的,闪闪发光的物品,
> 来送给你,我这样卓越的爱人?
>
> 或者你宁愿去请求国王
> 下令把这些城市赐给你?
> 他更高贵更睿智,
> 但他不懂得如何去爱。①

利奥·约基希斯既不是国王,也不是"更睿智",但他仍然"不懂得如何去爱"。可是我们两个人懂,不是吗,露露?当我下一次有机会摘下几颗星星,送给某人当做袖子上的纽扣的时候,最好不要碰到冷血的学究,抬起他的手指来制止我,说我给所有的天文学教科书制造了混乱。

你送我的格林奈尔相册给我带来了越来越多的快乐,我经常翻看它,而且在我这样做的时候,我感受到越来越强的再次翻看它的渴望。罗伯特·考茨基②能不能通过下一次来这里探视我的人的渠道送给我一些他最近画的画(从雅各布小姐那里,一个人可以发现冯·卡塞尔先生的手指指向了谁)?我保证会把这些画完好无损地归还,而且我将享受极大的快乐。总的来说,罗伯特自己能不能什么时候来看我一下?也许他甚至可以让他给我画肖像画的愿望成为现实,如果我坐着让他画三四个小时对他来说是足够的话。向上帝发誓,一想到这个,我就会很开心。既然我已经"坐"在

---

① 这几句诗摘自歌德的《西东合集》。
② 罗伯特·考茨基是德国社会民主党领导人卡尔·考茨基的侄子。

了监狱里,我也不妨坐着让他画。无论如何,仅仅看到这个长着一双闪闪发光的眼睛的生气勃勃的年轻人,对我来说也是很不错的。我确信,他作为皇家剧院画师的儿子,是能够得到监狱当局的允许的,尤其是如果许尔森伯爵①为此说几句话的话……当然我仅仅是在开玩笑。汉斯·奈乌斯(汉斯·考茨基)肯定宁死也不愿公开他和我的友谊,既然我是个"臭名昭著的煽动者"。但罗伯特也许无需别人的帮助就能得到探视我的许可。抛开所有这些,你的一切进展得怎么样?你已经申请探视了吗?我当然更喜欢你在春天的时候来,那时候这个地区更加舒适宜人,它会变得很美的,正如见到过这里的春天的人们所报道的那样。既然现在铁路出了很多事故,而且现在天气也不好,现在过来看我对你来说太冒险了,但我肯定会在春天安排一次你的来访。你一定会为我这里的一切而感到大吃一惊。大山雀们正盛大光临我的窗前,它们已经非常了解我的声音,而且当我唱歌的时候它们似乎很喜欢。最近我经常唱《费加罗》里的伯爵夫人咏叹调,大约有六只山雀停在那里,停在我窗前的灌木丛里,一动不动地听我唱歌,一直到我唱完;这是在这里能看到的非常有意思的景象。这里还有两只乌鸫,每天听到我的呼唤就过来,我从没有见过如此驯顺的家伙。它们啃光了我窗前的金属板。为此我指示在4月1日(愚人节)举行一次大合唱,这将会是一件大事。你不能为了这些小精灵给送我一些太阳花种子?为了我自己的馋嘴,我也想订另一个"军用蛋糕",就像你已经送过我几次的那种,它们让人略微提前感受到天堂是什么样子的。现在我要谈崇高的和超级崇高的事情,这里还有一个问题搅得我无法安歇:似乎众星的世界出了大问题,而且不是我的错。我不能确定地知道你在强烈关注谢德曼的时候是否注意到了,但在去年揭示了一个划时代的发现:英国人沃尔基据说发现了"宇宙的中心",据推测就是南船座的老人星(在南半球),它距离我们"只有"五百光年,而且大

---

① 汉斯·考茨基是罗伯特的父亲,是皇家剧院的画师,皇家剧院的首脑是许尔森伯爵。

约比太阳大一百五十万倍。这些根本没有给我留下很深的印象,我已经厌倦了。但我关心的是其他东西:"一切"围绕着一个单一的中心运动,这让宇宙变成了一种球状的东西。如今我发现这完全超出了我的想象:宇宙像一个球—— 一种巨大的土豆布丁或 bombe glacé①。这样一种匀称的景象,当应用到"整体"的时候,在我看来是一种非常愚蠢的小资产阶级观念。既然我们恰好在谈宇宙的无穷,这就好像是做出一种手势,对"无穷"这个概念表示蔑视。因为"球状的无穷"一定是垃圾。为了让我自己得到心理安慰,我必须把无穷想成是一个在人类的愚蠢之外的东西! 我确实对"哲学家康德有一种担心和顾虑"。汉斯·奈乌斯或者他的有学问的儿子,对此是怎么看的? 现在立刻给我写一封正式的信 de omnibus rebus,②否则我会把你从我心中的主要位置驱逐出去——你现在正坐在那里,在咪咪的旁边——把你放到一个角落里。——

仁慈的上帝! 我忘了主要的事情:我还没有弄完我的翻译。③只有七个书帖还没有翻译完,首先我必须(给这些草稿)做出一个清晰的副本。出版商不能在十二个"书帖"的基础上做出判断吗?! 但最后我必须结束。

我拥抱你,你的罗莎。

注意:你可以直接给这个地址寄信:佛龙克,波森要塞,我肯定能收到信的。

如果你从汉斯·狄芬巴赫那里收到一封写给我的信,可以毫无顾虑地送到我这里。他可以在信里跟我说一切事情。

---

① 冰弹。
② 关于万事万物。
③ 卢森堡正在把弗拉基米尔·柯罗连科的自传体小说《我的同时代人的故事》从俄文翻译成德文,她的译文在她死后由保罗·卡西尔出版公司于 1919 年在柏林出版。她于 1918 年 7 月给这本书写了序言,当时她正在布雷斯劳的监狱里;这篇序言的德文版见她的德文全集的第四卷,第 302—331 页。

致玛尔塔·罗森鲍姆

佛龙克 1917年2月4日和2月9日之间

我亲爱的玛尔辰!

你昨天的来访让我很高兴。那次来访是那样可爱,那样友好,那样让人舒服,我一定希望今天和星期天的来访也会如此。对我来说,你的来访给我的心带来很大振奋,在接下来的几周里我都将从中受益。你以你的亲近、你的高贵的灵魂给我带来这样多的温暖,治愈了我的心灵。过一会儿你再来的时候,不也会这样?我已经在为下一次来访感到高兴了。那就是说,如果我继续待在监狱里的话。但总体而言,你不必为我担心了,真的:我现在非常严格地遵照医生的嘱咐,坚定地希望能够健康而强壮地走出这里,这样你就会因为见到我在工作和战斗而感到快乐了。有很多工作和战斗在等着我呢。但我绝对没有气馁。亲爱的,历史自己总是知道如何做是最好的,甚至在形势看上去最令人绝望的时候也是如此。我这样说并不等于我赞成某种轻松的宿命论。恰恰相反!必须尽最大努力激励人们,有必要尽一个人的全力来进行自觉的战斗。我的意思是:现在当一切似乎彻底没有希望的时候,做出那种有意识地去影响大众的努力的成功,取决于某种深刻的,基本的,深藏不露的历史的源泉,而且我还从历史的教训以及我在俄国的个人经验中了解到,恰恰是在一切从外表上看很恐怖,而且绝对没有出路的时候,一种彻底的转变正在暗中酝酿着,在慢慢形成,而且日后会证明由于这种延迟,它会变得更加有力。总体而言,不要忘了,我们与历史发展的那些规律联系在一起,它们从不会失效。即使有时候它们并不是不折不扣地按照我们制定的那些"F计划"发展。因此,无论如何,高昂起你的头,不要失去你的勇气。

我衷心地拥抱你,充满温暖和爱,你的罗莎。

附文:请也给汉森(狄芬巴赫)写一封信,告诉他如果他像我所建议的那样,只是想到这里来的话,那么星期天下午是最合适的。也许就是下个星期天?当然他不能跟别人提起他知道星期天是最合适的,他应该只是"凑巧"来到这里,因为获得司令部的允许要花上很长的时间。我保证这样会行得通。

致玛蒂尔德·雅各布

佛龙克　1917年2月7日

我亲爱的玛蒂尔德：

　　我的意识在这样啃噬着我：今天玛尔塔·罗森鲍姆来了，我完全处于一种糟糕的心境。但我下次会振作起来。你不考虑我的生日，只顾及露易丝·考茨基的生日，这完全没有问题。我坚持拥有降临到我身上的东西。有几个星期我都在愉快地盼望着你的这次来访，直到现在我还总是把它（你的来访）放在我的生日日程上，现在你想以我为代价显示自己的宽宏大量。现在我正在给露易丝写信，请她在五月来。请告诉我还有谁会来看我，会在什么时候来。

　　今天我接到了判决：监禁十天和承担庭审费用，罪名是侮辱行政官员。请在温伯格博士的办公室采取必要的步骤。判决书是从以下地址寄来的：特别法庭，中柏林，136区。它注明的日期是1月25日，判决书的号码是136D565/Ⅱ.16。判决书中对做出该判决的理由的解释仅仅是把我所承认做过的事重新叙述了一遍。①

---

　　① 卢森堡的判决书对判决理由解释如下："被告因为用言行侮辱警察的荣誉而被定罪。她于9月22日在中柏林对警察喊道'你仅仅是一个普通的警察密探和一头猪。从这里滚出去'，并同时拿起墨水瓶向警察掷去……被告正在柏林女子监狱接受保护性羁押。在相关的那一天，在她和玛蒂尔德·雅各布交谈的时候，荣誉的警察在现场作为监督人，十分钟过去后，他宣布谈话结束。被告现在坦白上面提到的言辞侮辱确实是她所为。但她否认向警察投掷过任何东西。"

你还为我受伤的手指而烦恼?它没什么:只是我使劲地把办公桌的抽屉关上,而忘了我的小拇指还在那里面,结果它被狠狠地压了一下,这完全是我咎由自取。

喔,玛蒂尔德,什么时候才能在苏登台再次与你和咪咪坐在一起,大声向你们朗诵歌德的诗?实际上,现在,今天,我想把在我脑海里的一首诗向你背诵,它是昨天晚上刚刚浮现到我的脑海里的——上帝才知道是为什么。它是瑞士作家康拉德·斐迪南·梅耶写的,这位优秀的瑞士作家还写了长篇小说《于尔格·耶纳奇》。现在坐下,把咪咪放在你的腿上,脸上浮现出那种恭敬的,懒洋洋的表情,当我向你大声朗诵什么的时候,你已经习惯了这样做。喂,静一静了!

胡登的忏悔①

此时此刻我跨过一座坟墓,我自己的坟墓。
现在,胡登,你还不做你的忏悔?
基督教的良好习俗。我要捶打我的前胸。
什么人没有罪孽感?
我要如何为我迟来的罪孽感忏悔,
忏悔我的心没有燃烧得足够火热,
忏悔我没有参加战斗,
使出更有力的攻击,带着更强烈的激情,
忏悔我只被流放过一次,
忏悔我常常理解人类的恐惧,
忏悔那一天,在那天我没有使出一点有杀伤力的攻击,
忏悔那个时刻,那时我没有穿上盔甲,
现在带着自责来克服,忏悔

---

① 乌尔里希·冯·胡登(1488—1523)是德国人道主义者,诗人,是坦率的宗教改革的支持者和马丁·路德的盟友。

我有三次没有表现得更敏捷更勇敢。

你可以把这首诗的结尾部分写在我的墓碑上……你把这看得很严重吗，玛蒂尔德？嘿，嘲笑它吧。在我的墓碑上，就像在我的生活中一样，这里不会有浮华的辞藻。只把两个音节写在我的墓石上："萃-萃"。这是大蓝山雀的叫声，我可以模仿得如此之好，以至于我一学蓝山雀叫，它们就都会立即跑过来。想一下，这种通常很清晰又很尖细的叫声，像一根钢针一样闪动，在最近几天，在这种叫声里能听到很多低沉、细微的鸟鸣，一种极小但很骄傲的声音。你知道它是在表达什么意思吗，雅各布小姐？那是刚刚到来的春天的第一个柔弱而激动人心的声音。尽管有那些雪，有那些霜，有那种孤独，我们相信——山雀和我相信——春天即将来临！如果由于急切，我不能活到那时候，那不要忘了不要在我的墓碑上写什么，除了"萃-萃"这个音节。

带着折磨死人的想念拥抱你和咪咪，你的罗莎·卢森堡

致汉斯·狄芬巴赫

未署日期

汉森！我这样疯狂地期待着你的来访！不要制造惊喜，如果有必要的话，在你想来的时候给我发一封电报。另外：第一，穿着制服来；第二，在这里自然一些，就像我们在家里一样。在你来的时候，我不会放弃惯常的亲吻；如果你是拘谨而又扭捏的，无疑我甚至会做些文章，这样在这次访问中我们谁也不会占到便宜。好吧，我焦急地等待着你！

深情地
你的
罗莎

致玛蒂尔德·乌尔姆

佛龙克　I.P.，堡垒

1917 年 2 月 16 日

（把你的信直接封好寄到这里，不要加上战俘信件的标记）

我亲爱的玛蒂尔德：

　　我收到了你寄来的信、明信片和小甜饼——非常感谢。安静下来吧；尽管事实上你这样鲁莽地放弃了我对你的信任，甚至还要和我斗争①，我仍然像从前一样友善地对待你。我不得不嘲笑你要和我"作斗争"的想法。姑娘，我稳稳地坐在马鞍上，还没有人能把我拉下马来；如果看到一个能这样做的人，我会感到很有趣。但是由于一个完全不同的原因，我又不得不微笑起来：因为你实际上根本不想和我"作斗争"，而且，你在政治上甚至比你自己所相信的那样更依赖于我。我总会是你的指南针，因为你的天性告诉你，我具有最准确的判断力——在我进行判断的时候，所有分散注意力的次要问题都被放到一边：焦急或紧张，事务主义，议会迷，这些都会影响其他人的判断。你反对我的口号"我站在这儿——我只能这样做！"你的观点可以归纳如下：那个论点非常好，但是人们都很怯懦，很软弱，不能接受这种英雄主义，因此必须调整我们的策略，以

---

① 见前面 1916 年 12 月 28 日致玛蒂尔德·乌尔姆的信。

适应他们的软弱和那种"欲速则不达"的原则。这是多么狭隘的历史观,我的小羊羔!没有什么比人的心理更容易改变了。那尤其是因为群众的灵魂就像永恒之海一样,在它里面总是包含着各种潜在的可能性;死一般的寂静和狂野的风暴,最卑下的怯懦和最狂热的英雄主义。群众总是成为他们根据时代的条件必然成为的样子,而且他们总是处在成为与他们表面上表现出的样子完全不同的样子的边缘。成为一个优秀的海船船长可以仅仅依据海洋表面一时的表现来引导船的航向,而无需懂得如何从天空和大洋深处的迹象来得出结论。我亲爱的小姑娘,"对群众失望"往往是能从一个政治领导人身上找到的最应该受到指责的品质。一个有着伟大品质的领导人依据更高的发展规律来制定各种策略,而非依据群众一时的情绪,并且坚定地一直采用这些策略,而不顾所有的失意,至于其他的,就静静地等待历史让自己的工作结出果实。

让我们以此来结束这场争辩。我希望自己仍然是你的朋友。

我是否仍然是你的老师——就像你所希望的那样——取决于你。

你让我回想起六年前的一个晚上,我们一起在拉特湖(柏林的一个湖)的岸边等待彗星出现时的情景。奇怪得很,我对那时的情景完全没有任何追忆。但你唤起了我对另外一个事情的回忆。当时是一个十月的晚上,我和画家汉斯·考茨基一起坐在哈弗尔河边,孔雀岛的对面,我们也在等着看那颗彗星。黄昏的光线已经变深了,在地平线上有一条朦胧的紫红色光带仍然在发亮,它倒映在哈弗尔河里,把河水的表面变成了一个宽大的玫瑰花瓣。在路的那一边一个浮标发出了柔软的响声。在一个地方很多黑点落在了水上。这是些野鸭子,它们飞过哈弗尔河后在这里休息,它们压抑的叫声,其中包含了这样多的渴望,还有一种宽广、空旷的扩张感——它们的叫声穿过河水,传到了我们的耳朵里。当时的心境是棒极了的,我们静静地坐在那里,一声不吭,好像是在出神。我朝着哈弗尔河看。汉斯正巧在看着我(他背对着河水)。突然他好像受了惊吓,紧紧抓住我。"你怎么了?"他喊道。在他的身后一颗流星落了下来,它发出的一道绿色的磷光淹没了我,因此我看起来呈现出一种浅绿色,就像一具尸体一样,而且因为我受惊了,并且脸上显出一种明显的吃惊的表情。这是因为我看到了在他身后那个同样的流星坠落的景观,而他却看不见。汉斯可能认为我正承受着致命的疼痛,并且快要死了。(后来他创作了一幅美丽的大型图画,描绘的就是哈弗尔河在那个晚上的景象。)

对我来说这是灾难性的:如今你没有时间或者没有心情去关注任何"一号事项"之外的事情。因为这种片面性也会损害你的政治判断力,而且一个人必须无论何时都要像一个完整的人一样生活。但看看这里,姑娘,如果事实是你几乎从不花心思去挑一本好书,然后至少只读那些好书,而不是去读你送给我的那些矫揉造作的"斯宾诺莎小说"。你想从"犹太人经受的特别苦难"这个主题里得到什么?我只是很关心橡胶种植园里那些可怜的受害者,那些非洲黑人,他们的尸体欧洲人当做玩具一样玩弄着。你知道那些关于总参谋部的伟大工作,关于特罗塔将军指挥的喀拉哈里沙漠战斗①的文字:"那声声濒死者的死亡吼叫,那些被在伟大的永恒宁静中消失的渴望逼得疯掉了的人们的发狂的喊叫。"喔,在那"伟大的永恒宁静"中,那么多极度痛苦的喊叫已经在人们的漠视中销声匿迹了,它们这样强烈地在我的心中回响着,因此在我的心中没有给犹太人隔都②留下一个特别的位置。我在家都能感受到整个世界,感受到所有有云朵,有鸟儿,有人类的眼泪的地方。

---

① 1904年,在德属西南非洲,赫雷罗人和霍屯督人起来反抗德帝国主义的野蛮的殖民统治。为了镇压这次起义,派遣了由罗塔尔·冯·特罗塔将军指挥的一支12000人的殖民地军队。当地人被驱赶到沙漠,并且被断绝了水源,导致数万人痛苦地死去。冯·特罗塔将军还下令射杀妇女和儿童。早先,在1900年,冯·特罗塔曾指挥一个旅的德军到中国镇压义和团运动。冯·特罗塔还是图勒协会的领导成员,这个协会影响了阿道夫·希特勒。

② 欧洲中世纪与外界隔离的犹太人居住区。

昨天晚上,在我的堡垒的院墙上方,能看到令人惊异的美丽的粉红色云朵。我站在我的装着格栅的窗户前,自己背诵我最喜欢的莫里克的诗:

一天我来到一个友善的城市,
太阳在街道上洒下红色的光辉。
方才从一扇敞开的窗户里,
透过一大片极其美丽华贵的花朵,
远远地我听见了几口大钟洪亮的颤抖的声音,
单单一个人的声音就好比夜莺的合唱,
因此花儿在抖动着,
因此花香变得更加沁人心脾,
因此玫瑰呈现出一种更鲜艳的红色。

我在那儿等了很久,因为喜悦而不知所措,惊讶着。

我是如何走出这座城市的大门的,
说句实话,我自己也不知道。
在这里——在我的周围是一个多么轻盈的世界。

天空充满了一堆呈现出紫红色的云彩,
城市处在金色的烟霾中,在我的后方,
河流是如何隆隆作响着穿过桉树的丛林,
地面是如何在嘎嘎作响的磨石下呻吟。

像喝多了酒的人一样,我神情恍惚。
哦,缪斯,你打动了我的心,让我眼泪直流,
用你温柔的爱情之锁链!

因此,生活可以对你很好的,我年轻的好姑娘。不知道什么时候我能再次有机会给你写信。现在我对写信没有兴趣。但我还欠着你这封信。

我送给你一个吻,热切地握紧你的手。

你的罗莎

致索菲娅·李卜克内西

佛龙克　1917年2月18日

很长一段时间以来,没有什么事情比玛尔塔谈到的你去探望卡尔的情形的过程更让我震惊了,其中包括你是怎么找到在监狱的铁栅栏后面的他,以及这是怎样让你心绪不宁的。为什么你不把这些都告诉我?我有权参与处理任何伤害你的事情,而且我并没有让我的权利被剥夺。

顺便说一下,这让我生动地想起十年前我在华沙要塞监狱与我的兄弟姐妹们团聚的场景。在那里,一个人实际上被带进了一个用金属栅栏做成的双重笼子里:也就是说,在一个大笼子里还放着一个小笼了,而且你必须透过双重罗网的闪着波纹一样的微光的缝隙来交谈。首要的是,因为这次会面是在我绝食了六天之后进行的,当时我是那样虚弱,以至于要塞的长官几乎不得不把我抬到会客室,而且在这个笼子里,我不得不用双手握住铁栅栏,这可能就更加像一只动物园里的野生动物。

我的笼子位于这间屋子的一个非常阴暗的角落,我的兄弟把他的脸紧贴着铁栅栏,贴得非常近。"你在哪儿?"他不停地问。他从他的夹鼻眼镜后面擦去眼泪,泪水模糊了他的眼睛,让他看不到我。我是多么高兴,多么快乐现在我能坐在这里,在鲁考监狱的笼子里,为了让卡尔不受这一切的折磨!

请向弗兰兹·费弗特①转达我最忠心的感谢,因为他送来了高尔斯华绥的小说。昨天我读完了它,我非常喜欢这本书。确实,我对于这部小说远不如对《有产业的人》那部小说那样喜欢,不是我不注意这部小说中的社会内容,而是因为这部小说中的社会内容太多了。对于一本小说,我不是去看它的社会内容,而是去看它的艺术价值。在这方面,让我感到不安的是,在《兄弟》一篇中,高尔斯华绥表现得过于俏皮了。这无疑让你感到惊讶。但是他和萧伯纳还有奥斯卡·王尔德是同一类型,今天这种类型在英国知识分子中似乎很普遍:一个非常聪明非常文雅,但是厌倦享乐的男人,带着一种怀疑的微笑看着整个世界。高尔斯华绥关于他自己的剧中人物的俏皮、嘲讽的话经常让我放声大笑。但是一个真正有良好教养的卓越人士从不,或者仅仅偶尔嘲笑他们的环境,即使在他们认为一切事情都很可笑的时候。因此一个真正的艺术家从不对他自己作品中的人物采取冷嘲手法。

不要误解我,索尼奇卡:这并不是排斥宏大风格的讽刺作品,例如盖尔哈特·霍普特曼的《伊曼纽尔·昆特②》就是一百年来对现代社会最辛辣的讽刺作品,书中所说的这种状况在这一百年里已经形成。但霍普特曼③自己并没有傻笑;在作品结束的时候,他一个人站着,嘴唇在颤动,一双眼睛睁得大大的,眼泪在眼睛里闪闪发光。与此相反,高尔斯华绥用他的机智的旁白感动了我,就像一个社交晚会上共同进餐的伙伴会带着几分恶意,在我的耳边轻声对每个进入会客室的新客人说长论短。

---

① 弗兰兹·费弗特(1879—1954):他是先锋派运动的重要力量,他主办了一份杂志《行动》。
② 《信奉基督的愚人:伊曼纽尔·昆特》,又译作《圣愚》。
③ 盖尔哈特·霍普特曼(1862—1946):早期自然主义作家。霍普特曼的《纺织工人》让他一举成名。罗莎对于伊曼纽尔·昆特的同情的观点并不为霍普特曼自己所赞同。在这本书中,那批不妥协的信徒中的一个是言辞激烈、性情刚烈的犹太裔波兰煽动者——很明显就是罗莎·卢森堡本人。有趣的是,她不承认,或者是有意选择不提她自己的漫画式的形象。在这个时候,霍普特曼已经不是一个社会主义者。

今天又是星期天,这对那些被关进监狱的孤独的人来说是最难受的一天。我很压抑,但我热切地希望你不会这样,卡尔也不会这样。快些给我写信,利用你即将睡觉之前的时间。我热情地拥抱你,并问候孩子们。

你的罗莎

费弗特不能送给我其他的,更好的书吗?可以送一些托马斯·曼的作品吗?我还没有读过他的作品。另外一个请求:外面的太阳开始变得毒辣起来,照得我的眼睛快要瞎了。你能不能用普通的信封带给我一块一米长短的带着零散的黑点的黑色薄面纱?提前感谢你。

致汉斯·狄芬巴赫

佛龙克波森,1917 年 3 月 5 日

我亲爱的汉森!

你关于我好冲动的天性、我的青春活力的和类似的夸张奉承的东西的推测都是建立在一种错误的基础之上。因为首先,我给你写过信—— 一封美丽的信,长达八页——我仅仅是没有把它寄出去(作为证据,我把一张画放在了这封信的信封里,那张画原是我用来装饰那封信的,可能你会喜欢它)。其次,我一直是带着挥之不去的幻想在生活,这种幻想源于我的希望,那就是有一天你一定会亲自出现在这里。但似乎冯·卡塞尔先生①找到了他所能做的以最伤害人的方式打击我的方法,如今他想试一下,看我是否能"承受住"这种打击。不要对我生气,让我"承受"任何更残酷的打击,而是一直不知疲倦地给我写信——用善良、爱和耐心来对待我,即使我并不值得你这样做——就像你一向所做的那样。

事实上,此时我经历着极度的痛苦。这就像去年在巴尔尼姆街的时候那样。我坚强地撑了七个月,但是在第八个月和第九个月,突然神经撑不住了;我不得不待在这里的每一天变成了一座我

---

① 古斯塔夫·冯·卡塞尔将军是勃兰登堡侯国的最高司令官,在他的命令下,卢森堡被以"军事保护性拘禁"的方式囚禁起来。

必须费力去攀登的小山。每一件微不足道的小事都能引起我极度的烦躁。再有五天,入狱第二年我整整八个月的寂寞生活就要结束了。肯定不久——正如去年所发生的那样——一种活力的恢复将会以它自己的方式到来,尤其是春天不久就要到了。顺便说一下,一切都会很容易地过去,只要我不忘记我为生活制定的基本原则:仁慈和善良是最重要的!简单直白地说,就是做个好人——这能解决和合并一切事情,而且比所有的精明和坚持"正确"更好。但是谁会在这里让我想起那些呢,既然咪咪(那只猫)不在这里。在家里有多少次它知道如何用它那长时间的,沉默的注视来把我引向正道,因此我不得不用吻来爱抚它(不管你们怎么想!)并且对它说:你是对的,仁慈和善良是最重要的。因此有时如果你从我的话语或我的沉默中发现我很任性或很残忍,就跟我提一下咪咪那句很诚实的话,而且——你自己应该走在我的前面,做个示范:你要仁慈并且善良,即使我不值得你这样做。

如今,首先非常感谢你——我要感谢你的地方很多:感谢你送来了那些小册子、那些糖精(我把它们送还给你,并且还带上额外的奖励,因为我收到了一大堆糖精,而且你自己需要它们)、那张照片、那根温度计、那些糖果、那两本最近出版的书、那些罗马帝国皇帝的画像(它们用形象的例子[负面的]让我再次坚定了共和主义的信念),但首先是,感谢你给我写了那些信,它们给我带来了很多安慰。在信上读到关于你在佛龙克的史诗般的冒险的文字,我感到非常有趣;唯一让我感到很不满意的就是我不能和你在一起,甚至不能从中获得一丝光线。但我从这封信中获得了一种超乎寻常的快乐,你试图用你那种狡猾的技巧,引诱我有一天去读黑贝尔的书,并且从中提前享受了见到我(可能表现出)的无知的喜悦。我多么高兴你仍然是原来那个坚不可摧的汉森,而且我不能假设我能了解什么东西而无需你的指导。哦,汉尼塞莱恩,我了解黑贝尔的书比我了解你时间更久。在我和梅林的友谊处于最火热的时期,我已经从他那里借黑贝尔的书看了。那时在斯坦格里茨(梅林住在那里)和弗里德瑙(我还住在那里)之间的地区接近一种热带景观,在那里始祖象在吃草,脖子细长的长颈鹿从凤凰棕榈丛中啃食着绿色的蕨类植物的叶子。在那时——当时汉森对柏林来说还不存在,甚至在观念上也是如此——我正在读《阿格妮斯·贝尔瑙厄》、《玛利亚·玛格达莲》、《犹滴》以及《黑罗德斯和玛丽安妮》(黑贝尔的剧本)。但是我没有得到任何更多的,因为热带气候不得不让位于第一次大冰河时代,我的肥胖的格特鲁德(兹洛特考)不得不带着一个装要洗的衣服的篮子,里面装着一些借来的书和早先收到的礼物,用来交换一批同类的货物,它们将出现在弗里德瑙,这类事情通常在我们相互疏远的时候发生。因此我很了解黑贝尔,对他怀有一种很大的尊重(如果是冷淡的尊重的话)。然后,在我心中,他的地位远在格里尔帕策和克莱斯特之下。他很有才智,而且善于创造形式之美,但是他剧本中的人物缺乏生活和血液。他们在很大程度上仅仅是一个招牌,尽管被精明地构思和精巧地润色,但仅仅是为了说明特别的问题而设。如果你想送黑贝尔的作品给我作为尊贵的礼物,我是否可以把它换成格里尔帕策的作品?严肃地说,我非常喜欢后者。我想知道你是否了解他的作品,并给予其相当高的评价。如果你想读一些给人印象深刻的作品,请去读他的剧本《犹滴》的简短的片段。① 在道德感、倾向和惹人喜爱的幽默感方面,是纯粹莎士比亚式的,同时又有莎士比亚所没有的温柔、诗意的情调。可笑的是格里尔帕策本人却是一个兴味索然的政府官员,而且是一个很乏味的家伙。(见他的自传,他几乎和倍倍尔一样毫无品味。)

但是如何提升你的阅读呢?你的装备很充足吗?至于我自己,我在不久前领悟出了一些心得,现在我把它告诉你。因此,首先——假如你对它还不熟悉——这里有盖尔哈特·霍普特曼的《伊曼纽尔·昆特》(一本小说)。你知道汉斯·托马画的那些以耶

---

① 卢森堡指的是格里尔帕策的作品的片段《以斯帖记》。

稣基督为主题的画作吗？你将从（霍普特曼的）这本书里的基督像中获得相似的体验：他（耶稣基督）身材瘦高，身体被一层红光所遮盖，走过一片长满成熟的庄稼的园地，在他模糊的身体的左侧和右侧，许多柔和的紫色光芒在稻谷的银白色穗子上方飘过。（在这本书中，）有一个问题引起了我的注意，在数不清的其他问题之中，这个问题在其他地方都没有见到有人描述过它，但是我在自己的生活中却深深地感受到了它：一个面向大众宣讲的人的悲剧，他知道他讲话中的每一个字，只要一说出口就会被粗俗化，并且在听者的心目中形成一种歪曲的形式，就像一幅讽刺漫画一样；在这幅讽刺漫画的基础上，这个宣讲者如今成为众多目光的焦点，最后在他的身边出现了很多狂热的追随者，他们粗野地叫喊着："给我们看奇迹！这是你教给我们的。你的奇迹在哪里？"霍普特曼描绘这种现象的方式是相当精巧的。汉森，一个人对人民绝不应该形成一种最终的、难以改变的看法，他们总是会让你吃惊，在坏的方面是如此，但是感谢上帝，在好的方面也是如此。我认为霍普特曼完全是一个自高自大的傻瓜，如今这个家伙正围绕着一本如此伟大，如此深奥的书摇来摆去，我想最好立刻给他写一封热情燃烧的信。我知道你会鼓励我这样做，正如你曾经想让我给里卡尔达·胡克写信一样。但我太过羞涩，对于做出这种卖弄炫耀的坦白望而却步。对我来说，如果我向你坦白，这就足够了。

我有很多很多事情想对你说。你最后将在什么时候来这里看我？衷心的，你的罗莎。

附言：请向马尔克·列夫斯基转达我最深情的感谢，感谢他给我送来凯勒曼的小说《英厄贝格》以及他对我的很多祝福。我希望有一天能去拜访他们的住所，并结识迷人的雅戈达。

致汉斯·狄芬巴赫

佛龙克波森要塞
1917年3月8日

汉森:

我说了那么多事情,我不得不说,这儿还有另外一大堆事情要说。现在我的心态平静了许多,因此我想给你写信。因为我不想让你伤心,我没有给你寄那封撕碎了的信;在白纸黑字里反映的一种非常沮丧的感觉,看上去比实际发生的更具悲剧色彩。现在我给你写信主要是为了以下原因。玛蒂尔德·雅各布小姐,她现在在我这里,将要去波森旅行,并且希望见到你。这个主意是我想出的,因为我觉得这对你来说是很方便的。她将详细地告诉你我的情况,并会向你转达我的最热情的问候——但还会带给你别的东西! 这个"别的东西"指的就是我的《反批判》[1]的手稿,这是回应爱克斯坦、鲍尔[2]和类似的人的,是为我那本关于资本积累的书的辩护! 你,可怜的家伙,被我选中做这部作品的第二位读者。(第一

---

[1] 《反批判》是罗莎·卢森堡对关于她的《资本积累》一书的批评意见的回应。这部作品以一种更能让人接受的方式重申了她的大部头作品的基本观点。

[2] 奥托·鲍尔(1882—1938):奥地利社会民主党的领导人,他在第二国际也很有影响力。他是罗莎·卢森堡的《资本积累》的主要批评者。总的来说她在《反批判》里回应的就是他的批评意见。

位是梅林,当然,他已经把这部手稿读了几遍了。在读了第一遍之后,他称它"简直是一部天才的作品","一个真正宏大的,让人狂喜的成就",类似的作品在马克思去世以后还没有出现过。在晚些时候的一篇评论中——那时我和他暂时"陷入了纠纷"——他的称赞就变得更加有分寸了!……)事实上,这是一部我有点小自豪的作品,而且它的寿命肯定比我长。它比《资本积累》自身要成熟得多;它的形式极端简单,没有任何附带的文字,没有卖弄风情或者故弄玄虚,直截了当,而且简化到毫无修饰的本质;我甚至可以说它是"赤裸的",就像一块大理石。事实上,这就是我现在喜爱的风格。在理论著作,就像在文艺作品中一样,我只看重简单、平稳和勇敢的本质。这就是为什么,比如说,马克思的《资本论》的著名的第一卷,带着它过多的黑格尔风格的洛可可式修饰,现在对我来说似乎是一个令人憎恶的东西(为了这一点,从党的观点来看,我必须被判处五年苦役,再加上剥夺公民权利十年……)当然,为了理智地评价我的《反批判》,读者必须彻底掌握政治经济学,特别是马克思主义经济学。今天有多少这样的人?不足半打。从这个角度来说,我的作品真是一种奢侈品,可以用手工制作的纸来印刷。然而,《反批判》至少没有使用数学公式,那些公式在"简单的读者"那里引起了如此的恐慌。总体而言,我认为你能理解我的东西,因为梅林准确地称赞它"如水晶一样明晰,表达得很透彻"。哦,请你读它,并给我"作为一个人民的普通人"的你的判断。你关于表达的艺术方面的意见对我来说是最重要的。但我也想看看你对它能领会多少。好的,现在开始工作!"起床,男孩",或者如果你不能下床,你就躺在床上的时候读它。但要读它,并且给我写信,告诉我你读后的印象。了解关于政治经济学的另一种风格不会对你有任何伤害。

啊,汉森!要是冬天过去了多好!这种天气把我压垮了。在这个时候,我经受不了任何来自人或自然的残酷。每年到这个时候,我都会制定我的旅行计划,这样到了4月7日或4月10日,我就会抵达日内瓦湖。现在距离我最后一次见到它已经有三年了。哦,那美丽的,梦一般的蓝色的日内瓦湖。你能回想起你所经历的那种惊讶,当走过了从柏林到洛桑的荒凉行程和最后那条恐怖的长隧道之后,你突然漂浮在了一片宽阔的海面之上!每次在这个时候,我的心都会像一只蝴蝶一样,展翅翱翔,飞向空中。接着是从洛桑到克拉伦斯的美丽行程,每隔二十分钟就要经过一个小站。放眼往下看,靠近河边,一组小房子坐落在白色的小教堂周围,接下去是列车员平静地,像唱歌一样的呼喊,车站的铃声响起——三下,接下去又是三下,然后又是三下,火车慢慢地开动了,但铃声仍然那样欢快喜悦地响着。那像一面蓝色的镜子一样的湖水表面随着火车的行进而不断地变化。有时候它显示出以一个向上的角度行进,有时候它向下行进,而你看见水中的轮船就像掉进水里的六月的小虫一样慢慢地爬动,后面拖着一行白色的泡沫。从白色的堤岸往上,是陡峭的白色山腰,山脚在大多数时候都藏在蓝色的烟雾里,因此只有虚无缥缈的,覆盖着积雪的山顶,高高耸立在天空中。在一切之上是光彩夺目的,宏伟有力的登杜来迪山。尊贵的上帝,什么时候我才能再次在这里体验四月的美丽!每一次到这里,那清新的空气、那种宁静和那份安详就会飘进我的灵魂,就像是闻着一支香气扑鼻的香膏。

  在我的卡拉昂山上的别墅,那些葡萄园里因为去年草长得太多了,除草的工作刚刚开始进行。我仍然被允许在那些葡萄园里闲逛,并摘下红色的荨麻以及让人着迷的芳香的天蓝色的风信子,它们在那里成串地长着。在十一点钟,农民用篮子带来了午饭,那个父亲穿着短袖衬衫,放下铁锹,坐在地上,他的妻子和孩子走过来,蹲在他的身边。它们把篮子打开了,这一家人安静地吃饭。那个父亲用袖子擦着额头上的汗,因为在这里,在这个葡萄园,四月的阳光非常毒辣。我静静地躺在一边,让阳光照在我的身上。我眯着眼睛看着种葡萄的一家人,嘴里嚼着一片草叶,脑子里什么也不想,一种简单的感情充满了我的全身:尊贵的上帝,世界是多么美丽,生活是多么美好!在上面,在科尔德·加门,一列小火车像一条暗黑色的毛毛虫一样从格利翁向前穿行。在上方,一小缕烟飘在空中,就像一个离开的朋友从远处向你招手!……

汉森再见。

罗莎

致汉斯·狄芬巴赫

佛龙克波森　1917年3月27日

亲爱的汉森：

你过得怎么样？你在13日写给我的信中说，你将在明天给我送来一封长长的、内容详细的信，然后你就会在两周的时间里沉默。我已经有最坏的预感，担心你可能得病了，或者突然离开，等等，等等。然后在经历了被拒绝（军事当局拒绝允许狄芬巴赫去探视卢森堡）的痛苦的失望之后，如今你的信对我来说是唯一的慰藉。因此改进你自己，并且做得更好。在一封信里不要写这么长，或者至少在信的间歇多给我送一些明信片。这是什么意思——顺便说一下——如今你"工作很努力"？毕竟你是一个病人！或者你指的是哪一类的"工作"？

你可以想象一下，一个混乱的俄罗斯（来自俄罗斯的新闻）[①]在我的心中引起了怎样的不安。我的很多朋友在莫斯科、彼得格勒、

[①] 在俄国的首都彼得格勒，从1917年3月8日国际妇女节（俄历2月23日）开始，数十万工人举行罢工和大规模游行，反对食物短缺，反对战争，反对沙皇的统治。工人的抗议活动在五天的时间里达到了顶峰，3月12日彼得格勒卫戍部队的十五万名士兵哗变，转向工人一边，导致沙皇政权的倒台。沙皇尼古拉二世在3月15日退位，结束了罗曼诺夫王朝长达三百年的统治。开始出现"两个政权并存"的局面，工兵代表苏维埃在俄国各地成立，苏维埃所掌握的实际权力至少和临时政府不相上下。

奥廖尔或者里加的监狱里受了多年的折磨,现在可以自由地走动了。坐在这里让我减轻了多少负担!一次可笑的交换场地,不是吗?但我对此很满意,而且并不嫉妒他们获得了自由,即使他们的获释直接导致我获释的机会更为渺茫……

至于我去拜访莱曼医生,他所建议的治疗基本上可以归结为一个建议,在胡登病入膏肓的时候,乌弗瑙那位善良的老牧师就曾向胡登提出了相同的建议:

"现在你在这里找到了宁静,
不要去听在你之外的任何东西,
不要去听除了我之外的任何东西,
在这个宁静的港湾里时间的风暴减退了,
胡登,忘掉胡登就是你!"

胡登回答说:

"你的建议是不可思议的,亲爱的朋友;
当生活是我所必须的时候,我却不应该生活!"

好的,我从来不习惯于为可望而不可即的事悲伤很长时间,我全心关注当今的时刻以及它所赐予我们的美丽。我最坏的时候——顺便说一下——已经过去了,现在我能更加自由地呼吸——昨天①,不祥的第八个月过去了。我们在这里度过了一个开心的,阳光明媚的日子,虽然有些冷;杂乱地生长着的一些灌木,仍然光秃秃的,叶子掉光了,它们在我的小花园里,在阳光的照耀下闪着光芒,呈现出雨后彩虹中的各种颜色。在此之上,云雀们在天

---

① 10月26日,以"军事保护性羁押"的名义入狱的卢森堡从柏林的巴尔尼姆街女子监狱转移到波森省的佛龙克要塞。

空中展翅高飞,这暗示着春天即将到来,尽管这里还有雪,还很冷。去年的这个时候我仍然是自由的,在复活节的时候,我和卡尔(卡尔·李卜克内西)以及他的妻子一起坐在卫戍区教堂里,听他们演出《马太受难曲》。

谁还需要巴赫的音乐以及《马太受难曲》?当我在一个不冷不热的春天的日子里,简单地在苏登台的大街上漫步——我觉得那里的每一个人都已经通过我心不在焉地走来走去的方式认识了我——两只手放在夹克衫的口袋里,漫无目标,只是呆呆地看着四周,凝视着,呼吸着——从那些房子里传来了在复活节之际捶击褥垫的声音(为了打扫房间),一只母鸡在什么地方大声地咯咯叫着。在大路中央,小学的孩子们在回家的路上互相争吵着,传来可爱的叫喊声和笑声,一辆城市运输列车咔嚓咔嚓地驶过,发出了一阵欢迎的汽笛声。一辆载满很重的啤酒的马车驶过大街,发出嘎嘎的声响,拉这辆车的几匹马的马蹄有力并且有节奏地重重踏在铁路桥上——所有的那一切在明亮的阳光的照耀下谱成了一首交响乐——这样的一首"欢乐颂",无论是巴赫还是贝多芬都无法把它再现出来,我的心因所有的这一切而喜悦,包括最普通,最无趣的细节。

我在小小的苏登台火车站,站在其他一些呆呆地看着四周的人的旁边,在火车站前面有几小群人,那些人总是逛来逛去。你知道还有其他什么吗?在左边有一家花店,在右边有一家雪茄烟店。从那个花店的窗户里透出的一团颜色是多么绚丽!那个漂亮的女店员从店里冲着我微笑,眼神穿过几朵花看着我,她正在把那几朵花卖给一些女士,她很了解我,因为我从来不会从花店前走过而不买花,甚至当我身上只剩下最后的十便士,我还会用它买一束花。在雪茄烟店的窗户上挂着五颜六色的彩票。它们不让人高兴吗?我笑了,被那些以马匹为奖品的彩票的样子弄得很开心。在店里——店门一直敞开着——一些人在用电话大声地说话(只需花五便士就能打一个电话):"是的,什么!那我会在五点钟来。是的,那么好吧。这样久。到五点钟。待会儿见！再见！"……这个圆润的声音和这段愚蠢的对话听起来是多么令人惬意。这位先生将在五点钟到达某个地方,这对我来说似乎是多么令人高兴。我几乎向对他喊:"把我的问候送给他们。"我甚至不知道要问候的是谁。问候任何你想问候的人……两个老女人站在那里,胳膊上挎着购物包,闲聊着,她们的脸上是那种常见的神秘而可怕的表情。我发现她们很可爱……在街角,一个消瘦的独眼报童在东倒西歪地走着。他搓着他的两只手,像一个机器人一样没完没了地喊着:"《福斯日报》,带照片的。"当天气变得阴冷,我不得不在每天去党校的路上走过这里——这个人说话时那种怪异的口音把我带进了绝望的境地,每一次我都丧失了所有对于我的生活会变得合乎情理的希望。现在,因为他从头到脚沐浴在四月的阳光之下。我发现他的带照片的报纸很令人感动,我冲着他微笑,就像他是我的老朋友一样,而且我试图通过购买《福斯日报》来弥补在冬天的时候我曾四次投向他的带有敌意的目光……在另一个街角是一个舒尔特斯饭店,它的黄色百叶窗总是放下的;被遮住的,肮脏的窗格子和摆在屋外,摆在前面花园里的那些用砾石垫着桌脚的桌子和一直摆在桌子上面的那些红蓝方格图案的桌布,另外它们过去对我来说常常是非常地令人悲伤,因此我必须快速走过这里,以防我的眼泪喷涌而出,今天这些东西对我来说实际上是很漂亮的。看着旁边的橡树的树枝的影子是如何在那些桌子上轻轻地摇来晃去的。——能有什么比这更可爱的吗？在这里,在面包师傅的商店,门不断地开开关关,发出嘎吱嘎吱的声音。穿得整洁的女仆和小孩背着白色的包袱进进出出。门这种频繁的嘎吱嘎吱的声音,以某种方式与店里的烤面包的引起人食欲的味道混合在一起,还有路边的麻雀的叽叽喳喳的叫声,所有这些合在一起不是创造了一种不错的情境,并且讲出了某种不言自明的正确和合适的东西？它似乎在说:"我是生活,生活是美丽的。"……现在很多人走出了面包商店,我在商店前站着,呆呆地看着一个弯着腰的老年妇女,她是住在我的那条街上的做鞋的人的奶奶。"小姐，你应该什么时候来我们这里看看，喝点咖啡，"她对我说，她的嘴里牙齿掉光了。（苏登台的每一个人都叫我"小姐"，我不知道为什么。）我不太明白她的话，但我开心地许诺什么时候会来喝咖啡。很明确的承诺。她微笑着向我点头。她那整张布满皱纹的脸上泛着红光。"好的，一定！"她大声回答我。我的主，一切人实际上都是那么好，那么善良；一个我根本不认识的女人在欢迎我，并且四下观望，同时冲着我微笑。可能我看上去有些特别，我的脸上泛着喜悦的红光，两只手放在口袋里。但这又如何？这和我有什么关系！这里有什么真正的快乐，只是在春天的阳光照耀下懒散地走在大街上，没有目的地，两只手放在口袋里，纽扣眼里插着值十个便士的一小束花。

　　汉森，我认为波兹南位于佛龙克的东边。这意味着你将会第一个看到四月的太阳。那么尽可能快地把四月的阳光带给我，它将让我再次看到生活的奇迹，这种奇迹存在于各条街道的一切地方，它将使我再一次变得好心，善良，头脑清醒，而且平静……

罗莎

致汉斯·狄芬巴赫

佛龙克波森　1917年3月30日

亲爱的汉森：

　　这一段时间我一直处在一种辛苦但可爱的平静状态之中,可是昨天晚上我再次被一种绝望压得喘不过气来,这种绝望比黑夜更黑。今天也是个灰色的日子,没有太阳——刮起了一阵寒冷的东风……我感觉自己就像一只冻僵了的大黄蜂。你有没有在第一次霜冻后的一个秋天的早晨,在花园里看到过这样的大黄蜂,仰面躺着,浑身冷冷的,躺在草地上,把几只小腿张开,一动不动,就像死了一样,它小小的皮外套上盖满了白霜? 只有当太阳让这只大黄蜂彻底地暖和起来的时候,这些小腿才慢慢地开始摆动,并伸展开来,然后它小小的躯体开始翻个个,最后大黄蜂笨拙地飞到空中,发出一阵隆隆、嗡嗡的声音。我总是把这当做自己该做的事情:我在一只冻僵了的大黄蜂旁边跪下,对着它吹气,用我暖暖的气息让它苏醒过来。真希望太阳能让我从这可怕的寒冷中苏醒! 同时我像路德一样同我心中的魔鬼斗争——依靠墨水瓶。所以你必须做一只献祭的羔羊,忍受我一封又一封信的轰炸。直到你背上了你的大枪,我将会用如此密集的小口径火力撒向你,让你一直感到害怕和烦躁不安。顺便说一下,如果你以与在前线同样的速度(就像你给我写信的速度一样)背上你的大枪,那么我们如今在索姆河和昂克尔河的撤退真的不会让我感到惊讶,而且你一定会很宽心,如果我们不得不接受和平,而不把美丽的佛兰德斯据为己有。

我非常感谢你送来里卡尔达·胡克写的那本关于戈特弗里德·凯勒的书。上周我处于一种很不好的心境之中,而阅读这本书让我感到快乐。里卡尔达真的是一个极其聪明,极其有智慧的人,只是她那种如此淡然的,平衡、克制和自我控制的风格似乎让我感到有些不舒服。她的古典主义风格打击了我,她的风格有点伪古典主义和过度谨慎。谁真的拥有内在的丰富和自由,谁就能真的在任何时候把自己奉献出来,让他们的激情席卷而过,而无需对他们自己说假话。我也再一次读了戈特弗里德·凯勒的作品:《苏黎世短篇小说集》和《马丁·萨兰德》。请不要为此而激动得敲击天花板,但凯勒确实没有写一部长篇小说或中篇小说的能力。他所写的总是一篇故事,他总是讲关于很久之前的,已经不复存在的人和事,在读他的书的时候,我从来没有体验过什么发生在今天的东西。我一直看到的只是一个讲故事的人,他挖掘各种可爱的过去的回忆,就像老人们经常做的那样。只有《绿衣亨利》的第一部分是真正鲜活的。尽管如此,凯勒总是给我带来快乐,因为他是一个还不错的家伙,人们从他身上能发现很多可爱的东西,人们很愿意坐下来,和他聊聊天,聊那些最无足轻重的小事,听他讲他记忆中的往事,详细到最微小的细节。

我从来不知道有这样的春天,或者体验春天到这样一种程度,就像去年这个时候一样。可能是因为它在我在监狱里待了一年之后到来,或者是因为这时我对每一棵灌木、每一片草都有了很确切的了解,因此我可以通过每一个特殊的细节来观察春天的开始。你还记得仅仅一年前在苏登台,关于一棵开黄花的灌木,我们费了很大力气想猜出它可能是什么树。你"提议"我们把它当做一株"金莲花"。当然它不是这种东西!三年前我突然全心投入植物学研究的时候,我是多么高兴,我研究植物学就像我做一切事情一样,立刻我就投入了我的全部热情、全部激情,我的整个生命,这样整个世界、党和我的工作对我来说都消失了,我的心中只充满一种激情,无论是白天还是黑夜:到户外,在春天的旷野上散步,采集各种植物,直到我的两只胳膊已经抱满了,不能再拿了,然后在家里把它们按照一定顺序放好,识别它们,把它们放在一本剪贴簿里弄干。我如何度过这整个春天,这个时候我好像在发烧一样,我忍受着多少痛苦的折磨,当我坐在新送来的一盆小植物前面,很长时间不能把它认出来,不知道应该如何把它归类;有很多次我为这些事情焦虑不安,几乎要昏过去了;因此格特鲁德·兹罗特考很担心,她威胁要把那盆植物从我身边拿走。因此现在我在家里,在绿色植物的王国里。我已经征服了这种心境——通过猛攻——你用感情和激情接受的东西已经深深地扎根在你的心中。

去年春天,有另外一个伙伴陪着我散步:卡尔·李卜克内西。可能你知道这些年他是如何过日子的:总是为议会辩论而忙碌,总是坐在会议、委员会和讨论会上,总是匆匆忙忙,而且承受了很大的压力,总是一从有轨电车上下来,就跳上一辆电气火车,一从电气火车上下来,就跳上了一辆汽车。他的所有口袋里都塞满了便条簿,他的胳膊里放满了新买来的报纸,这些报纸他可能根本没有时间去读,他的身体和灵魂都盖满了街上的尘埃,然而在他的脸上自始至终挂着一种善良而可爱的年轻人的微笑。去年春天我强迫他做短暂的休息,让他记住除了帝国议会和普鲁士邦议会之外,还存在着另一个世界,他有几次和索尼娅·李卜克内西还有我一起去溜达,走过那片旷野,到植物园里漫步。当看到长着刚开不久的花朵的白桦树时,他会变得多么高兴,就像一个孩子一样!我们曾经去徒步旅行,穿过田野,走向马林费尔德。你也知道那条路——你知道我说的是什么吗?——在一个秋天我们曾一起走上那条路,那时我们必须从田野上的麦茬中走过。然而去年四月份,和卡尔在一起的时候,田野里长满了绿色的新芽,是上个冬天播种的。一阵和风跟在灰色的云朵后面穿过天空,一阵一阵的,无处不在的。田野一会儿在明亮的阳光之下闪着光,一会儿又在影子下面变暗,呈现出一种祖母绿的颜色—— 一种壮丽的颜色的戏剧,这时我们正一言不发地走路。突然卡尔停了下来,站着不动,然后开始用一种奇怪的方式跳跃,但他的脸上一直带着严肃的表情。我惊讶地看着他,甚至有点害怕。"你怎么了?""我感到非常快乐。"他简单地答道。对他的话我们当然立刻发出一阵大笑,就像是一群傻瓜。

衷心地
罗莎

附文:你错误地想把我归入兴登堡的"来自亚洲和非洲的类人猿"脖子上戴的珍珠项链上"最美丽的宝石"之列。根据官方的解释,我并不是一名"战俘"。证据是我要为信上贴的邮票付钱。

致玛尔塔·罗森鲍姆

佛龙克 1917年4月

亲爱的玛尔辰:

非常感谢你送来那张热情的卡片。对于我来说,你的来访也是令人振奋的,我的身体和灵魂现在还在为此而感到愉快。从你那里释放出来的所有的爱和善良——毕竟——一定会让人得到温暖。而且这一次一切都比我所担心的还要好得多,要"人道"得多,我希望下次你到这里的时候这儿会变得更好。至于其他,我继续以同样的方式生存:当我在丑陋的监狱院子里散步的时候,我如此强烈地梦想着一些美好的东西,我甚至没有注意到周围的环境;我在我的囚室里度过了剩下的几个小时,一直在读书,并且以一种平静的心态工作。大约有一个星期,自然而然地,我的全部心思都在彼得堡。每天早上,每天晚上,我不耐烦地用手抓起送来的最新的报纸,但是我很不幸,信息很不够,而且很混乱。在那里出现了一种持久的成功,这肯定是人们没有预料到的;然而俄国无产阶级夺取政权从一开始,就在当地的社会民主党人和整个沉睡中的第二国际的脸上狠狠地打了一拳。肯定,考茨基除了用数据证明对于建立无产阶级专政而言,俄国的社会条件还不成熟之外一无所知。一个可敬的独立社会党的"理论家"!他忘了,"就数据而言",法国的条件在1789年,甚至在1793年,对建立资产阶级统治来说更不成熟……所幸,历史已经有很长时间不再遵从考茨基的理论指示了。所以让我们对最好的结果抱有希望……

你的
罗莎

致玛尔塔·罗森鲍姆

佛龙克　1917年4月

亲爱的玛尔塔!

　　我恐怕这一次与你当面谈话的计划不能成为现实了。星期五(可能今天也一样)我是这样迷乱,我的头也很晕,因此我不能平静而坦率地与你交谈。为什么?因为这里对犯人实行双重监视——什么也做不了。我能猜到,你也是同样的心情。但至少我能见到你,能感觉到你就在我的身旁,这对我仍然是一种安慰。以这样的速度推进真是太糟糕了。下一次,你一定要在星期四来,待在这里直到星期一或者星期二再走。我不知道明天我们能不能见面,并且相吻而别,但是如果不能,我无论如何一定要在今天和你吻别!直到现在我还很镇静。你能来看我我非常感谢!

　　不要替我担心,在健康方面,我的胃仍然没有起色,但我的神经已经有了慢慢改善的迹象。可能我的胃也会平静下来。要是春天能来到这里就好了!阳光、温暖的天气和新长出的绿叶对我整个人的健康来说是最重要的。毕竟,你了解我!

　　哦,在俄国发生的奇妙的事情打动了我,就像看到了永生的仙药一样。从那里传来的消息对我们所有人来说难道不是一个获救的信号?我恐怕你们都低估了在那里发生的事情的重要性,你没有认识到是我们自己的事业在那里取得了成功,它一定将是整个世界的解放，一定会扩展到整个欧洲。我绝对相信一个新时代即将来临，而且这场战争不会持续太久。由于这个原因，我将很高兴地得知你们处于一种更好的心境之中，你们全都斗志昂扬，心情愉快——不顾所有的悲伤和恐惧。你看见了吗，历史知道如何解决它，当事态看上去发展到了难以收拾的地步的时候。为了我快乐起来，开心起来。我拥抱你一千次，向库尔特·罗森菲尔德致以热情的问候。

你的
罗莎

致汉斯·狄芬巴赫

佛龙克波森要塞　1917年4月5日

亲爱的汉森：

　　日安！我这支小箭应该把你钉在你屋子的门槛上，为了给你带去来自佛龙克的衷心的复活节问候，以及对你寄来的那三封信和那精美的六卷本的格里尔帕策的书的无比感谢。首先我向你保证，我准时收到了你寄来的所有东西，除了那封神秘的3月20日的信，它被错误地送到了某个其他地方，毕竟"即使在最好的家庭"有时也会发生这种事。因此你可以毫无顾虑地继续给我写新的信。为了记录，从现在开始我们可以给信（不包括明信片）编号，但你必须自己在所有的信上做记号，这样就不会发生混乱。

　　你写于3月24日—29日的长信深深地困扰着我，由于它的不自然的沮丧的腔调，但其原因可能是你写这封信，就像我们亲爱的上帝创造世界一样，用了整整六天，无论是你写信，还是上帝创造世界，用这种方法肯定不会产生什么完美的东西。严肃地说，汉森，你在那封长信中以及在随后的一封短信中表达得如此清楚的那种沮丧，给我带来了很大的困扰。在家里发生了什么？是你的老人做得不好？是和你的姨妈或者你的姐姐闹了别扭？给我一点点暗示。

　　我是多么高兴，两周以后你就要回到波兹南了！我表现出多么愚蠢的自我中心主义,不是吗?但这真的是可笑的:甚至在我眼里,你在这里的时候肯定还是和你在法国的时候一样小,你的地理亲近感甚至让我有了一种与两年前的时候不同的和你通信的渴望,那时候你在格洛高和格尔苏斯之间不知有多长的路程中来回飘来飘去。

我读完了黑贝尔的剧本《尼布龙根》,这是我在波兹南自己买的,可是——请不要错误地理解——我真正地,确实地失望了。我认为《尼布龙根》是他最薄弱的作品,在完成的质量上,在坚强的力量方面,都无法与他的《犹滴》,他的《黑罗德斯》或者他的《吉格斯》相比。很明显他不能驾驭大量的材料,他变得混乱了,离开正途,纠缠在不重要的问题上,而且没有产生什么效果,至少对我来说。但最重要的是:他永远在面对一个同样的问题:男人们和女人们之间的权力斗争;这是一个纯粹的学术问题,被人为地编造出来,在现实生活中很少存在。因为一个女人要么有一个真正的人格——这里我指的不是所谓的"咄咄逼人的女人",而是有一颗充满了内在的善良和坚强的心,人们可以同样在一个农民的小屋里或者在一个资产阶级家庭里发现这种善良和坚强——因为她充分地和持久地让自己成为一个道德上的胜利者,甚至当她在小的问题上做出让步的时候。否则她就是内在地无足轻重——然后再次没有问题……

汉森,一只黄蜂!真的,第一只年幼的细长的黄蜂,很明显它在今天早上刚醒过来,它此时正在我的屋里嗡嗡叫着!它从敞开的窗户里飞进来,立刻撞进了关着的上面的窗格里。再往下一英寸就是大开着的窗户,当它继续在上面的窗格里飞,不断地一会儿上,一会儿下,一会儿前,一会儿后,还生气地嗡嗡叫着,好像要为它自己如此愚蠢而指责别人。哦,它是多么可爱,它的持续的,低分贝的嗡嗡叫声让人想起了家!我想起了夏天,想起了炎热,想起了在苏登台我的敞开的阳台,在阳台上视野很宽广,可以看到在酷热中闪着光的原野和小树林。我还想起了咪咪(那只猫)懒懒地躺在太阳底下,全身缩成一团,就像一个软软的包裹,对着嗡嗡叫的黄蜂眨着眼睛。现在我有事可做了,就像我在每个夏天里所做的那样:我必须爬到一个椅子上,伸手够到上面的窗格,无论它有多高,然后小心地抓住那个黄蜂,让它再一次得到自由,如果我不这样做的话,它就会对着玻璃折磨自己,直到累得半死。它们对我没有任何好处,在户外它们甚至会落在我的嘴唇上,让我感到非常痒;但当我抓住黄蜂的时候,我生怕伤害到它。最后一切顺利,屋子里立刻变得安静下来。但那快活的嗡嗡声仍然在我的耳朵里,在我的心中回响。汉森,开心一些,愉快一些,毕竟生活是如此美丽!黄蜂又一次说了这句话,它知道它在说什么。给你的老人和你的姨妈致以最美好的祝愿。

罗莎

致克拉拉·蔡特金

佛龙克波森 1917 年 4 月 13 日

非常感谢你送给我作为复活节礼物的那些美极了的花。我可以专门为放这些花搭起一个小桌,我感到我有一种皇家的荣耀。篮子在星期六上午准时到了,刚好在节日之前。我没有从你那里收到便条;我提到这个只是为了"双重检查",因为你也曾向雅各布小姐(玛蒂尔德·雅各布)抱怨你近来的痛苦的被忽视的感觉,而在三月里我给你写了两封信——虽然它们只是明信片,因为我认为它们比放在信封里的信更容易成功地寄到你那里。雅各布小姐说你也一直在为我担心。完全不必如此,亲爱的。现在我非常好。确实在前两个月里我不得不去应对某种程度的精神紧张,正像去年我在巴尔尼姆街的时候做的那样,但现在我完全处在一种非常健康的状态里,并且希望在不久的将来做一些繁重的工作。从俄国传来的消息和春天的到来也让人感到清新和有活力。在俄国发生的事件有着重大的,不可估量的意义,我认为在那里已经发生的事件仅仅是一个小小的序曲。在那里事情必然发展为某种意义重大的事件。这是由形势的本质所决定的。而且它将不可避免在全世界引起反响。

春天在向这里走来,虽然还是犹犹豫豫的。在我的小花园里还看不到绿色。但看到树木发芽之后,我已经能认出所有不同种类的灌木,并且盼望着鲜花盛开的壮丽景象。在它们之中有:两棵还小的西克莫槭树、一棵大的白杨树、一棵金合欢(或者说人们是这么叫它的,实际上它是洋槐)、两棵小栗子树、两棵观赏性的樱桃树(就像你花园入口处的那些樱桃树一样,有着血一样红的叶子)、几棵观赏性的醋栗树(开黄花的醋栗)、几棵雪果树、一棵红山茱萸——它有着白色的花和蓝色的浆果——一些女贞树、一棵榛子树,再加上好多棵丁香树!这些灌木会一种接着一种地开花,花很美,我会等着它们开花,一点也没有不耐烦,因为单单是那些含苞欲放的花蕾就给我带来了很大的快乐。至于鸟儿,除了我的山雀和乌鸫之外,还有花鸡、金翅雀、蓝雀和鹡鸰。花鸡每天早上七点钟来,到窗前等索要食物;这种小坏蛋很驯顺。不要再送鸟食了,亲爱的。这些小坏蛋不想吃任何普通谷物,即使在冬天也是如此。只有家乐牌的燕麦片、香肠和一点蛋糕——只有这些是它们想吃的东西,其他的它们碰都不碰。自然我不得不送上它们订好的食物。——

很多小老鼠从外面的荒野来到我们监狱这里,因为外面下了大雨,地都浸湿了。它们中的一只把我壁橱里的一件丝绸衣服咬了一个大洞,我恐怕那件丝绸衣服的颜料是有毒的,因为前天,很不幸,我发现它们中的一只死了;为了补偿,我在它周围撒了一点蛋糕,但那件丝绸衣服确实似乎是对它们不好的;对此我什么也做不了,但我感到非常可怕,当我看到这些可爱的小生物中的一只躺在那里,变成一具尸体的时候。——

你给雅各布小姐写信,说你家里我非常喜欢的那些猫死了,这指的是莫尔勒(小莫尔)不在人间了吗?这是很可怕的。为什么这些小猫会这样死去?毕竟,它们得到了很好的照顾。这意味着你现在一只猫也没有了?咪咪依然很好。我非常想把它带到这里。但我害怕火车上的旅程会给它带来太多的烦扰。你知道自从那次在旷野里发生事故以来,我一直试图避免给它带来任何烦扰。——雅各布小姐最近为我弄来了一把向后仰的椅子和一把藤椅,现在我可以整天待在外面,只是那里还是没有足够的阳光,而且经常刮风;否则我每天会在户外待三四个小时。

给我写信,告诉我你过得怎么样。我必须让你知道我再一次要求收到《平等》杂志。起初我订阅了它,自从收到了两期之后,我就没有续订,现在我什么也收不到。(作为补偿,我得到了两期《前进》杂志,只送一期对我来说是很不好的!……)汉斯·狄芬巴赫现在在斯图加特的家里。我希望他回去看你,并且告诉我情况——如果仅仅用信告诉我也可以。为了科斯佳,我最近送你一本小书,因为我想他肯定会从你那里拿走这本书的。可能卡尔的妻子(索菲亚·李卜克内西)——她现在在斯图加特——也会去看你。她因为神经上的问题而感到很沮丧,但她做一切事情都是那样不理智;她应该现在去疗养院,为了得到完全的康复,但她不这样做,而是在斯图加特的一家旅馆里连续待了几周,这对她不可能有好处。试着劝她出去旅行,如果她还在那里的话!——

德·高斯特的《蜜月旅行》当然比他的《乌兰斯匹格传奇》要薄弱得多,但我很感谢你让我开始了解这本书。你也许会很快再次阅读布鲁德库伦斯①的书,就是我送给科斯佳的那本。这是一部非常好的著作。——请立刻确认收到了这封信,并告诉我你和那位诗人过得怎么样,科斯佳在做什么。也告诉我动物和花园的情况。

我拥抱你很多次,给那位诗人送去我衷心的问候。

你的罗莎

---

① 这指的是皮埃尔·布鲁德库伦斯的小说《佛兰芒人的红色血液》,它的德文译本在 1916 年问世。

致露易丝·考茨基

佛龙克波森要塞　1917年4月15日

亲爱的露露！

你复活节之前寄来的短信由于它极度压抑的语调深深地困扰了我,我立刻让自己承担了再一次把一些意识灌输到你头脑里的任务。告诉我,你怎么能一直唱着你悲伤的小歌,就像一些不愉快的知了一样,当如此欢快的百灵鸟的合唱正从俄国传来？你意识到了吗,正是我们自己的事业在那里取得了巨大的成功,世界历史亲自在那里战斗,而且跳着舞,欢快地痛饮着？当我们的共同事业在那里进展得如此顺利,我们不可以忘掉我们所有的个人悲伤？

我知道这让你伤心：我不能立刻获得自由,把在那里飞扬的火星集聚起来,在那里或在其他地方帮助人们,并向他们提供指导。那肯定会是一件好事情,你能想象我身体的每一个零件都渴望着这样做,而且来自那里的每一个新闻都像电击一样震撼着我,让我感到那种感觉一直延伸到我的指尖。但我不能参加并不让我沮丧,一点儿也不,我也从没有想过通过悲叹和抱怨我自己不能改变的事情来减少这些事件带给我的快乐。

你看,我刚刚从最近几年的历史里,并且再往前一点,从作为整体的历史里,感悟到不能过分高估一个个体所能产生的影响或效果。从根本上,是强有力的,看不见的,在深处隐藏着的那些力量在起作用,它们是决定性的,而且最后一切都会走向正轨,所以说,"问题自己解决了"。不要错误地理解我:我并不是宣称我支持一种廉价的,宿命论的乐观主义,这仅仅是试图掩盖自己的无能,这种观点,恰恰是你那为人尊敬的配偶(卡尔·考茨基)所持有的,它对我来说是如此可恨。不,不,我一直在我的岗位上准备着,一旦发现了第一个机会,我就会开始用我的所有十个手指头砸向世界历史的钢琴的琴键,这样它会真的发出隆隆的声响。但既然此时我恰好"休假"了,暂时离开了世界历史,不是由于我自己的过错,而是由于外在的强制,我只是对我自己想想,并且为事情在没有我参与的情况下仍然在向前进而感到高兴,我带着坚如磐石的信心确信,一切都会变好的。历史总是知道如何最好地处理,当它似乎走进了一个最没有希望的死胡同的时候。

亲爱的,如果一个人有一种坏习惯,要从任何一朵花中寻找一滴毒汁,他就会找到足够的理由——只要他还活着——悲叹和抱怨。如果你反过来,在每一朵花中寻找蜜,那么你将总会找到开心的理由。另外,相信我,我——其他人也一样——在铁窗后面,在囚禁中度过的时光,将不会是徒劳无益的。在算总账的伟大时刻,这也会以某种方式证明是有价值的。我持这种观点,一个人应该——不要试图变得过于精明或者过于绞尽脑汁——简单地按照他觉得正确的方式生活,不要总是想着立刻把很多钱赚到手。最后一切都会好起来。如果这个愿望没有实现——对我来说也是一样。我说"好吧",没有关系,我能这样好地享受生活,每天早上我仔细认真地观察我所有的树发芽的情况。每天我都去拜访一只小小的红色瓢虫,它的背上有两个黑点,有一个星期了,我在一个小树枝上,用棉絮把它暖暖地包裹着,无论是刮风天还是冷天,它都能一直活下去。我观察那些云朵,观察它们不断地变化,变得越来越美丽——总的来说,我觉得我并不比瓢虫更重要,而且这种我自己并不重要的感觉让我有一种说不出的快乐。

尤其是:那些云朵!它们是让人的一双眼睛感到陶醉的无尽源泉!昨天是星期天,大约下午五点的时候,我靠着把我的小花园和监狱院子的其他部分隔开的铁丝栅栏站着,我让阳光照在我的背上,眼睛向东边看。那边在蓝色天空的淡蓝色背景下,正在堆积起一朵大云,它的颜色是那种最柔和的灰色,在它的上方隐约闪现一道粉红色的光芒。好像某些力量从后面呼了一口气,把它吹出来似的;它施了魔法,好像它完全是一个遥远的世界,在那里无尽的和平、宁静、温柔和优雅占了上风。大体而言,它就像甜蜜的微笑,像童年时代美丽而模糊的记忆,或者有时当一个人在早上醒来时,还带着在昨天晚上梦见非常美丽的景象的舒适感觉,尽管不能清楚地回忆昨天晚上梦见了什么。监狱的院子是空荡荡的,像往常一样,我独自一人,对周围的一切都好像是一个陌生人。从监狱开着的窗子里传来星期六大扫除所产生的叮叮咣咣的声音,时不时能听到大声的数落人的声音;同时花鸡高高地站在杨树上,一直叫个不停,而杨树的树干——那棵杨树仍旧光秃秃的,一片叶子也没有——在落山的太阳歪斜的光线照射下,散发出银白色的光芒。一切都吮吸着这种和平,我凝视着在远方天空中温柔地微笑着的云层,我站在那里,好像是着了魔一样,我想对自己说,也想对你们所有人说:你没有看见世界是多么美丽?你没有像我一样的眼睛和像我一样的心,让你对所有的一切都感到开心?

今天我开始读里卡尔达·胡克的《华伦斯坦》,非常感谢你给我送来这本书。这本书中充满活力的思维活动,对人物命运的描述给人带来的享受,这本书的每句话中如此清晰的语言给人带来的快乐,都给我极大的振奋。当然这不是一部严格的科学著作;作者的历史观念根本没有严肃的基础,完全是一知半解,书中的大部分内容实际上歪曲了历史。但对我来说不是这个人物或这本书形成了我的观点,而是这本书或这个人物所依据的原始材料给了我启发。书中的观点有很大的错误根本不会让我心烦,只要我从中找到了对历史内在的忠实、活跃的智力,以及一个艺术家在描绘历史的图景或者生命的图画时的那种喜悦。一个人能不断找到——就在近旁——让他喜欢的新人!……

我当然非常想把你翻译的几卷马克思和恩格斯著作的文稿①交到尤列克·马尔赫列夫斯基手里,但我要一直等到你下次来访的时候才能这样做,因为如果我是寄信人的话,我不确定人们是否能收到信。你是怎么想的?顺便说一下,我甚至不知道他(尤列克)的地址。也许我不久就能把它们亲手交给你!让我们希望这样能成功。让我知道你什么时候能得到允许来佛龙克监狱探视我,或者得到相关的信息。

至于我手里的翻译工作②——我想现在加快速度;最近几个月我没有良好的工作条件,但现在我会做得好一些。因此耐心等待我。

如今你和玛蒂尔德·雅各布相处得很好,这对我来说是很大的快慰。在这件事上你再次亲身经历了我所坚信的:一个人只有当爱别人的时候,他才能正确地理解他们。

现在为了我而开心起来,你听见了吗?不要抱怨灰蒙蒙的天气,而要去研究这灰色的天空是多么美丽多么壮观。不要这样不耐烦地渴望春天的到来,因为,像往常一样,它过于急速地匆匆走过!现在一个人至少可以享受期待的幸福。快些给我写回信,这样我能知道你已经处于一种好一些的状态中。汉斯·狄芬巴赫给我讲了你们两个人失败的会面——像往常一样——你们两人曾计划在腓特烈大街见面。(顺便说一下,)我已经开始为他返回波兹南的想法而感到高兴。

给你一个热情的拥抱,也给可恶的伊戈尔(汉斯·考茨基)。

你的罗莎

附文:给班德尔(露易丝·考茨基最小的儿子)送去我衷心的问候,也给希尔弗丁。亨利埃特(罗兰-霍尔斯特)有时可以给我这里写信,当然不要在信中谈及政治。

---

① 露易丝·考茨基把一些马克思和恩格斯的英文文章翻译成德文,包括马克思在《纽约先驱报》上所写的新闻性文章。译作以两卷本形式出版,主编是梁赞诺夫(斯图加特,1917 年出版),书名是《卡尔·马克思和弗里德里希·恩格斯文集,1852—1862》。

② 卢森堡在翻译柯罗连科的《我的同时代人的故事》。

致汉斯·狄芬巴赫

1917年4月16日

汉森,昨天你寄来的第一号信让我的星期天变得明亮起来。今天这里雨下个不停,在今天上午还挺早的时候,我在我的小花园里散步两个小时——像往常一样没有带伞,只戴着我的旧帽子,穿着考茨基奶奶(明娜·考茨基)送给我的斗篷。一边走着,一边想着,还做着白日梦,这是多么可爱,任凭那雨水浸湿我的帽子和头发,顺着我的脸颊流下,流进我的脖子里。甚至连鸟儿也很开心。有一只大山雀——我和它特别友善——经常在我走路的时候跟着我,它是这样做的:我在花园的两边沿着墙走上走下,但山雀始终跟着我,待在我的旁边,从一棵灌木跳到另一棵灌木上,有时飞到我前面,然后再飞回来。这不很甜蜜吗?我们中没有一个回避任何一种天气,我们已经天天一起在飞舞的雪花中走。今天那只小鸟看上去羽毛被风吹乱了,湿湿的,而且全身都湿透了,无疑我也是一样,我们自始至终都感觉很好。

然而现在,外面刮起了大风,这个下午我们不会再出去了。那只云雀坐在我窗户的栅栏上,把脑袋一会儿向左倾斜,一会儿向右倾斜,试图透过窗格子看我,而且最后看到了我,但我只是坐在这里,坐在我的桌子前面,工作并且欣赏那个钟表滴答作响的声音,这种声音让人觉得这间屋子是那么温暖,那么舒适。

说起食物问题,这样的天气——就我所理解的而言——是非常糟糕的。不能在现在去田野里耕作,来为夏天的播种做准备。现在已经太晚了。但冬天种下的庄稼一定深受上次霜冻的影响。去年这个时候,在苏登台,冬小麦已经长到二十到二十五厘米高,在三月,夏天的庄稼已经种上了。除此之外,到时还是要发洪水。在"深潭"里的可怜的人们将不得不为此付出代价,像往常一样……如今你的老人有足够的理由咆哮和怒吼,(因为)天空似乎被英国收买了。

你的从柏林到斯图加特的长途冒险旅行是震撼人心的。这里有一点不错,然而,它不是你所享受的,那就是这次你不能考虑将指责倾泻在我那可怜的罪人的头脑中的某个没有生命的物体的一切恶意的行动上,就像在我们很有名的那次去斯图加特的圣诞旅行期间一样。去纽伦堡玩几天,过几天和平安宁的日子,然后去巴拉丁的其他几处宁静的地方是很有诱惑力的。我对纽伦堡只有一种模糊朦胧的印象,就像所有那些我只到那里去参加党的会议或某些公众集会的城市一样。上一次在纽伦堡的公众集会是在战前,我只记得在讲台上有一大束红色的康乃馨,它在很大程度上打扰了我所做的演讲;我记得正当我要张开嘴讲话的时候,那里响起了一声叫喊,开始我并没有理解这是为什么。"医疗援助!"问题是会议大厅里挤满了人,人太多了,因此有三个人昏了过去,被抬出了屋子,这类事情总会让我很压抑。我不得不先让自己重新振作起来,以防止我在演讲中出差错。

为了弥补这一点,在党的代表大会①上,在一次晚间的会议上带我离开,带我去让人舒服的兰道市做短暂的旅行,我们慢慢地穿过这座城市,走了几个小时。当时是九月底,这座城市笼罩在一股淡蓝色的秋天的烟雾之中。在烟雾中隐隐显现出那座盖满树叶的城堡,旁边是墓地,以及高尖的屋顶和教堂,显得很神奇,色彩很明

---

① 指的是 1908 年 9 月 13 日—19 日在纽伦堡举行的德国社会民主党代表大会。

快,带着一种中世纪的外观,在那里的所有一切上面都覆盖着正在离去的那一天的暗红色光芒,这时薄暮的影子已经降下,遮蔽了各条小巷,遮蔽了每个角落。那些时刻的情景仍然藏在我的记忆里,那简直棒极了,尤其是上帝恩赐的和平和野外的美丽,以及不断传来的马蹄的得得声,与党的代表大会现场那种混乱的相互争斗,以及让人厌烦的,折磨人的粗俗形成了鲜明的对比。我甚至不再知道在马车里坐在我身旁的是谁;我只知道在整个旅程中我没有说一句话,当我在我的旅馆前走下马车的时候,我迅速看到了一张带着失望的神情的脸。我肯定想再一次去纽伦堡,但没有任何公众集会或党的代表大会,作为补偿的是拥有一本莫里克的书或歌德的书,你经常用你深沉的男孩子的低音给我读那里面的片段。

真遗憾你不能在此时此地向我朗读莎士比亚的作品,就像我们朗读整部《华伦斯坦》三部曲一样。① (我读了送到我这里的威廉·莎士比亚的书。)你知道,这里就像歌德所说的。

> 只属于一个女人,
> 只欣赏一个男人,
> 这就好像一心一意!
> 丽达,最亲密之亲密的喜悦,
> 威廉,最高尚之高尚的星辰,
> 你们两个我全拥有,多亏了我自己!

丽达当然是歌德的情人,夏洛特·冯·施泰因。我对莎士比亚的作品的兴趣——你可能会感到惊奇——被《莱比锡人民报》的戏剧评论唤醒了。这位作者用一种很让人振奋,很睿智又很丰富的方式写作,例如这里是他在《皆大欢喜》中对一个女性人物的评

---

① 弗里德里希·席勒创作的三部曲,包括《华伦斯坦的军营》、《皮柯洛米尼父子》和《华伦斯坦之死》。

论:"这个罗萨琳是一个追求诗人的心的女人。她就天性而言既是一个女士,也是一个孩子。她知道什么是适当的,她对一切规矩做鬼脸,她并不博学,但她知道如何说最聪明的话。她拥有高尚的灵魂,也拥有谦逊的美德。她拥有所有这一切,因为她的天性高贵是不容置疑的,出于对她的健康的天性的信赖,她在这个世界上跳舞,跳跃,大步前行,似乎没有什么危险会严重地伤害到她。这似乎并不是莎士比亚塑造的自信的女人的唯一一个例子。在他的作品里,人们可以碰到几个这种类型的女人。我不知道他是否曾与一个类似罗萨琳,或贝雅特丽思,或鲍西娅的女人交往过,也不知道这个形象是来源于一个真实的人物,还是来源于一个他自己塑造的他渴望的女性形象,但有一件事情我们确信我们是知道的:他相信女人们通过这些形象来表达自己的心声。他对女人将会变成什么样了的确信是基于她的女性特点,这就是他的伟大之处。这是对女性整体的赞颂——至少是对他所生活时代的女性——没有其他诗人曾这样做过。他从女性中看到了自然的力量,这实际上没有被世界上的所有文化所影响。她采用她的文化所给予她的一切,并把它为自己所用,但不允许她自己离开她的天性所赋予她的一切。"①

难道这不是一种很不错的分析?如果你只通过个人接触知道这个摩根施特恩博士是一个古怪的家伙,没有品位而且干巴巴的,我深切希望将来所有用德语写作的散文家都拥有他这种对人的心理的敏锐把握……关于这一点:你自己是尤斯蒂努斯·凯尔纳的传人,不是吗?上帝作证,这是一个高贵的祖师!我并不真正了解他的任何一部作品。我只大体收集了一下他勇敢的诗行、强烈的悲怆和那种大革命的姿态。无论如何,伟大的名字的影响是令人难以置信的。难道这里不是有些巨人的名字似乎是为了永远存在而被创造出来,似乎是敲响了一个奥林匹亚和弦,甚至当人们对它

---

① 这个文段摘自《莱比锡人民报》1917年3月16日一期的"副刊"。

们并没有任何更具体的了解的时候？谁读过一行萨福的诗？谁（除了我之外）读过马基雅维利的书？谁听过奇马罗萨的歌剧？但他们中的每一个都是这样伟大的名字！就像一道来自永恒的闪光，在它面前人们虔诚地剃光自己的头发。同时，汉森，位高责任重：你的文章必须形成很好、很合适的文体。我们把这归于尤斯蒂努斯·凯尔纳。

罗莎

附言：你在信中没有提及克拉拉·蔡特金。我相信你已经见过她几次了，不是吗？

致索菲娅·李卜克内西

佛龙克 1917年4月19日

索犹莎,我亲爱的小鸟:

很高兴昨天收到了你寄过来的明信片,尽管它充满了悲伤。我非常想现在能和你在一起,让你再次露出快乐的笑容,在卡尔被捕的时候我就曾这样陪过你。你还记得那时我们在福尔森豪夫咖啡馆开怀大笑,周围的人都惊讶地盯着我们看?尽管发生了那些事情,我们还是度过了一段快乐的时光。想想那时我们每天早上都开着汽车上了波茨坦大道,然后穿过路旁长着高大的榆树的宁静的雷尔特大道,一直驶到穿过繁花盛开的动物园的监狱。然后,我们调转车头,体面地在福尔森豪夫下车。从那以后,你经常到位于南头的我家玩,在那里一切都笼罩在五月的光辉中。接着就是在我家厨房里的快乐时间,在那里你和我的小咪咪一起坐着,耐心地等待我做出一顿好饭。(你还记得那些我用法国烹调方式做的红花菜豆吗?)

温暖而美好的天气给我留下的鲜活印象充满了我对那段时光的一切记忆,只有这种天气才给人一种真正愉快的春天的感觉。

当然,在晚上我必须到你那间亲爱的小屋回访你。我喜爱作为一个家庭主妇的你,这种角色非常非常适合你,当身材像姑娘一样的你站在桌旁上茶的时候。最后,临近午夜,我们常常透过那条光线灰暗,充满花香的街道去看对面那间房子。你还记得南头那美极了的月光之夜吗?你还记得当我送你回家的时候,我们见到的那些在夜空的可爱的深蓝中突兀地显现的黑色的山墙吗?它们就像封建城堡的箭楼一样。

索犹莎,我多么希望能总是和你在一起,把各种烦恼驱离你的思想,时而谈笑风生,时而默默相对,这样我就可以让你始终躲开不愉快的思虑。在你的明信片上你说:"这些事情为什么要发生?"

亲爱的宝贝,生活就是这样的,而且从来就是这样的。悲伤、分离和不能得到满足的愿望正是生活的一部分。我们不得不接受降临在我们身上的一切事情,不得不在一切事情中寻找美丽。这是我通过努力做到了的。这不是来源于深邃的智慧,而仅仅是出自我的天性。我出自本能地感到这是唯一正确的生活方式,这就是我在一切可能的环境中总是真真正正地拥有快乐的原因。我不能舍弃我生活中的任何东西,或者让它与它现在的样子和它一直以来的样子不同。我多么希望能让你和我一样看待各种事物。

可我还没有为收到卡尔的照片而感谢你呢。收到这些照片让我非常高兴。你不可能想象有一个比这个生日更可爱的生日。他笔直地坐在桌旁,无论我走到哪里他的眼睛都跟随着我(你知道在一些照片里这双眼睛是如何跟随着一个人的,无论那个人在哪里)。这种形象是出色的。卡尔一定对来自俄国的消息欣喜若狂!

但你也完全有理由高兴起来,因为现在没有什么能阻拦你的妈妈来看你了。你想过这个吗?因为你的缘故我很长时间都在阳光和温暖之中。这里花蕾还没有开放,而且昨天我们这里还有雨夹雪。还有多久春天才能到达我这位于柏林南头的"南部风景"?在去年这个时候,我们一起站在花园的大门旁边,你在欣赏那一片花海。

不要为了写回信而发愁。我会经常给你写信,但你时不时给我寄一张明信片我就很满足了。

你收到我的薄薄的《植物学家向导》了吗?不要担心,亲爱的,你将看到一切都会进展顺利。

致汉斯·狄芬巴赫

佛龙克波森　1917年4月28日

　　汉森,不幸的是,这次玛尔塔夫人(玛尔塔·罗森鲍姆)不可能夫丽萨(狄芬巴赫在那个时候的居住地)拜访了。她的假期太短了,而且她现在居住的新地方非常远,这已经有一些不利的影响了。我——举例来说——立刻在老迪尔克的学校地图上找到了你的居住地(正是同样这个老迪尔克学校曾经陪伴你,一直到你去斯图加特上高中),因为我是从科斯佳(也就是科斯佳·蔡特金,显然狄芬巴赫和科斯佳上的是同一所学校)那儿开始知道它的。我也看到丽萨在从波兹南到布雷斯劳的半路上,因此是在柏林的相反方向。为了弥补这个遗憾,你一定要在大约两周之后去欢迎汉斯(汉斯·考茨基)和露易丝(露易丝·考茨基)。露易丝会在5月10日到5月15日之间有空。

　　我郑重地批评你没有去拜访克拉拉(也就是克拉拉·蔡特金)。你一定能够找到合适的时间。你知道我在这件事上是怎么想的吗?我越在内心里指责自己不能做什么事情去培养她,我越深地感受到培养她的需要,这对我是一种慰藉,你处理这件事情会做得比我更好,因此会弥补我所不能做到的事情,用善良和温柔的方式把感情传递给她。但现在你没有做到这一点!我不知道(愿上帝帮帮我)我能否向她解释复活节的那天,你正在斯图加特,但我现在要你立刻开始给她写信,经常给她写,对她诚实,用惹人喜爱的信赖来弥补你的疏忽。不要假装怯懦,汉森。这与你是不相称的。

我现在读完了里卡尔达·胡克的《华伦斯坦》。起初我发现它很能振奋人的精神,但是看到书的结尾的时候,这种优点已经消退,最终变得一无所有。尽管有那些吵吵嚷嚷的琐事,尽管有对每一件小事情的描述,但没有形成一个完整的整体,一点也没有。这是一个很好的反面教材,让我们学到在写一篇散文的时候需要避免哪些失误,怎样才能写得更好。我将坚持我的观点:正是德国的那种全面性完整性妨碍了德国作家绘制一幅真实的生活画卷或者时代的画卷,这样的画卷应该是轻轻一笔一蹴而就,它同时可以是一种非常优美的体验。里卡尔达也缺乏那种灵魂的优雅——虽然她是一个女人——那种灵魂的雅致必然会告诉她,描述所有这些细节会让一个感觉敏锐的人感到疲倦和沮丧,而巧妙地选择并不太多的一些特写将会激发读者的想象力,而且一个完整的形象就自然而然地出现了。在富于想象力和灵魂丰富的人之间处理人际关系也是完全相同:与充分而粗糙,并且缺乏想象力地阐述一件事相比,轻轻的暗示会给人更多的满足。

不久我将送你一部萧伯纳的喜剧《荡子》。起初我对公然的自相矛盾和剧中所有人物的荒谬行为很不耐烦,但接下来就是比较严肃的几页,人们带着宽慰和犹豫的复杂情绪去读它,到最后才知道作者真正的寓意和意图实际上是在某种意义上避开那种有偏见的道德说教的粗俗。直到读者发现那"严肃的几页"只是假装严肃,萧伯纳只是在取笑全世界,取笑读者,同时也取笑他自己,那么就遵循这句格言:生活中绝对没有什么值得你悲惨地付出的东西。在最后一场中发生了一场法律争辩,干巴巴的,就像尘土一样,这场争辩发生在化装舞会上,争辩的双方是两个律师,他们俩最后都转移了注意力,跳起了华尔兹。这完全是一种莎士比亚效果,对着你迎面打来,就像《仲夏夜之梦》里那种打趣的魔怪气氛。在阅读最后的一场的时候——大约午夜时分,独自一人,坐在我的小"窝"里——我迸发出一连串笑声,我的这种笑你是知道的。这正巧是在我另一次经历了一次绝望的阵痛之后,这本"愚蠢"的书让我的心情舒缓多了。

既然我已经涉及了文学的话题,那么现在注意听我讲,你能告诉我下面这几行诗,我是摘自什么地方吗?

> 他高大的身材和高贵的形式,
> 他脸上的微笑,他眼睛里的力量,
> 他富有魔力的话语流淌而出,
> 他的手温柔的触摸……

剩下的我就不知道了。我敢发誓这是"纺车旁的葛蕾卿"。[①] 同时我敢发誓,纺车旁的葛蕾卿所唱的是完全不同的东西,也就是"图勒国王之歌"。这里我身边只有你的那本小小的哈纳克公司出版的歌德的书,但这本书里没有收录《浮士德》这部诗剧,因此我不能在书上查。自从复活节以来,这些诗行一直在我的头脑里旋转,因此不久我就开始相信在我的头脑里有一架纺车在嗡嗡作响。你知道当人们不记得他们是从哪里听到一小段诗或者一小段旋律,不记得他们是来自哪里的时候,这是多么折磨人吗?

我的"窝"的正上方是我们的"古董收集学"的教室。正在我写这封信的时候,那里正在上着一堂课。首先我听到了很多双脚的笨拙的"交谈",然后是沉默,然后是一个老师的声音,他在讲课给每一个人听,现在是一种单调的阅读声,这是一个小女孩的声音——正是用小孩子们那种高声调,有些着急,有些拿不准的方式阅读的声音,没有任何停顿和打断。我听不懂一个词,但那种听不太清的咕咕哝哝的声音,给我带来一种奇怪的影响,让我想到了

---

① 这指的是歌德的《浮士德》中的一场。

家。这个场景我是看不见的,虽然那堂课恰好在我的头顶之上进行,而且那种遥远的声音只有我的耳朵才听得见,但从那种声音里,我再一次产生了一种不同寻常的感觉:生活是非常美好的。

罗莎

附言:"迷人的雷纳侯爵"[①]——你曾经用过的一种称呼——获得了"优秀服务勋章"(德国颁给国家服务人员的最高勋章,无论是军人还是文职人员)。如果在丽萨有香槟酒,为了他喝一瓶吧,"甜味的"。

[①] 这可能指的是弗里德里希·曾德尔,克拉拉·蔡特金的第二个丈夫。他以文职人员的身份在红十字会工作。

致玛尔塔·罗森鲍姆

佛龙克　1917年4月29日

我亲爱的玛尔辰！

这次,我恐怕,一切都不顺利。星期五我的心直发慌(可能今天也会如此),我的头脑好像在剧烈地旋转,让我不能坐在那里平静和坦率地和你聊天。这一定是(监狱当局)多重监视的结果,这也无可奈何。我猜你也有同样的感受。但至少看到你和感受到你在我身边对我来说是一种真正的安慰。一切都弄得这么快真是太不好了。下次你必须在星期四来,然后待到星期一或者星期二。我们明天的"吻别"是否还会引出别的什么,我不知道。但即使事情进展得不顺利,我们也无论如何必须完成它。我已经为此做了准备。非常感谢你到来！在健康方面,不用为我担心。确实我的胃还没有好转,但我的神经总体来说在缓慢地进步。这意味着只要春天到来,我的胃可能也会好起来。阳光、温暖和新鲜的绿色盆栽植物对我的总体健康状况来说是最重要的,你对此非常了解！现在好了,在俄国发生的美妙事件对我产生了很好的影响,就像给予生命的仙丹。对我们所有人来说,从那里传来的消息就好像解救危局的信息。我恐怕你们所有人都没有充分领会它,没有充分认识到正是我们自己的事业在那里取得了成功。它一定将对全世界产生不可小视的影响。它一定会辐射到整个欧洲。我非常坚定地相信,现在一个新的时代开始了,这场战争不会持续很久。因此我想听到你处于一种较好的精神状态之中,你们所有人都在一种振作而欢快的心境之中——不顾那些仍然存在的悲伤和恐怖。你看历史知道如何处理事情,甚至当它们看起来难以处理的时候。为了我开心起来欢快起来,我拥抱你一千次,并把我最好的祝福送给库尔辰(库尔特·罗森菲尔德)。

你的罗莎

致索菲娅·李卜克内西

佛龙克　1917 年 5 月 2 日

你可能还记得,在去年四月的一个早晨,我在十点钟的时候匆匆给你们两个打电话,让你们赶快去听夜莺的鸣叫,它们正在植物花园里开音乐会呢。曾经在那里,我们静静地坐在石头上,在我们身边是藏在茂密的灌木丛里的一个滴着水的小池塘。然而,在听完了夜莺的歌唱之后,我们听到一种单调悲伤的鸣叫,似乎在叫着像"格里格里格里克"一样的东西。我说它的声音像一些在沼泽中或者水中生活的鸟类,卡尔也表示同意,但我们完全弄不清它到底是什么鸟。

只想象一下在几天之前,在一大早我就听到了同样的声音,就在这里,在附近。我的心怦怦地跳着,急切地想要知道它是什么鸟。我的心一直没有平静,直到我在今天发现它不是一只在水中生活的鸟,而是一只歪脖啄木鸟,这是一种灰色的啄木鸟。它只比麻雀大一点,它的名字是来源于这一事实:当遇到危险时,它会做出一种滑稽的姿态,把它的头弄歪,想吓唬它的敌人。它只靠吃蚂蚁过活,它用粘性的舌头把蚂蚁粘在一起,那舌头就像一种专门用来吃蚂蚁的机器。这就是为什么西班牙人叫它 Hormiguero——蚂蚁鸟。

顺便讲一下,莫里克写过一首关于这种鸟的精美的滑稽诗:雨果·沃尔夫把它谱成了音乐。对我来说,这就好像是我收到了一份礼物,自从我了解到这种哭叫着的鸟儿的天性。可能你也会在给卡尔写的信中提到这种鸟,这一定会让他高兴的。

我在读什么书?大部分是自然科学方面的:植物和动物的地理分布。只是在昨天我读的是为什么鸣禽会从德国消失。越来越多地系统化地开辟林地、花园和耕地,一步步地毁灭了鸣禽所有的筑巢和繁殖的场所:空心的树木、没有植被覆盖的土地、灌木丛和花园地面上的枯树枝。当我读到这些的时候我感到很心痛。不是因为它们为人们所喜爱的动听的歌声不复存在而难过,而是因为这些无法保护自己的小生物静静地,不可阻挡地灭绝的图景让我伤心得想要哭起来。它让我想起我还在苏黎世的时候读的一本俄文书,它是西伯尔教授所写,讲的是北美印第安人的灭绝。完全是以同样的方式,他们被文明人一步一步地赶出他们居住的土地,被现代社会抛弃,然后沉默而悲惨地走向灭亡。

我想我一定是过于强烈地对每一件事都感到不舒服。你知道,有时候我觉得我似乎并不真的是一个人,而是一个人形的鸟或人形的野兽。内心里,不是在我们党的一次大会上,而是在花园里的一小片园地里,就像在这儿,更让我感到有像在家里一样的感觉,在有一群蜜蜂嗡嗡叫的草地更是如此。我一定要把这些告诉你,既然你不会立即怀疑我是背叛社会主义!你知道,不顾所有的一切,我真的希望死在我的岗位上,死在一次街头战斗中或者死在监狱里。

但我心灵最深处的自我更多地属于我的山雀,而不是属于"同志们"。这并不是因为我在大自然中找到了一个悠闲的避难所,就像那么多失意的政治家一样。正相反,随着我一步步地深入了解大自然,我发现在大自然里也有这么多残酷的事实,这让我很痛心。比方说,你想想,下面那个小小的经历让我无法忘怀。去年春天,我刚刚在田野里散了会儿步,沿着空旷、安静的街道往家的方向走,这时我注意到在铺过的路面上有一个小黑点。我弯下腰,看见了静静发生的悲惨一幕:一个大的粪金龟子仰面朝天地躺着,用它的那几只脚无力地保护着自己,而同时大群小蚂蚁聚集在它身上,正在活活地把它吃掉!我掏出我的手帕,开始驱赶那些残忍的小野兽。但它们这样蛮横这样固执,我不得不跟它们斗争了很长时间,当我终于解救了那个可怜的金龟子,把它远远地放在草地上的时候,我发现它已经有两只脚被吃掉了……我带着极度痛苦的感情离开,毕竟我是否真的让它得到了帮助是很可疑的。

现在,在黄昏,苍茫的暮色已经拖得很长。我一向是多么热爱这个时候!在苏登台那里有很多乌鸫,在这里我见不到一只,也听不到一只乌鸫的鸣叫。在整个冬天我喂了两只,现在它们已经无影无踪。在苏登台,大约黄昏时分,我常常在街上闲逛;当最后一缕紫罗兰色的日光仍在空中,它是如此可爱,突然街上的煤气灯的紫罗兰色光芒闪烁起来,在黄昏之中显得这样奇怪,好像它们为自己感到有些害羞。穿过大街,能看到一些来迟了的女子的模糊的身影急匆匆地掠过,是一个女清洁工或是一个跑向面包房或杂货店买东西的女仆从大街上掠过。鞋匠的孩子们——我跟他们交了朋友——天黑了还在黑暗的街道上玩耍,直到他们的父母从街角走出,大声喊着让他们回家。在这时,一些乌鸫仍然没有安静下来,它们像淘气的孩子一样,突然从睡梦中惊醒,尖声叫起来,然后吵闹着从一棵树飞到另一棵树上。我站在那里,在大街的中央,数着最早出来的那些星星,不想回家,不想离开这温和的空气和这道薄暮,在这个时刻,白天和夜晚是这样柔和地交融在一起。

索犹莎,不久我会再次给你写信的。平静一些,开心一些。一切都会顺利——卡尔也一样。写了这么长,到下封信再谈。

我拥抱你

你的罗莎

致玛蒂尔德·雅各布

佛龙克 1917年5月3日

我亲爱的玛蒂尔德!

今天早些时候,我收到了你的短信,它让我非常伤心,因为以前你给我写的信从来没有这么简短过,而且从这封信里我强烈地感受到你再一次陷入极度劳累和极度疲倦。但接下来——今天下午——你的装着一朵朵紫罗兰的包裹到了,这给了我一些安慰。非常感谢,作为回报我把邮包寄回给你,再送你几句话,让你感到安心。我一切照旧,除了现在我在户外,在太阳底下坐很长时间。我去户外坐的时候,你送的那把美丽的藤椅就很方便,它是那么轻便,又很容易搬动,坐在上面肯定会感到很有气派。今天很多蝴蝶和大黄蜂来了,但它们在花园里没有找到一朵花。——因此我带着种着盛开的花叶菊的花盆来到了花园,这是玛尔塔·罗森鲍姆送给我的,你将看到这些小生命是如何冲向这朵花的,而且对那种神奇的金黄色花粉永远也不满足。今天我也有生以来第一次看到一种美丽的鸟:黄鹂。我静静地坐着,一动不动,因此它跳到离我很近的地方,我可以仔细地观察它。所有这一切我都是在这里,在佛龙克才开始了解的!真的,玛蒂尔德,我在这里获得了大量的新知识,然后我马上要开始做些研究,我感到我的生活已经开始丰富起来。为了手稿的事非常感谢你。① 然而在我继续审读并修改这本书之前,我想让你通过利纳(利奥·约基希斯)的途径了解一下,老先生(弗兰兹·梅林)是否仍然在这方面下功夫,他取得了什么进展没有。我当然不能直接把手稿送给出版商,但可以把它送给梅林,如果他做了一些这方面的工作,做得很不错,而且还在做,看到我寄来的手稿他肯定会很生气。

今天露易丝(露易丝·考茨基)从美因河畔的法兰克福给我写信,说她将在5月10日到15日之间来佛龙克。但我想尽快知道她抵达这里的具体日期,这样就不会连着几天都无谓地坐立不安。请用快捷的电话问问她,或者给她写信,她在美因河畔的法兰克福,住在城市医院;她和她的小伙子②在那里,然后让我知道。露易丝自己不会这样做的。

今天我给你三本出版商普芬费尔特的书,我想让你把书还给他,并向他表示感谢(只在我们两人之间说,它们没有什么价值,我根本没有读),我也为了玛尔塔的花园送给她一个小笔记本(因为玛尔塔在培育花园的过程中一直在记笔记)。根据你的上一次训诫,我再也不敢用任何送信的人了,因此我想知道你什么时候收到的包裹。——现在我等待着,希望能再次收到你寄来的平和而善意的信,它将给我带来很多快乐。带着更加迫切的希望,我等着你本人的到来。我希望在圣神降临周能再次看到你穿着那件浅色的棉布裙子,我非常喜欢那条裙子。你能把那块深色的镶边去掉吗?它毁了这条裙子,你可以在那个地方用一条淡绿色或者淡蓝色的镶边。

听,亲爱的!索尼娅(索尼娅·李卜克内西)在苦苦地抱怨利纳(利奥·约基希斯),说她(利纳)不关心"卡尔的家属"和"卡尔的

---

① 这指的是卢森堡的手稿《反批判》(标题全称是:资本积累,或者后人是如何理解马克思的理论的:一种反批判),这本书是她1915年在巴尔尼姆街女子监狱坐牢的时候写的,但在她死后才于1921年在莱比锡出版。

② 小卡尔·考茨基,做了一名医生,当时正在美因河畔的法兰克福工作。

孩子们",在索尼娅不在的时候"她"应该自己去关心所有这些事情。① 卡尔对所有的这些一定会很生气。能不能让老先生(梅林)承担这个职责,如果利纳实在太忙的话?无论如何,不要让精神脆弱的索尼娅烦躁和担心。

我拥抱你和咪咪一千次,带着我深切的期盼。

你的罗莎

附文:感谢你送来的信纸,不幸的是我发现它们有点容易弯折,至少需要放在坚固的信封里面,你能不能多弄一些那样的信封,我指的是就像我寄这封信所用的这种信封?

---

① 索菲娅·李卜克内西在慕尼黑的一家疗养院做后续的治疗。

致汉斯·狄芬巴赫

佛龙克　1917年5月12日

亲爱的汉森：

　　第五号信收到，非常感谢；我正等着你帮我改进我的书的风格。① （你部分地犯了自找麻烦的错误，正如我所发现的，只是在寻找我的拼写错误。）你批评在《反批判》这本书中，有些段落混淆不清或者断章取义到了难以理解的地步，这刺激了我，让我以批判的态度重新思考这整本书。如果不是这样，我不可能——我从来没有这样做过——重新审读我已经写好了的东西，在写作的时候我所经历的感受越强烈，停笔之后我越觉得它已经是完成了。汉森，我很了解，我的那些经济学著作似乎是"仅仅写给六个人看的"。但是实际上——你知道——我写这些书只是为了一个人：我自己。我写作《资本积累论》这本书的时候是我人生中最快乐的一段时光。事实上那时我似乎正处于一种狂喜状态之中，"处于高处"，无论在白天还是在黑夜，除了我专注思考的这一件事情以外，其他的什么也看不见，什么也听不见，这件事情在我面前如此美丽地展开，我不知道该如何讲述它给我带来的巨大快乐：思考的过程，当我在头脑中仔细思考一个复杂问题的时候，我在屋子里慢慢地走

---

①　这里卢森堡很明显指的是汉斯·狄森巴赫对她的《反批判》所做的校对工作。

来走去，咪咪（那只猫）密切关注着我，它躺在红色的长毛绒桌布上，把它的爪子弯曲，放在它的身体下面，它那个机灵的小脑袋随着我的走动不断地来回摆动；或者是让我的思想成形，并用我手中的笔把它变为文字的过程。你知道吗，那时在四个月的时间里我一下就写了整整三十个印张——这是史无前例的！——没有重读初稿，甚至一次重读也没有，我就把它送去印刷了。当我在巴尔尼姆街（女子监狱）写《反批判》那本书的时候，事情以同样的方式进行。那时，在体验了感受如此强烈的工作之后，我对它完全失去了兴趣，直到这种程度，从那以后我几乎不想麻烦自己，去为这本书找一个出版商。无论如何，既然我在过去的一年半的时间里"所处的条件"，找到一个能出这本书的出版商是很困难的。——至于埃克斯坦，你一定是过高地估计他了，他对1913年出版的《资本积累论》的"批评"只是对他想和我交朋友（我粗暴地拒绝了他），最后一无所获的一种报复，正是这种"太过人性"的情感转化为了一种精致的，上阿尔卑斯式的纯科学，这让我心中充满了对他的蔑视。顺便说一下，他是能够表现得很幽默很亲切的。有一次在考茨基那里，当我在前厅里一边犹豫而徒劳地试图把我的夹克衫从衣帽架上取下，一边抱怨我自己矮小的身材的时候，他殷勤地帮我把夹克衫拿下来，而且带着微笑咕哝着雨果·沃尔夫的一首歌中的一句："这样小的东西也能让我们心醉……"你可能知道在维也纳，雨果·沃尔夫和埃克斯坦的家庭有一些联系，在那儿他被当做一个家庭的崇拜偶像。

你提议我应该写一本关于托尔斯泰的书，这一点也没有打动我。为谁而写，为什么而写，汉森？每个人都能读托尔斯泰的书，如果这些书自身不能释放出一种有力的生活的气息，我不可能通过文学评论来成功地做到这一点。任何一个人可以向其他人"解释"莫扎特的音乐是什么吗？一个人能够"解释"生命的魔力是什么吗？（这有什么用，）如果人们不自己去了解它，不从日常生活中最微小的细节去理解它，或者说得更明确一点，如果他们没有把它带到自己的内心世界里去？比如我同样也把大量的歌德文献(也就是关于歌德的文献)当做纯粹的垃圾,依我看,这样的书写了太多。正是由于受到了这些文字噪音的干扰,人们忘记了去关注这个世界和它的一切美丽。

然后,自从五月一日以来我们拥有一个接一个的晴天,而且当我醒过来的时候,我已经感受到了清晨第一缕阳光的欢迎,因为在这里,我的窗户是面向东方的。在苏登台,我住的地方——正如你所知道的——就像一座灯塔,从各个方向暴露在太阳之下,那些早晨的时光以一种非常可爱的方式出现。在早餐后,我习惯于顺着它不同的角度和面来摆弄那个棱镜,那个棱镜是放在我的桌上用来压纸的,然后我把它放到阳光之下,太阳的光线立刻被播撒到地板上和墙上,形成数百个颜色五彩缤纷的亮点。咪咪一直在着迷地看着这个游戏,尤其是当我挪动棱镜,让那些明亮的光线投向各个地方,并且来回舞动的时候。开始它跑起来,然后跳得很高,去抓那些光线,但不久它就明白它们不是"什么东西",而仅仅是一种视觉上的幻象,然后它就开心地用它的小眼睛去看那些光线的舞动,自己却一动不动。我们达到了让人着迷的效果,比如说,当一道彩虹落到窗台花箱里的风信子上的时候,或者落到书桌上的大理石半身像上的时候,或者落到镜子前面的大铜钟上的时候。打扫得很干净的,贴着色彩明快的壁纸的屋子里充满了阳光,散发着一种很安逸很和谐的气息。麻雀唧唧叫着,它们的声音穿过阳台敞开的门传到屋里,与时不时开过的电车发出的嗡嗡声或者在附近某个地方维修铁轨的工人们干活时金属碰撞发出的叮当声交织在一起。然后我就要戴上帽子,走到旷野里,看看那里一夜之间长出了什么,并且为咪咪采集新鲜多汁的草。在这里我也在早餐之后立刻就跑到花园里,在那儿有很多奇妙的事情让我忙个不停:给我窗前的"农场"浇水。我托别人给我买一个可爱的小水罐,我必须拿着它走到储水池那边,走几个来回,直到把整个花床弄得足够潮湿。喷射出的水波在清晨的阳光照耀下闪着光芒,那些水滴有很长时间一直在粉色和蓝色的风信子花上颤抖着,那些花已经是半开半闭了。然而我为什么会伤心?我几乎觉得我过高地估计了天空中的太阳和它所拥有的力量。它可能仍然在放射着刺眼的光芒,但是有时它根本不能给我带来温暖——如果我的心从中得不到任何温暖的话。

罗莎

致汉斯·狄芬巴赫

佛龙克 1917 年 5 月 14 日

这一次,只有短短几句话。他们可能在露易丝·考茨基和伊格尔一家人来探监的同时到这里。请不要和他们谈论《反批判》。直到现在,我还没有和他们提到过这本书,如果他们从第三个人那里知道了这本书,这会让我很难堪。另一方面,一旦这本书复印好了,我自然会送给露易丝一个副本,也许她能读懂它。

汉森,对露易丝好一点。给她温暖和快乐,不幸的是我不能给她带来这些。唉,这不是我的错——只是事不由己。我很难组织好语言,而这在跟她交谈时是很有必要的。我的心这几天来一直都像一只小狗一样打哆嗦,变得更加胆小,更加害羞了。我感觉这对露易丝来说非常不好。很可能她会觉得她让我心烦。但这完全不是真的。让她相信这一点。

我无法向你描述今天晚上我感觉有多糟糕。为了寻求安慰,我翻了几页《西东合集》。我是这样喜欢这本书,不仅是因为这本书中包含着不朽的感情,也是因为书中的苏莱卡——玛丽安妮,她在我看来是歌德作品中唯一一个可爱的女性。她自己的歌,在亲切和直率方面与歌德的诗真是不相上下。例如,她派遣自己带翅膀的使者给她的情郎送信时唱的那段歌有多美:"告诉他,但要庄重地告诉他:他的爱就是我的生命。只有他的亲密才能给我们两个人带来甜蜜的安全。"不幸的是,只有这些歌中的一部分被收入哈尔纳克版的《西东合集》。

至于严肃的阅读,我把《莱辛的传奇》从头到尾读了几遍。你知道吗,这本书给了我很多激励和鼓舞。

深情的问候

罗莎

致索菲娅·李卜克内西

佛龙克　1917年5月19日

现在这里是这样可爱！一些都在发芽，一切都变成了绿色。马栗树的叶子闪着万丈光芒；醋栗树上点缀着一簇簇黄色的小星星；樱桃树已经开花了，它的叶子是淡红色的，黑色的赤杨树也马上要开花了。

今天露易丝·考茨基来探视我。作为分别时留念的礼物，她送给了我一些勿忘草和一些三色紫罗兰。它们把自己安排得如此之好；我简直不能相信我的眼睛，因为这是我第一次把植物移植到土里。快到圣神降临周了，我在我的窗户底下有了这么多的花！

这里现在有很多种不久前才飞过来的鸟。

几乎每天我都会和一种过去没有见过的鸟交朋友。顺便提一下，你还记得我们和卡尔一起在植物园的那个早晨吗，那时我们一起在听一只夜莺的啼鸣。我看见了一棵大树，它的叶子还没有长出来，但是树上长满了小白花；我们都对它到底是棵什么树感到困惑，因为很明显它不是一棵果树，而且这种花我们很不熟悉。现在我知道了！它是一棵白杨树，那些我们认为是花的东西根本不是花，而是新长出的叶子。白杨树的成熟的叶子只在下表面是白色的，而在上表面是深绿色的；但刚长出的叶子，上下两面都长着白色的绒毛，在阳光的照耀下看起来像是花。

在我的花园里有一棵巨大的白杨树,所有的鸣禽都最喜欢这棵树。就在那同一天的晚上,你们来看我,你还记得吗？我们度过了一段么么可爱的时光,互相向对方大声地朗读。接近午夜了,但我们站在屋里,互相道别的时候(这样一种让人愉悦的和风,顺着阳台上敞开的窗户扑面而来,中间夹杂着茉莉花的香气),我向你背诵那首我如此喜爱的西班牙歌曲:

赞美他,这个世界因他而诞生！
多么奇妙,他让这段距离变得遥远！
他创造了海洋永不终结的深深的睡眠,
他创造了不断漂洋过海的船只,
他让彼处的天堂放射出宁静的光芒,
他创造了大地,亲爱的——还有你的面孔。

索尼奇卡,如果你从来没有伴随着沃尔夫的音乐听人唱这首歌,你不能想象包含在最后的那两个词中的强烈的情感。

就在我写信的时候,一只巨大的大黄蜂飞进了屋子,让屋子里充满了一种悦耳的声调。这是多么可爱；这种内涵丰富的音调所传达的生命之喜悦是多么强烈,再加上力量、夏天的炎热和花的香气,更是充满了生机和活力。

开心起来,索尼奇卡,而且今早给我写信；我盼望着收到你的来信。

你的罗莎

致索菲娅·李卜克内西

佛龙克　1917年5月23日

索犹莎,我亲爱的,你的上一封信,于5月14日寄出(但信封的邮戳上写的却是5月18日),已经到我这里了,当时我正在寄上一封信给你。我很高兴能和你再次联系上,很想在今天给你送上一份温暖的圣神降临周的祝福。

"圣神降临节,甜蜜又可爱的节日,到来了。"歌德的《列那狐》就是这样开头的。我希望你假期过得开心一些。去年圣神降临周的时候,我们三个,你、我,还有玛蒂尔德·乌尔姆,一起开心地去利希滕拉德远足,在那里我为卡尔摘了一些麦穗和一些不可思议地缠在白桦树枝上的白絮。在晚上我们又去苏登台的旷野散步,手里拿着玫瑰花,就像"三个拉文那贵族妇女"。这里丁香树现在已经开花了,花蕾是在今天开放的;这里这样热,我不得不穿上我最清凉的夏季裙子。尽管阳光曝晒,尽管天气炎热,我的朋友——那些鸟儿渐渐地几乎完全沉默下来。很明显它们都专心于孵蛋的工作;雌鸟们坐下孵蛋,雄鸟们把"它们的嘴塞得满满的",为它们自己和它们的配偶寻找食物。而且,它们的窝可能远远地搭在旷野里,或者搭在一些比较大的树上,无论如何在我小小的花园里现在很安静,只是时不时有只夜莺短暂地唱上一嗓子,或者一只金翅雀喋喋不休地鸣叫着,或者到了晚上花鸡仍然会唱上一两次。无论在哪里再也见不到我的山雀了。唯一一次例外就是昨天我突然间从远处听到了一只蓝山雀问候我的叫声,这完全让我大吃一惊。蓝山雀不像大山雀,大山雀整个冬天都待在这里,而蓝山雀只有到了三月底才回到我们这里。起初这只蓝山雀总是待在离我窗户很近的地方,和其他鸟一起过来,等着我喂它们,而且勤勉地唱着有趣的小歌曲:翠-翠-拜,但它把声音拖得如此之长,听起来像是小孩在淘气地开玩笑。它总是让我大笑起来,而且我会用同样的叫声来回应它。然后在这个月的月初,这只鸟和其他鸟一起消失了,无疑是去别的地方搭窝了。在几周的时间里我没有听到它的声音,也没有看到它的踪影。昨天,突然从墙的另一边传来了它那无人不知的声调,那堵墙把我们的院子和监狱的其他部分隔开;但这种声调在很大程度上和过去不同了,因为这只鸟现在在短时间内连叫三声,翠-翠-拜,翠-翠-拜,翠-翠-拜,然后一切陷入沉寂。这打动了我的心,因为从远方传来的这种急促的叫声传递了这样多的东西——鸟类生活的一整部历史。这让人回想起春天里鸟儿们谈情说爱的美妙时光,那时候鸟儿们可以一整天都在唱歌和调情;现在那只蓝山雀不得不整天扇动翅膀在天上飞,为自己和自己的家庭捕捉苍蝇和小飞虫。这只鸟似乎在说:"我没有多余的时间——哦,是的,春天是可爱的——但春天很快就会过去,翠-翠-拜,翠-翠-拜,翠-翠-拜!"相信我,索犹莎,在鸟儿的一小阵子歌唱中,表达了这样多的东西,这深深地打动了我。

我的妈妈,她认为《圣经》(除了席勒之外)是智慧的最高源泉,她坚定地相信所罗门王通晓所有鸟类的语言。那时,带着一个十五岁的年轻人的全部傲慢,以及我所受到的自然科学方面的训练,我曾经嘲笑我母亲的天真。但现在我自己就像所罗门王一样:我太了解各种鸟类,以及所有动物的语言了,当然这显然不是指它们使用人类语言,但我理解它们的不同声调所传达的意思和感情的细微差别。只有对那些对鸟类漠不关心的人的粗陋的耳朵而言,鸟儿的歌声才似乎永远是一样的。如果一个人的心中怀有对动物的热爱,以及对它们的富于同情心的理解,他会发现它们所表达的东西有很大的差别,它们使用的是一种完整的"语言"。甚至在早春的喧闹之后现在这种普遍的沉默,仍然表达了很多东西,我知道如果我秋天还在这里,一定会发生这种情况,我的所有朋友会回来,在我的窗前找食吃。现在我已经在为一直特别大的山雀的归来而感到高兴,我和它之间建立了一种不同寻常的真挚的友谊。

索犹莎,你为我被长期关押而感到痛苦,而且提出了这样的问题:"为什么允许一些人来决定其他人的命运?这是怎么回事?"原谅我,亲爱的,但当我读到这里的时候我忍不住大声笑起来。在陀思妥耶夫斯基的《卡拉马佐夫兄弟》中,有一个人物霍赫拉柯娃太太,她也常常问几乎同样的问题,在发问的同时,她会环顾四周,目光无助地从这群人中的一个人身上转移到另一个人身上,但在任何一个人能够试图回答她的问题之前,她就转移到完全不同的话题上了。我亲爱的小鸟,整部人类文明史——根据现代估算——已经持续了有大约两万年,它是基于"一些人决定其他人的生活"这种规则的;这种做法深深植根于现实存在的各种物质条件之中。只有进一步的发展——一个给人折磨的过程——可以改变这种事情,在这个特殊的时期,我们正在经历这样一个痛苦的转型过程,你这样问道:"这是怎么回事?"这不是一个关于生命的整体和它的各种形式的理智的问题。为什么在世界上存在蓝山雀?我真的不知道,但蓝山雀的存在让我很高兴,当一种急促的"翠-翠-拜"的声音从远方传来时,我体验到了一种甜蜜的安慰。

顺便说一下,你过分估计了我的"安详宁静",索尼奇卡。我内在的镇静和我的幸福的喜悦会不幸地烟消云散,当最狭小的阴影降临在我头上的时候。然后我会受到一种无法形容的痛苦的折磨,只有我有这种古怪的性格,在那种时候会默不作声地忍受痛苦。事实上,索尼奇卡,我什么也没有说。例如,在前几天,我在阳光之下肯定感到很愉快,很开心,很喜悦,然后在星期一,寒冷的风暴抓住了我——我不知道"为什么"和"为何"——然后立刻我的闪耀着光芒的喜悦转变为深深的悲伤。如果我灵魂里的快乐突然以人的面貌出现，站在我的面前，我就会一句话也说不出来，我最多会用我沉默的凝视来表达我绝望的悲伤。事实上我几乎没有多少说话的愿望，几星期以来我从没有听到过自己的说话声。顺便说一下，这就是我为什么要做出那个有英雄气概的决定：不要把我的小咪咪（那只猫）带到这里来。这个小家伙习惯了开心和活跃，它喜欢我唱歌或者开怀大笑，喜欢我和它一起在整间屋子里玩捉迷藏游戏，在这个乱七八糟的地方它一定会变得沮丧。这是为什么我把它交给玛蒂尔德·雅各布照料的原因。几天之后，玛蒂尔德要来探望我，我希望那时我的精神会重新振奋起来。也许对我来说，圣神降临周也会是"甜蜜而可爱的节日"。

　　索尼奇卡，仅仅为了我也要开心一些，平静一些。一切都会好起来的。衷心地问候卡尔。多次拥抱你。非常感谢你送来那张可爱的小照片。

你的罗莎

致索菲娅·李卜克内西

佛龙克　1917年5月底

索犹莎：

你猜我是在哪里写这封信的？在花园里！我搬来一只小桌子，现在正坐在它的旁边，坐在灌木丛中。在右边是一丛醋栗树，能闻见丁香一样的香气；在左边，是开了花的女贞树；在头顶上，是一棵悬铃木和一棵幼小而苗条的西班牙栗子树，伸展着它们宽广的绿色的手臂；在前面是一棵高大、庄重和温柔的白杨树，它的银白色的叶子在微风中飒飒作响。

在我写信的时候，叶子的模糊的影子在信纸上与阳光照射形成的散布的小光斑交织在一起，叶子在最近经历了一次大雨的冲刷，现在仍然萎靡不振，时而有一两滴雨点落在我的脸上、手上。

在监狱的小教堂里，礼拜仪式还在进行；管风琴的声音模模糊糊地传到我的耳朵里，因为树叶的响声和鸟儿清晰的合唱盖过了它，今天那些鸟儿都处在一种很喜悦的心境之中；从远处我听到了布谷鸟的叫声。

这是多么可爱；我非常开心。人们似乎已经有了仲夏时节的心境——夏天的全部美丽和生活的陶醉，你还记得瓦格纳的《名歌手》[①]

[①] 德国作曲家瓦格纳的歌剧，全名《纽伦堡的名歌手》。

中的那些场景吗,在那些场景中,学徒们唱道:"仲夏的日子!仲夏的日子!"然后是一个人员众多的大众场景,在唱完"圣克里斯平!圣克里斯平!"之后,混杂在一起的众人跳起了开心逗笑的舞蹈。

这些天非常适合拥有那些场景中的心境。

昨天我有了这样一种体验。我必须告诉你发生了什么。在吃饭之前,我在厕所里的窗子上发现了一只大型的孔雀蝴蝶。它被困在那里一定有两三天了,因为它冲着坚硬的窗格子拍打着翅膀,几乎要筋疲力尽了,因此现在它能做的只有轻轻地动动翅膀,显示它仍然还活着。

我很快注意到了它,我穿好衣服,等不及了,我爬到窗户旁边,小心翼翼地把它放到我的手里。现在它不动了,我认为它已经死了。但我把它拿到我自己的屋里,然后把它放在外面的窗子上,看看它能不能苏醒过来。它又温柔地拍打着翅膀,但是过了一小会儿工夫这个虫子就不动了。我把一些花放在它的触角前面,这样它就有东西可吃了。在这个时候白颊鸟在窗前那么起劲地唱着,引起了阵阵回声。我不由自主地大声对蝴蝶说起了话,我说:"听听那只鸟唱得有多开心;你一定也要振作起来,重新恢复活力!"我不由自主地取笑我自己,竟然对一只半死的蝴蝶说了这样的话,然后我想:"你这是枉费口舌!"然而我错了,大约半个小时之后,这个小生命真的复苏了;摆动了一会儿翅膀,它就能慢慢地飞了起来,最后飞走了。看到它得救了,我非常高兴。下午我自然再次出去,走到了花园里。在那里我总是从早上八点一直待到中午,那时候召集我们去吃饭;然后我又到花园里,从三点一直待到六点。

我希望能再次看到太阳放射光芒,因为我觉得它真的一定会再次露面。但是天阴沉沉的,我开始忧郁起来。

我在花园里溜达。一阵轻风吹过,我看到了一幕奇异的景象。白杨树上成熟的杨絮向四处飘落;杨树的种子沿着各个方向缓缓落下,充满了整个天空,就像是漫天飞舞的雪花,铺满了地面,铺满了整个院子;飘落的银白色的种子让一切看起来都像是幽灵一般。

白杨树开花比多数飘白絮的树晚,而且由于它的种子飘散得很广,它也能在很广很远的地带生长;年轻的嫩芽像墙上裂缝中和铺砌路面的石头间长出的草一样顽强地生长。

在六点钟,像往常一样,我被关在屋里,不让出去了。我靠着窗户忧郁地坐着,头脑中有一种沉闷的压抑感,因为天气很闷热。抬头往上看,我能看到在令人眩晕的高度,燕子们在淡蓝色的天空中飘动着一朵朵像羊毛一样又轻又软的白云这样美丽的背景上开心地飞来飞去;它们尖尖的翅膀像剪刀一样划过天空。

不久天暗了下来,一切变得模糊起来;一阵大雷雨袭来,瓢泼大雨从天而降,两声隆隆作响的惊雷让整个地方似乎都晃动起来。我从没有忘记接下来发生的一幕。暴雨过去了,天空变成了一种单调厚重的灰色;一种苍白,单调,幽灵一样的薄暮弥漫在这种风景之上,这样似乎整个景观被蒙上了一层厚厚的灰色面纱。轻柔的小雨不断地滴在叶子上;一道闪电在短短的一瞬间燃烧,在那种铅灰色之上加上一道紫色的闪光,同时仍然可以听到远方轰隆隆的打雷声,就像风暴中的大海退潮的声响。然后,突然之间,那只夜莺在我窗前的悬铃木上唱起了歌。

尽管下着雨,尽管闪电划过,尽管响着隆隆的雷声,鸟儿的歌声像钟声一样清晰。这只鸟这样歌唱着,似乎它喝醉了,似乎它发疯了,似乎它渴望淹没那雷声,把黄昏照亮。

我从没有听过任何这样可爱的东西。在一会儿变得苍白,一会儿变成铅灰色的天空的背景下,这种歌声似乎像一支支银色的矛一样闪现。它是这样神秘,这样令人难以置信地美丽,我不知不觉地咕哝起歌德的诗的最后一行。"哦,你在这儿。"

你永远的
罗莎

致索菲娅·李卜克内西

佛龙克　1917年6月1日

　　我对兰花了解得很多。在美因河畔的法兰克福那间棒极了的温室里，整整一大片区域都种满了兰花，我在几天里勤奋地研究它们。这是在对我的判决作出之后，在那次判决中，我被判处一年监禁。我觉得它们的轻浮的雅致，以及古怪的，不自然的形式显得有些过分雕琢和颓废。它们就像洛可可时代雅致的，镶着点状小图案的，镶着卵形宝石的"侯爵夫人"戒指一样让我不安。我是带着发自内心的抗拒和某种不安来欣赏它们，既然，总体而言，我的天性是厌恶任何颓废和违反常情的东西的。比方说，一株朴素的蒲公英能给我带来更多快乐，它的颜色很阳光，它像我一样，完全敞开自己，而且对阳光充满感恩之情，只在最微弱的影子里才羞怯地合上花瓣。

　　现在我们过着什么样的黄昏和什么样的夜晚啊！昨天一种难以形容的魔力笼罩着每一件东西。在太阳落山后很久，天空中，一道闪闪发光的乳白色光芒，被涂上了一条颜色模糊的条文，就像一个巨大的调色板，一个辛苦地工作了一整天的画家正在这个调色板里信手挥舞它的刷子。空气有点闷热，一种轻微的紧张压在我的心头。灌木丛一片寂静；听不到夜莺的声音；但这种有着黑色小脑袋的不知疲倦的鸟儿仍然在树枝间飞来飞去，尖声地叫个不停。

大自然的一切似乎在等待着什么。我站在窗前,也在等待——上帝才知道是在等待什么。在六点"上锁"之后,你知道,在天地之间没有什么东西可以让我等待的了。

罗莎

致玛蒂尔德·雅各布

1917年6月1日

亲爱的玛蒂尔德：

你没有对我生气,没有吧?！你懂得我们能在一起的每一分钟都让我感激不尽,但是……到现在,你一定已经开始了解我的"但是",并且原谅我,不是吗？昨天你的那些元帅玫瑰让整个屋子里充满了甜蜜的芳香。我躺在沙发上,一直到十点钟还做着白日梦,然后我没有熄灯就去睡觉了。现在是一年中最美好的时光,薄暮长得没有边,在傍晚,鸟儿们一刻也不会安静下来。到了晚上九点半（按照鸟的时间,那就是八点半）,仍然可以听见那些静不下来的小东西在吱吱地鸣叫。丁香花的花穗在薄暮中轻轻地闪着微光,空气完全静止了,一切似乎都在带着一种最紧张的期盼倾听着。我不能让自己离开那个窗口,我喜欢整夜站在那里,痛饮那种甜蜜的清新。

早上好,我亲爱的玛蒂尔德。旅途愉快,不管所有的一切,一直爱我。

你的罗莎

致玛蒂尔德·雅各布

1917 年 6 月 8 日

哦,玛蒂尔德!我有多想你!说句实在话,我感到非常悲伤。有时我想我就要疯了。但不要对这个想太多。也许我会再次克服这种悲伤的心情,就像以前我曾多次做过的那样。我带着深深的思念拥抱你和咪咪无数次。

你的罗莎

致玛蒂尔德·雅各布

1917 年 6 月 13 日

我亲爱的玛蒂尔德：

　　我将要用我的信烦扰你，这让我很痛心。一把信寄出去我就开始后悔。我已经觉得好多了，周期性偏头痛正在减轻。当你来到这里的时候，我们就一起谈谈医生的事情。你申请 22 日来探监，这又是一个星期五。毕竟那个日子对你最合适。立即给我写信，告诉我你是否提交了探监的申请。我非常希望我的身体到那时已经恢复得很好了，让我可以享受和你在一起的幸福……我拥抱你和咪咪一千次。

你的罗莎

致汉斯·狄芬巴赫

佛龙克　1917年6月20日

汉森,日安!我的信又来到这儿了。

我感觉从我给你写信,从我收到你的第7号信(但你没有给我写第6号信)已经有很长时间了。玛蒂尔德小姐(玛蒂尔德·雅各布)一定在同时告诉了你,我的沉默是如何与我的本性不符。现在我将要再次忙起来了,我也希望你能像一个好的基督徒一样,为了换取我的沉默之石,不断给我写信,让我得到能够滋养我的精神食粮。

我的这个,我的那个,我在同一时期所经历的所有事情!在我关心的注视下开放,然后褪色和凋落的整整一代花朵——从第一只丁香的花蕾到一簇发蔫的金合欢,带着让人晕眩的迷人的芳香,现在用它们像温柔的雪花一样的一大团碎布条般的花朵盖满了地面。水果很快长成,并且膨胀起来,长满了所有的灌木,饱满多汁的绿色的浆果一天天长大起来,并且膨胀起来,变成红色或蓝色,很快又变成了黑色。整整一代鸟儿成长起来,我从鸟儿合唱的不易觉察的减弱来推断它们的出生,然后我偷听它们成长时的声音,从藏在我的小花园的每个角落里的鸟巢中听到了它们温和的唧唧叫声,它们现在——喔,令人开心——和它们的父亲母亲一起来到我的窗前,在这里,在我的眼前喂我给它们的食物。尤其显眼的是一天来几次的花鸡一家。那个妈妈,从它成为新娘的时候开始,我就很熟悉它,它总是带着一个小女儿来到我的窗前。小宝贝,它比它的妈妈更大更肥,坐在那里,羽毛竖了起来,张开大嘴嘶哑地咯咯叫着,摇着它们光秃的头,就像一个得了癫痫病的人,让它的瘦弱的,忧虑憔悴的,羽毛蓬乱的妈妈喂它。然后我的整包燕麦都被"小宝贝"一点一点吃进了喉咙,而妈妈自己连一粒也没有吃。所有这些都与这个事实相违背:这只幼鸟可以飞得很好,并能自己找吃的,这它事实上也不时去做。每次在这个时候,我都在帘子后面观看这个场景,有时我真想进入这个场景,我想跑出去,用拳头打那个无耻的幼鸟的耳朵。但此时我想起花鸡妈妈在小的时候肯定也是以完全同样的方式敲诈奶奶,而且到明年六月,"小宝贝"也将经受风吹日晒,就像妈妈现在那样,并将把它自己的孩子喂饱,因此事情不经我的干预就以某种方式相互抵消了(我的干预通常会导致愚蠢的后果,就像当我尽了很大的努力来救助一些半死的动物,由此仅仅无用地增加了它们经受痛苦折磨的时间)。最后,我也记得在我家里,这被当做不可打破的自然规律,以完全同样的方式,妈妈生活在世界上专是为了填满我们的小嘴,它们总是以所有可能的方式张得大大的(毕竟,这是家中之主们的嘴!)。因此我仍然谦虚地待在帘子后面……

在下个月,花鸡夫人和她的小宝贝就要飞向南方了,但是爸爸可能还留在这里。这是我为什么叫它 *Fringilla coelebs*——字面意思就是坚定的单身汉;①不是每一个人都能带着全家进行向南方的旅行;因此爸爸经常待在雾气朦胧的北方,仅仅送它们的妻子和孩子去非洲。另一方面,可能它会在较长一段时间之后在一次特殊的"男人的飞行"中跟随它们到南方,并在明年早春回到北方,为了查看周边地区,并为即将到来的"女人的飞行"准备最终落脚

---

① 拉丁词汇 coelebs 的意思是"未婚的";英语单词"celibrate"就是起源于相同的拉丁语词根。

的家。

昨天我经历了多大的骚动——哦,天哪!在我的走廊里出现了一只肥胖的大黄蜂(穿着小小的灰色皮外套,束着金色的腰带)!它猛撞楼上关着的那扇窗户,在窗格子里上下乱飞,嗡嗡叫着,用最低的声音表达最大程度的愤慨。当然我立刻拉过一把椅子,用我光着的手匆忙抓住它,结果那把椅子立刻狠狠地撞在我身上,我禁不住大声哭起来。然后我拿出手绢,经过与它一段时间的搏斗,终于抓住了那只大黄蜂,然后带着它跑下走廊,跑向花园的门口,然后把它放生了。但你应该听到了这个小生命在手绢里是如何拼命尖叫的!突然这低沉的嗡嗡声变成了又高又尖细的假声!这简直是一个受着焦虑折磨的孩子的悲伤的哭泣:它觉得它短暂的生命就要结束了,可怜的家伙,它在哭!这种又小又尖细的声音极大地刺激了我的神经,我的手抖起来,让它两次跑了出来,每一次它当然立刻迅速飞回同样那块不幸的窗格子。最后,第三次,我鼓足全部勇气,动用我的全部意志力量把它送到了花园里——呦,看它是如何一下就飞到了空中!它立刻再一次用它低沉的声音哼哼起来,嘟哝着"再见!"……

因此那些就是我在过去这个时期的令人激动的经历。你有什么同样不会惹麻烦的事情可以告诉我吗,我亲爱的?……听着,我发现私人政务会委员歌德篡改了历史。你一定能回想起在他的那首《阿那克里翁的坟墓》的诗中(哦,每次法伊斯特为我唱那首歌时,我都会因为十足的喜悦而麻木!),在结尾处它是类似这样的:

  春天,夏天,秋天——它们都让诗人享受。
  而从冬天开始,最终由这个土堆保护他。

从这里我们可以推测,阿那克里翁一定是在大约五十岁时死去,而且是在他处于权力顶峰的时候。但最近我读了阿那克里翁的那些抒情诗,在诗中他把自己描绘成一个老醉翁和一个女性追求者,他一遍又一遍地试图劝说他的多丽丝、费莉丝或者克洛伊:他的"灰白色的头发"与她玫瑰色的脸颊非常相配,就像"一块白色的桦树皮靠着花环中的一朵红玫瑰"。事实上他的诗歌正是在不断地吟唱这同一主题。其中一些我不能真正弄明白,例如,就像这一首:

> 你这个无耻的坏蛋!你的恶作剧
> 如今我已经看透了。所以当心。
> 这个箭筒,这张弓,这支箭,还有这个目标,
> 在恶作剧、严肃和玩笑之中正是如此。
> 你并不是这样慌乱不安,
> 就像一个树妖在哈哈大笑的时候。
> 只是出于消遣,漫不经心地,
> 你刺穿了我那颗颤抖的心
> 它流着血,死去了。与此同时
> 继续吧,做你想做的。
> 我爱你。我仍然是你的。

天知道所有这些都是什么意思,是谁在和谁说话。

好的,汉尼斯雷恩,现在我等着你向我倾诉在我不在的时候,你变成了什么样子。深情地。

罗莎

附言:我非常担心你如何能经受住如此粗暴的殴打。

致汉斯·狄芬巴赫

佛龙克　1917年6月23日

汉森,日安,我又回到这里了。今天我感到这样孤单,我需要通过和你聊天来让我自己振奋一些。　　今天下午,我躺在床上,按照医生的嘱咐睡午觉,看报纸,然后做出决定,既然已经到两点半了,到了该起来的时候了。不久之后我就不知不觉地睡着了,做了一个长长的好梦,感觉非常好,但梦的具体内容我已经记不太清了;我只知道一些对我来说很宝贵的人和我在一起,我用我的手指触摸他的嘴唇,然后问道:"这是谁的嘴?"那个人答道:"我的嘴。""哦,不!"我叫道,同时大笑起来,"这张嘴实际上是属于我的!"这句没有头脑的话让我大笑起来,然后我看了看表:已经两点半了,因此很明显我的梦只持续了一秒钟,但是它给我留下了一种很丰富,很宝贵的经历,而且让我感到受到了安慰,我再次走到了花园里。在那里我又一次经历了某种美好的东西。一只知更鸟落在了我身后的一面墙上,对着我唱起了一首很短的歌。现在这些鸟儿完全专注于各种家庭的忧虑,只是时不时地让人们听到它们唱一两句歌,都是很短的。这只知更鸟在今天突然出现,它只是在五月初拜访过我几次。我不知道你对这种鸟和它的歌唱是不是很熟悉,在这里我第一次对它有了一种比较确切的了解——就像很多种其他鸟类一样——我对它的喜爱是无与伦比的,超过我对那些名声更响的夜莺的爱。夜莺的绵延不绝的歌声,对我来说,太像演出中的女主角,她过多地在公众面前歌唱那些让人激动的胜利之歌和让人陶醉的赞美诗。知更鸟的歌声轻柔而雅致,它歌唱属于它自己的歌曲,它听起来像是前奏曲或起床号中的乐段。在贝多芬的歌剧《费德里奥》的监狱场景中,你还记得那从远方传来的小号声吗,它似乎划破了夜的黑暗。知更鸟的歌声听起来与此类似,但是它是用一种无限甜蜜的轻柔,颤抖的声调唱的,因此它听起来似真似幻,就像一段遗失在梦中的记忆一样打动人心。当听到这种歌唱的时候,我的心同时感染了快乐和悲伤,我立刻在一片新的光芒中看到了我的生命和整个世界,好像乌云散开,太阳的耀眼的光芒投射到地面。今天,听到知更鸟在墙上唱的这首雅致的短歌,我的心变得这样温和,这样柔弱,立刻我就对自己的一切强加于人的愤怒感到后悔,也对我一切不和善的想法和感情感到后悔,我再一次决定,变得善良一些,为了变得善良简直可以不惜一切代价,这比"变得正确",并且对受到的每一次伤害或损害保持一种清晰的记录要好。

　　然后我决定立刻给你写信,今天就写,即使从昨天开始,我的桌子上就有了一个小便笺,上面写着七条"维持生命的规矩",第一条是"不要写任何信"。你看,这就是我如何维持自己"铁定的"规矩,这也显示了我是多么虚弱!如果,当你写你上一封信的时候,当妇女显示她们身体很虚弱的时候,你喜爱她们的欲望更强烈,现在你一定会被我迷惑:我在这里,哦!我这样虚弱,远不是我所愿意的。

　　顺便说一下,从你的嘴里,就像"从孩子的嘴里"一样,吐露出很多事实,比你自己所猜想的更多,不久前我以一种最古怪的方式体验了这种真实。好的,在哥本哈根代表大会(1910年)上,你非常有可能见到了卡米尔·于斯曼,这个身材高大的年轻人,有一头黑色的卷发和典型的佛兰芒人的脸,你没有见到他吗?① 他是斯德哥

---

① 这指的是 1910 年 8 月 28 日—9 月 3 日于哥本哈根举行的第二国际代表大会。

尔摩大会的主要组织者。① 十年来我们都是国际社会党执行局的成员,十年来我们相互仇恨,只要我的那颗"鸽子一样的心"(这种说法来源于众人之中的海因里希·舒尔茨,帝国议会的议员!)完全有能力承载这种感情。我们为什么互相仇恨?——这很难说。我认为他不能忍受在政治上很活跃的妇女,对我来说,他的那张傲慢的脸可能让我不舒服。现在,这就是所发生的……这是在布鲁塞尔举行的上一次国际社会党执行局会议上,那次会议在1914年7月底,在战争爆发的前夕举行。② 会议结束后,我们在一起待了几个小时。我坐在一丛剑兰旁——在一些雅致的饭店里都有剑兰——它们被放在桌子上,我完全沉迷于盯着它们看,而没有参加政治讨论。然后在我回家的路上,谈话重新开始,在这时候我在"尘世事务"上的无能开始显露出来,我永远需要一个保护者,他会帮我处理关于车票的事,把我带上我该上的火车,把我乱放的手提行李弄到一块儿——我的所有让我丢脸的弱点,它们会给你带来很多开心时刻。于斯曼一直静静地看着我,在这一个小时里,十年的仇恨变成了热情的友谊。这足以让你大声笑起来。最后他看到我很虚弱,他对此很内行。现在他立刻把我的命运攥在他的手里,他把我和安赛勒——迷人的矮小的瓦隆人——一起拉到了他用餐的地方,还给我一只小吉蒂猫,然后为我弹奏和歌唱莫扎特和舒伯特的歌曲。他的钢琴很不错,他还是个讨人喜欢的男高音,对他来说,这是对音乐的一种新的诠释,好的音乐对我来说就像生命的呼吸一样。当他唱舒伯特的《人类的界限》的时候,他唱得尤其棒,当

---

① 国际社会党执行局的荷兰和斯德哥尔摩委员会,与由温和的社会主义者(孟什维克和社会革命党)领导的彼得格勒工兵代表苏维埃,经过长期的准备,决定发表了一份联合呼吁,号召在1917年的夏天或秋天在斯德哥尔摩举行一次和平会议,所有国家的社会主义者都将参加,包括支持战争的那些人。俄国的布尔什维克和德国的斯巴达克团对这次将有右翼社会党人参加的会议表示抗议,他们认为国际社会党委员会是一个由齐美尔瓦尔德运动建立的机构,因此拒绝参加。英国政府和法国政府,站在他们的立场上,拒绝允许那些国家的社会主义者去斯德哥尔摩,因此会议最终没能举行。

② 这次国际社会党执行局的会议于1914年7月29日—30日在布鲁塞尔举行。

他唱到歌词的最后一行"那些风和云朵,它们和我一起玩耍"时,他有几个地方是用他那滑稽的佛兰芒口音唱的——在他的喉咙里含着一个深深的 L 音,让德语词"云朵"wolken 听起来像 wouken,在他歌唱的时候,他一直能把握住那种深深的情感。然后他当然把我带到火车上,为我拿着行李,除此之外,和我一起坐在车厢里,然后突然做出决定:"Mais il est impossible de vous laissez voyager seule!"①似乎我完全是一个涉世未深的小女孩。至少直到我们到达德国边境为止,他都陪在我的身边,当火车已经开始开动的时候,他最后做了个引起人注意的动作,并且还喊道:"再见,巴黎见。"我们猜想两周后将在巴黎举行一次国际代表大会。② 那是在 1914 年 7 月 31 日。但当我的火车抵达柏林的时候,总动员令已经生效,两天之后可怜的于斯曼的可爱的比利时已经被占领了。"那些风和云朵,它们和我一起玩耍。"我不得不对着自己不断重复这一句……

　　两周之后我关在这里就满一年了——或者如果你不算两次入狱之间短暂的间歇的话,就要满两年了。③ 喔,现在进行几个小时无害的闲谈,这对我来说将是多么好的一件事!当我有一个小时的时间和探视者交谈的时候,我们自然而然地都是谈事业上的事,一切都是急匆匆,而且大部分时间里,我都好像是坐在煤上一样紧张。除此之外,我接触不到一个人。

　　现在是晚上九点,但是天空当然还是像白天一样明亮。在这里,在我身边是这样安静,只能听见钟的滴答响,和远处听不太清

---

① 但不可能让你独自旅行。
② 有人呼吁在 1914 年 8 月 23 日—29 日的这一周里召开第二国际代表大会,但是在 1914 年 7 月 29 日—30 日的国际社会党执行局会议上,鉴于奥匈帝国和塞尔维亚之间的战争状态,人们做出决定,代表大会改在巴黎召开。但是奥匈帝国和塞尔维亚之间的冲突发展成为第一次世界大战,定在巴黎的代表大会也未能召开。
③ 卢森堡从 1915 年 2 月 18 日到 1916 年 2 月 18 日在柏林巴尔尼姆街女子监狱服刑一年。这次监禁是 1914 年 2 月的一次审判的结果,在那次审判中她因为在 1913 年—1914 年期间发表反战演说而被判刑。

的狗叫声。当你晚上在乡下,听到远方传来狗叫的时候,这是多么奇怪的一种感觉,不是吗?我立刻想到了一间舒适的农家小屋,一个穿着衬衫而没穿外衣的男子站在门槛上,嘴里叼着一个烟斗,在和一个老太太——他的邻居聊天,从屋里传来活泼玩耍的孩子们的声音和碗碟咔哒作响的声音,同时在屋外能闻到煮熟的粮食的味道和青蛙们的第一声尖细的呱呱叫声……

再见了,汉森。

罗莎

致汉斯·狄芬巴赫

佛龙克 1917年6月29日

日安,汉森!好的,为了你的缘故,"维持生命的七条规矩"①的第一条将要从清单里勾去。但另外六条,是非常合理的,而且肯定会得到你的赞同。格拉克仅用一个元帅来交换我,这很让人感动。② 顺便说一下,他的信给人的印象很不错。在战争期间,他的内心似乎成熟了很多,当我再次在我们的"斯瓦比亚人"圈子里见到他时,我将会很开心。下次见面将会是在什么时候呢?

每天晚上,当我坐在装着窗闩的窗户旁边时,我把两条腿伸到另一把椅子上,为了呼吸新鲜空气,并且开心地做我的白日梦,在附近的某个地方响起了模糊不清的用力捶打地毯的声音,或者类似的声音。我不知道谁在做这个家务活,在哪儿做,但是由于这种声音的连续重复,我已经——尽管有些不确定——与那个人建立了某种亲密关系。那种声音在我心中唤起了一些模糊的想象,涉及一个干得很出色的整理房间的工作和一个小家庭,在这个小家庭里,一切都是极其干净整洁的,干净又整洁——可能是我们的一

---

① 对卢森堡来说,这指的是她新近接受的"维持生命的七条规矩",参见上一封信,也就是日期为1917年6月23日的那封。

② 这可能指的是德国和俄国临时政府之间交换俘房的可能性,俄国临时政府于1917年3月在沙皇政权垮台后成立。

个监狱官员的家,她经过一天的工作之后,仅仅在晚上才有时间料理她小小的家务事儿——一个孤单的老姑娘或者寡妇,大部分监狱官员都是这类人,她永远把她仅有的一点闲暇时间用在打扫她的男人的房间的工作上,事实上没有其他人进入这个房间,她自己也很少用这个房间,但是她仍然花了很大工夫把它弄得干净整洁。我并不知道什么确切的信息,但每次我听到这种锤击地毯的声音的时候,它就让我感觉到一个秩序井然,而且完全与外界分开的和平和安宁的世界的存在;同时,我又想,这个可怜的小世界是如此狭小,如此没有希望,并且因此感到有些压抑——一个"菲尔提科夫",①一些发黄的照片,一些人造的假花和一张装着坚硬的座套的沙发……

你对那种声音的奇怪效果是不是也很熟悉?它是从哪儿来的我们不知道。我把它放在我待过的每个监狱里来试验。例如,在茨威考监狱②每天夜里两点的时候,我都会被周围地区某处的一个池塘里那些鸭子的大声的"嘎—嘎—嘎—嘎!"的叫声所吵醒。这四个音节中的第一个是用高音喊出来的,而且带着很强的重音,包含着非常强的信念。但随后这些音节的音阶就降低了,变成了深重的低声咕哝。被这种叫声惊醒,我不得不挣扎着在一片漆黑之中,在石头一样坚硬的床垫上找到我的方位,而不知道在开始的那几秒钟里我是在哪儿。意识到我是在监狱的囚室里,又听到古怪的"嘎,嘎"声,我总会有一种有点压抑的感觉,事实上我不知道这些鸭子在哪里——我只在晚上才听到它们叫——所有这一切都给它们的叫声增添了某种神秘和意味深长的东西。对我来说,它听

---

① 菲尔提科夫——一种储藏物品的家具,或者小衣橱,是竖形的(也就是高度比宽度要长),通常有两扇镶上的门,有一个抽屉和一个在它们之上的方形柜顶;这种家具以柏林的柜橱制造商奥托·菲尔提科夫的名字命名,他大约从 1860 年开始生产这种家具。

② 见卢森堡自茨威考监狱写的一封信的开头的注释,那封信的日期是 1904 年 9 月 9 日,是写给露易丝·考茨基的。

起来总像是一种精于世故的宣言,每天晚上被有规律地重复,在宣布某种不可改变的,某种自从创世以来就永远是正确的东西,自从远古以来就永远正确的东西,就像某些科普特印象或者生活的法则。

> 在印度的天空回荡的祈祷声中,
> 在埃及教堂的地下室里,在它们深深的壁龛里,
> 我所听到的只有神圣的话语。

事实上我不能分辨这种鸭子的智慧的意义,仅仅模糊地知道每次它都在我心中引起一种奇怪的不安的感觉,我常常醒着躺在床上,因为焦虑而紧张,这种状态在我听到鸭子的叫声之后又持续了很久。

在巴尔尼姆街女子监狱里,情况却非常不一样。我总是在晚上九点上床——既然那是熄灯的时间——无论我是否愿意,但很自然我在这个时候睡不着。每天在九点过后不久,在附近的某个房子里有个两三岁的男孩子就会开始哭叫。他总是以一种轻柔的,断断续续的抽泣呜咽声开始,似乎他刚从沉睡中苏醒;接着在短暂的停顿之后,这个孩子的抽泣就逐渐变成了完完全全的大哭大喊,然而这种哭声并不是表达某种特定的痛苦或者特定的悲伤,而仅仅是表达一种生活的普遍的不安,一种人们在处理生活的各种问题各种艰难时感到的那种无力。很明显妈妈不在他身边。这种无助的哭泣持续了大概有三刻钟。正巧在晚上十点钟,我听见有人使劲把门打开,还听到了轻快的脚步声,这声音重重地回响在这间小屋里,然后是按门铃的声音,一个年轻女子的声音,从这种声音里可以感受到大街上空气的清新:"你为什么不睡觉?你为什么不睡觉?"每一声紧随其后的就是三声轻轻的拍打,从这种声音里,人们简直能感受到小孩子被拍打的小小的身体上那种床铺的温暖气息——哦,奇迹中的奇迹!——那三声轻轻的拍打突然解

决了生活中的所有困难和所有复杂的问题,好像它们只是孩子的玩闹。呜咽声停止了,孩子很快进入了梦乡,院子里再一次弥漫起那种让人宽慰的寂静。每天晚上,这样的场景都会重复出现,因此它成为了我生活的一部分。我已经习惯了在大约晚上九点左右,带着绷紧的神经等待我那位不相识的小邻居醒来,然后呜咽起来,他的哭声的所有音域我已经提前知道了,而且在这个过程中我充分理解了那种不知如何应对生活的悲伤。然后我就会等着那个年轻的女人回家,等着她用她那柔美的声音问自己的孩子,特别是等着她那三下"给人解脱"的拍打。相信我,汉森,这种老式的解决生活问题的方法对我的灵魂也起了同样的作用,和孩子的屁股同样的效果。我的神经立刻和孩子的神经一起放松下来,每次我都几乎和那个孩子同时进入梦乡。我从没有发现用天竺葵装饰的窗户,或者小天窗,这些快速旋转的线从那里朝我这边伸过来。在白天刺眼的光芒照耀下,我能看到的所有那些屋子看上去似乎同样地灰暗,同样地单调,同样地紧锁着,看着它们好像在说,"我们什么也不知道。"在漆黑的夜晚,夏日的微风轻柔地吹着,一种神秘的联系伸展开来,把互相不了解,互相看不到对方的人们联系起来。

喔,关于亚历山大广场(柏林中央警察总部所在地),我有多么美好的回忆!汉森,你知道亚历山大广场是什么吗?我待在那里的一个半月让我头上的头发变成了灰白色,而且给我的神经留下了伤痕,我永远不能克服它。可是关于那儿我还有一个小小的回忆,它像一朵花一样突然在我的记忆中冒出。在那里从五点半开始天就黑了——那是深秋时节,十月,而且在囚室里根本没有灯光。在那狭小的十一平方米的空间里,我没有什么事可做,只是在木板床上伸开腿躺着,那张床放在一些别提有多难看的家具中间。城市运输火车一辆接着一辆隆隆驶过,弄得囚室像振动着的窗格子上的点点红光一样摇晃,在火车发出的地狱般的音乐声中,我自己低声背诵莫里克的诗。在晚上十点之后,城市火车的糟糕的协奏曲会变得轻柔一些,此后不久就能听到随之而来的街巷生活的一段小插曲。首先你能模糊地听到一种沙哑的男人的声音,其中带着某种苛求和责备,然后听到一个女孩唱歌的声音,这是对他的回答,那个女孩大约可能有八岁;她唱着一首儿童歌谣,一边唱一边跳来跳去的,同时发出一阵银铃般的笑声,这种笑声的声调像钟声一样纯净。那个男人的声音一定是一个已经疲倦,而且脾气不好的看门人发出的,他在叫他的小女儿回家睡觉。但是那个小淘气包并不想服从他,他父亲的深厚粗哑的声音,从她的一个耳朵进,又从她的另一个耳朵出了,她像一只蝴蝶一样在街上不停地穿梭,唱着欢快的儿歌,对扑面而来的指责和威胁置之不理。人们可以生动地描绘她那飘动的短裙和像跳舞一样快速挪动的瘦腿。在儿童歌曲的跳跃的韵律里,在像泛起的一阵涟漪一样的笑声里,这里有这样多的无忧无虑和欢欣鼓舞,中央警察总部的整座灰暗陈旧的大楼似乎被像一件银白色外套一样的薄雾包裹,在我的充满难闻气味的囚室里,突然闻到了在空中飘落的暗红色玫瑰的芳香……因此,在每个角落,人们都能找到一种来自大街上的快乐喜悦,并且一次次地受到诱惑,相信生活是丰富而美丽的。

汉森,你不知道今天的天是多么蓝!或者它就像你在利萨的时候那样蓝。通常在黄昏降临之前,我会出去,到我的小花坛那里(那里有我种的三色紫罗兰、勿忘草和草夹竹桃)待短短的半个小时,用我的小水罐给它们浇水,然后在我的花园周围再多溜达一会儿。太阳落山前的那个时刻有一种魔力。太阳仍然是热的,但是人们可以让它倾斜的光线照在自己的脖子上、脸上,就像是亲吻一样。一丝轻柔的气息在灌木丛中掠过,就像是在轻声许下一个诺言:夜晚的凉爽马上就要来临了,将缓解白天的炎热。在天空中——它呈现出一种颤抖着的、闪烁着的蓝色——耸立着两团堆得很高的白色云层,有一个苍白的半月形的东西在它们之间游动,就像是在梦中一样。燕子已经开始了它们每晚的飞行,在飞行中将它们的团队力量展现无遗,它们尖尖的翅膀将蓝色绸缎般的空间剪成了一小段一小段，它们来回飞翔，一个赛一个地发出尖利的叫声，然后消失在让人看着头晕的高处。我站在那里，手中的小水罐在滴着水，我的头向后倾斜，心中有一种强烈的渴望，想跳进那湿润的，闪烁着光的蓝色，在里面游泳，让水向四周溅起，让我自己完全消融在那露水之中，然后消失。莫里克的诗浮现在了我的脑中。你知道这几行诗吗？

  哦，我的河呀，在清晨光线的照耀下！
  接纳你，现在，接纳你，
  心中充满无止境的渴望
  并且吻它的胸，吻它的脸颊！——
  天国的蓝色和孩子的纯洁
  在其中有波浪在唱着歌，
  天国是你的灵魂。
  让我完全投入其中。
  我跳进不断加深的蓝色之中
  而且从不能到达它的尽头。
  是什么这样深邃，像你一样深邃？
  只有爱情是这样的，只有爱情是真实的。
  它从未被厌腻，也绝不会厌腻，
  它的光芒永远在改变。

  为了天国的缘故，汉森，不要学我的坏榜样，你不要也变得那样十足地话多。我不会再这样了，我发誓！

致汉斯·狄芬巴赫

佛龙克,1917年7月6日——星期五晚上

汉森,你在睡觉吗?我来了,带着一根长长的稻草,我用它来挠你的耳朵让你痒痒。我需要拥抱,我很伤心,我想向一个人倾诉。最近几天我很生气,因此变得很不开心,而且很不舒服。或者我应该把次序调过来:我很不舒服,因此我变得很不开心,而且很生气?——我不知道。如今我再次好起来了,我发誓,我再也不会去听我心中的魔鬼的话。你能为此责备我,我有时不开心是因为我总是不得不从远处去看,不得不从远处去听,那些对我来说意味着生命和快乐的东西?但是好的,来吧,来责骂我。我发誓,从现在开始我会变得耐心、温柔并且懂得感恩。我的天哪,难道我没有足够的理由变得快乐和感恩,既然太阳的光芒照在我的身上,鸟儿唱着它们经年日久的歌,这首歌的意义我领会得这样好?……

对我恢复理智帮助最大的是一个小朋友,他的肖像我放在信封里给你寄过来了。这位同志有着一张总是愉快的嘴,高高凸起的前额和似乎无所不知的眼睛。他被称作 *Hypolais hypolais*,或者用日常语言来说就是乔木鸟或者也叫园中模仿者。你一定在某个地方听到过它的鸣叫,因为它喜欢在各处的花园或公园的灌木丛里筑巢,只是你没有注意它,就像人们大都从生命中最可爱的东西旁边走过而没有注意一样。这种鸟很古怪。它并不只唱一首歌

或一种旋律，像其他的鸟儿一样，而是蒙上帝恩赐成为了一个公共演说家，它侃侃而谈，在花园里发表它的演讲，而且是用一种很响亮的声音，这种声音充满戏剧性的亢奋、跳跃性的过渡和高度夸张的段落。它提出最不可能被提出的问题，然后自己做出回答，胡说八道，做出最大胆的断言，热情地驳斥那些根本没有人提出的观点，冲过敞开着的大门，然后突然大声叫喊胜利："我没有这样说吗？我没有这样说吗？"在此之后它立刻严肃地警告每一个人，无论他愿不愿意听："你将会看到！你将会看到！"（它有一个聪明的习惯，把每一句机智诙谐的话重复两次。）在其他事情当中，这些对它来说都无所谓，当它突然像一只被人抓住尾巴的老鼠一样吱吱直叫，或者突然爆发出一阵大笑，想要显出是恶魔似的笑，但由于它的喉咙太小，这种笑显得令人难以置信地可笑。简言之，它从不会对用明目张胆的胡说充满整个花园而感到厌烦。在它发表演说的时候，花园里一片寂静，人们总是能看到其他的鸟儿在交换着眼神，并且耸耸它们的肩膀。但我没有耸我的肩膀。我是唯一一个没有耸肩膀的人；相反，每一次我都开心地笑，并大声地叫它："甜蜜的傻瓜！"你看，我知道在它最愚蠢的唠叨中其实包含着最深邃的智慧，它关于一切事情的观点都是对的。作为第二个鹿特丹的伊拉兹玛斯，它唱着"愚蠢颂歌"，而且完全知道它在干什么，在这样做的时候，它总是能切中要害。我认为它已经通过我的声音认识了我。在几个星期的沉默之后，今天它又开始叫起来了，一边叫，一边停在我窗前的那棵榛子树上。当我用我惯常的问候方式，开心地叫它"甜蜜的傻瓜！"的时候，它不耐烦地冲我尖叫，作为对我的回答，它的意思可以这样理解："你自己才是个大傻瓜。"我向它承认这一点，在那个时间和那个地点，带着感激的大笑，我的愤怒、不愉快和病弱立刻被治愈了。——但是，汉森，并不是我在想象它所有的戏剧性的唠叨！我说的一切都是真的。有一天你到了柏林的植物园，你自己就会相信的，有大量的"园中模仿者"在那里搭窝，你会因这些有趣的家伙笑得前仰后合。

在这里,今天又是一个美丽的日子,美得难以形容,深不可测。通常,当一切不像这样美的时候,我就会在早上十点回到我的"巢穴",开始我的工作,但今天我不能这样做。我躺在我的藤椅上,伸着懒腰,把头往后仰,连着几个小时盯着天空一动不动。在每个方向都有巨大的云朵组成奇妙的形状,靠着淡蓝色的天空,而那蓝天在参差不齐的轮廓之间闪着微光。在它们所有的边缘上,云朵被阳光镀上了一层蓝白色。而在云的中央,它们呈一种最富表现力的灰色,显示出这种颜色的所有色度,从最纤柔的银白色到风暴云的深黑色调。你有没有注意过灰色这种颜色是多么丰富多么可爱?它包含着某种高贵和矜持的东西,而且有这样多的可能性。而且天空的淡蓝色背景衬托着那种种或深或浅的灰色,这是多么美妙!正像灰色的衣服与深蓝色的眼睛很相配一样。自始至终,我花园里高高的白杨树在我身旁发出沙沙的声响,它的叶子摇晃着,好像是快乐得颤抖了起来,并且在阳光照耀下闪着亮光。在那几个小时里,当我沉浸在蓝色和灰色的幻想之中,对我来说好像有几千年的时光一晃而过。

　　吉卜林在他的一篇关于印度的小说里讲了一个村子的水牛群的故事,那些水牛被允许在每天中午出去溜溜。这些巨大的动物——它们的蹄子可以在几分钟的时间里踏破整个村庄,——耐心地顺从着两个深棕色皮肤的农村孩子手里的鞭子,那些孩子上身除了一件衬衫什么也没有穿,他们小心沉着地把它们赶向远处的一片沼泽地。在这里这些动物把头沉进沼泽地里,溅起一大片水花。它们舒服地泡在沼泽地里,水一直浸到它们的鼻子,这时那些孩子们躲开无情地晒着大地的太阳,躲进一些枝叶纤细的金合欢树的阴影里,慢慢地咀嚼着他们带来的用米粉烘烤的食物,看着在阳光下熟睡的蜥蜴,静静地凝视着那充满热浪的天空。

　　"而且一个这样的下午对他们来说,似乎比对某些人来说的整整一生还要长。"吉卜林写道,如果我没有记错的话。这话说得多好呀,你不觉得吗?当我感受着一个像今天这样的上午的时候,我也有和那些印度农村孩子一样的感觉。

只有一件事情折磨着我：我不应该独自享受这样多的美丽。我想大声叫喊，让墙那边的人听见：哦，请注意这奇迹般的一天！不要忘了，虽然你很忙，当你为了当天的出版任务急匆匆地穿过院子的时候，不要忘了迅速抬起你的头，瞥一眼那些巨大的银白色的云朵，和默默无言的蓝色的海洋，那些云朵正在这片海洋里游泳。同样注意那天空，在天空中充满了上一年的菩提树花朵的热烈的呼吸，注意这一天的辉煌和壮观，因为这一天再也不会回来了！这一天是给你的礼物，就像一朵盛开的玫瑰，放在你的脚旁边，等着你把它拾起来，放到你的嘴唇边亲吻它。

罗莎

致索菲娅·李卜克内西

佛龙克 1917年7月20日

索尼奇卡：

我亲爱的，既然我要在这里待比我过去预想的更长的时间，你又一次收到了来自佛龙克的问候。你怎么可能认为我将不会再给你写信了？什么也没变，我对你的感情不可能变。我在一段时间里没给你写信的原因是因为我知道自从你离开了埃本豪森，你一定有很多事情要考虑，部分的也是因为我没有写信的状态。

你必须了解，我觉得我将被转送到布雷斯劳监狱。今天上午我向我的小花园道别。天是灰蒙蒙的，而且阴沉沉的，似乎要下雨，一朵朵云在天空中赛跑；但我仍然能享受我习以为常的早间散步。

我向沿着墙边的那条窄窄的，铺着石子的小路告别，在这条小路上我来来回回地走了将近九个月，我了解这里的每一块石头和石头缝隙中长出的每一棵草。我喜欢这些石头的各种各样的颜色，淡红色，浅蓝色，灰色和绿色。

特别是在那漫长的冬天，人们渴望看到新长出的绿色的嫩芽，我的眼睛渴望看到在这些石头之间愉快地隐藏着的色彩明快的嫩芽，享受它们的各种美丽色彩的激励。一旦夏天来临，在那些石缝里就会有很多东西引起我研究的兴趣。野蜂和胡蜂在这里做窝，筑起了很多蜂巢。它们打了很多大约有胡桃大小的洞,在底下挖了长长的通道,它们把土搬到蜂巢的表面,在那里堆起很多可爱的小堆。在那些地下的走廊里,它们产卵,储存蜂蜡和未经加工的蜂蜜。整整一天,它们忙碌地在蜂巢中飞进飞出。在这里散步的时候我不得不尽最大的小心防止震动它们地下的居所。在这里有些地方有蚂蚁的公路,蚂蚁们排成长长的队列沿着这些公路行进,形成了一道道非常完美的直线,让人们感到它们一定出自本能地知道那条数学定理:两点之间直线最短(事实上原始人对此却很无知!)。

在墙上,野草长得很繁茂。这些草长在一起,一些已经枯萎了,一些还不屈不挠地长出了新芽。这个春天这里也有整整一代小树在我的眼睛底下迅速成长;它们在去年五月才刚刚来到这个世界上,但是它们已经长出了茂密的稍带白色的绿色叶子,它们在风中优雅地飘动着,正和那些大树一样。有多少次我在这里走来走去,在这里我想了很多,感受到了很多!在这个严峻的冬天,当雪刚刚落下的时候,我经常自己探索一些新路线,陪伴我的总是我最喜欢的小煤山雀,我希望在下个秋天再次见到它们,但是当它们再次来到窗前我过去喂它们的地方的时候,它们将找不到我了。在三月里,在霜冻融化的那几天里,我散步的路成为了一条充满水的渠道。暖风在吹拂,水的表面出现了小小的波纹,但在其他时候,那堵墙清晰地倒映在水里。五月终于到来了,与它一起到来的是在墙上开放的那几朵紫罗兰,就是我送给你的那些。

今天,当我在散步,在观望,在思考的时候,歌德的几行诗出现在我的头脑中:

> 老梅林静卧在他发光的坟墓里,
> 在我年轻的时候,我在那里与他交谈……

你知道后面是什么。当然这首诗对我的心境并无影响,与我正在考虑的事情也没有关系。它仅仅是一种语言的音乐和诗歌的特殊魅力,它影响着人,让人镇静下来。我不知道为什么一首美丽的诗,尤其是一首歌德的诗,似乎总是对我产生了如此强烈的影响。在焦虑烦躁最严重的时候,这种效果几乎是生理上的,好像在我干渴难耐的时候有人给了我一杯珍贵的饮料,让我的身体冷静下来,并且恢复了我的心智。我不知道你在上封信中提到的《西东合集》①里的那首诗;你可以为我把它抄下来。另一首我很长时间想要弄到的诗——因为在我拥有的那本歌德的书里找不到这首诗——是 blumentgruss②。它是很短的一首诗,只有四到六行。我知道它是沃尔夫歌曲中的一首,它非常地优美。在我的记忆中,它的最后一节是这样的:

> 我带着强烈的渴望
> 把它们收集;
> 我把它们压进我的心中
> 一千,一千次。

在配套的音乐中这里有某种很神圣,很雅致,很纯净的东西,就像是跪在地上,心中默默地祈祷。我忘记了具体的文辞,很想弄到它们。

昨天晚上大约九点的时候,我看到了一种光辉的形象。当我躺在沙发上的时候,我注意到一种粉色的光芒从窗户那边反射过来,它让我很惊讶,因为天正阴着呢。我跑到窗前,被我眼前所见的景象迷住了。在单调的灰蒙蒙的天空的背景之上,在东边竖立着一朵巨大的云,这朵云呈现出一种令人吃惊的美丽的玫瑰色;它与周围的一切是如此不同,看上去像是一股烟,也像是来自远方的

---

① 《西东合集》——歌德的一部篇幅较长的诗集,出版于1819年。
② 《花的祝福》。

祝福。我吮吸着一种重新获得自由的感觉，不自觉地向天上那迷人的景象伸出了双手。肯定当生活中存在这样美丽的颜色和这样可爱的形态时，生活是美好的，生活是值得的。我深情地吮吸这种玫瑰色的光线，直到最后我感到不得不嘲笑自己。毕竟，天空、云朵和生活中的各种美丽可以在许多其他地方看到，当我离开佛龙克监狱的时候，它们并不会离开我。它们和我在一起，无论我走到哪里它们都会与我在一起，只要我还活着。

不久之后我就要从布雷斯劳给你写信了。你只要有可能，就来看我。向卡尔和你传递最好的爱。下次等我到新的监狱以后再见面。

你的
罗莎

致玛蒂尔德·雅各布

【明信片—邮戳】
1917 年 7 月 26 日
寄自：卢森堡博士，刑事监狱
寄往：玛蒂尔德·雅各布/四年时光宾馆，布雷斯劳

亲爱的玛蒂尔德！

昨天我到了这里，虚弱得半死；毕竟我已经不适应人很多和很喧闹的环境了。我的新住所给我留下的第一印象给了我很大的刺激，我强忍住没有流下眼泪。和佛龙克的差别真是太大了。但是能让在这里的生活变得快活一些的事是一定要做的；对此我毫无疑问。最糟糕的是食物问题，这对我来说是首要的问题！今天我被告知，这里没有一个餐厅可以为我提供食物。将会给我送来什么饭食我不清楚；这简直意味着我将要挨饿，既然——毕竟——由于我严重的胃病，我不能消化监狱里的食物！因此既然这里实际上什么也找不到，我们必须立即提出申请，要求转到其他的地方去！首先，我自然希望见到你，并尽快与你交谈！我拥抱你一千次。

你的罗莎·卢森堡

请把报纸送过来。

致索菲娅·李卜克内西

布雷斯劳　1917年8月2日

亲爱的索尼奇卡：

　　你的信，我是在7月28日收到的，它是到达我这里的来自外部世界的第一个消息，你可以很容易地想到，它让我非常高兴。在你对于我的境况的充满深情的焦虑中，你一定把我的换地方看得过于悲惨了。① 毕竟，我们这类人一直生活在"打一枪换一个地方"的状态中，正如你所知道的，我以一种必要的充满喜悦的平静面对命运中的一切曲折。我已经在这里很好地安顿下来，今天我的几箱书从佛龙克到了这里，因此我在这里的两间囚室不久就会变得舒适而且有家的感觉，就像我在那儿的住所一样，我把书和图片从箱子里拿出来了，箱子里还有那些我愿意随身携带的谦逊得体的装饰品，不久我将以加倍的喜悦心情开始工作。当然我在这里并不拥有我在佛龙克所享有的相对的行动自由，在那里，白天的时候要塞的大门是敞开的，然而在这里我简直是被锁了起来，然后我也缺乏令人愉快的新鲜空气、花园，还有最重要的——鸟儿们。你不知道我对那些小生物的群落变得有多依赖。然而，一个人当然可以没有所有这些（过日子），不久我将忘掉我曾经过得比现在好一些。

---

① 1917年7月22日，卢森堡被从佛龙克要塞转移到布雷斯劳的监狱。

这里的总体情况与巴尔尼姆街（监狱）的情况几乎完全相同，唯一的不同是我在那儿拥有一个可爱的郁郁葱葱的医务室花园，在那里我每天都能在植物学或动物学方面做出某些小小的新发现。在这儿的铺过地面的大院子里，没有机会"发现"任何东西，这里只能够散步，当我在院子里来回走动的时候，我一直让眼睛盯着灰色的铺路石子，不让自己去看在院子里干活儿的囚犯们，他们身穿贬损人格的囚服，看这个对我来说总是痛苦的，在他们之中有一些人我总能发现他们的年龄、性别或个人容貌被最严重的贬损人格的标志掩盖了，但是他们在某种痛苦的神秘力量的作用下，总是吸引我的眼球。当然，在每个地方，也都有一些人，他们的个人形象甚至连监狱的囚服也无法贬损，而且他们能取悦任何一位画家的眼睛。我在这儿的监狱院子里已经发现了一个年轻的女工人，她苗条的身材和简约的姿势，再加上她包着头巾的头和简洁的轮廓，简直是米勒画中人物的化身。看到她搬运东西的时候有力的动作让人很高兴，她憔悴的脸，再加上那恒久不变的苍白的面容，让人想起悲惨的皮埃罗面具①。然而，经受了那么多悲惨的经历，我变得聪明了，我试图与这种令我寄予厚望的现象保持相当的距离。事情发生在巴尔尼姆监狱，在那里我遇见一个女囚犯，她有着真正皇后一般的外表和举止，我暗想她一定也有一种与之相称的"内在美"。接着她跑到监狱中我所在的那一片做零活儿，两天之后我就清楚地看出在那美丽的面具下面隐藏着一个如此愚蠢的庸才，一种如此低下的心智，从那以后当她走过我身边的时候，我总是把我的目光移走，不看她。然后我想到，归根结底，米洛的维纳斯能在一千年的时间里获得最美丽的女人的声望，只是由于她沉默不说话罢了。如果她张口说话，可能她骨子里的像那些做缝缝洗洗活儿的女人一样的很有限的心智就会为人们所知，她的全部人格魅力就毁于一旦了。

---

① 指她身上穿着的囚服。

从我的窗子里能看到男子监狱，一幢用红砖砌成的常常显得很昏暗的建筑物。但是斜着看过去，我能看到在监狱的墙上长着在某些公园里常有的那种绿色树顶。其中一棵是高大的白杨树，当风刮得很猛的时候，我能听到白杨树叶沙沙作响的声音。这儿还有一行白蜡树，颜色要比白杨树浅得多，上面盖满了一簇簇黄色的荚果（以后它们将会变成黑棕色）。这里的窗子都是朝西南的，因此我经常能看到光辉的日落，你知道日落时那玫瑰色的云是多么让我着迷，而且它能够弥补其他一切东西。在晚上八点（根据夏令时，实际上是晚上七点）①太阳刚刚从男子监狱的山形墙后面落下；它仍然透过屋顶的天窗放射着光芒，在整个天空中闪耀着模糊的金色光芒。我感到非常地快乐，而且有什么东西——我也不知道是什么——驱使我轻声对自己唱起古诺的《万福玛利亚》（你当然知道这首歌）。

非常感谢你为我抄下歌德的那些作品。《有权利的男子汉》真的非常好，虽然过去我从来没有被这首诗打动过。当我们判断某个东西的美丽的时候，我们都乐于接受别人的建议。如果你有时间，我希望你为我抄一首歌德的《阿那克里翁的坟墓》。你知道这首诗吗？雨果·沃尔夫为这首诗创作出一首歌，它第一次让我真正理解了歌德的这首诗。谱成了音乐，它表现了一种建筑一样的美质：人们似乎看到眼前耸立起了一座希腊神庙。

你问我："一个人如何才能变得愉快？"如何让你心中的"魔鬼中尉"平静下来？索尼奇卡，除了把自己与总是潜藏在我们周围的某个地方的生活之开心与生活之美丽联系起来之外，我不知道还有其他的办法，一个人只要懂得如何用自己的眼睛和耳朵去发现它们，他就能创造一种内在的平静，并且超越一切琐事和烦恼。

刚才太阳——在写信期间，我休息了一小会儿，抬起头观察天

---

① 从1917年4月16日到9月17日，在德国实行了特殊的夏令时，根据夏令时，所有的钟表都把时间从标准时间提前一个小时（相当于美国的"夏时制"）。

空——已经沉到比男子监狱的大楼还要低很多,在天空高处,无数朵小云在无声地聚集——上帝才知道它们是从哪里飘过来的——它们的边缘有一道银白色的光辉,但在中部是柔和的灰色,它们的边缘很粗糙,它们向北方飘去。在云朵的行列中,有很多带着微笑的漠不关心,我不得不和它们一起微笑,就像我总是附和在我周围的生活的韵律一样。有这样一片蔚蓝的天空,一个人怎么可能被区分为"坏的"和"好的"。只要你不要忘记去看看你周围,你就一定总是"好的"。

卡尔·李卜克内西一定要一本专门研究鸟类的叫声的书,这让我感到有点惊奇。对我来说,鸟类的叫声和它们的栖息地以及它们的整个生活是分不开的,我只对包含这一切的整体感兴趣,而不是任何分开来的细节。给他一本关于动物的地理学分布的不错的书,这一定会给他带来很多启发。

我希望你不久就来探视我。一旦你获得了探视的许可,马上给我发一封电报告诉我。

我拥抱你很多次,你的罗莎。

上帝保佑我!我已经写了有八页纸!好吧,这次这样已经足够了。谢谢你送来的那些书。

请马上告诉玛蒂尔德·雅各布,我的莱比锡案件的上诉庭审定在这个月的8号举行,是在德累斯顿的地区上诉法庭,地址是法院街2号,154室。①

---

① 1916年7月6日在莱比锡,卢森堡在一群德国社会民主党积极分子面前发表讲话,讲话内容涉及党内分裂造成的形势,德国政府的战争目标和在德意志帝国议会中占多数席位的德国社会民主党议员投票支持战争贷款这一问题。由于这次会议没有在当局那里"适当地"登记,由于讲话的内容没有递交警察局,地区法院的法官依据1851年颁布的关于国家处于被包围状态时的法律,向会议的举办人约翰内斯·沙伊布和卢森堡下达了惩戒性惩罚令。他们分别被判处三天和六周的监禁。1917年3月29日莱比锡皇家特别法院审理了被告的上诉。该法院作出的判决是沙伊布罚款100马克,卢森堡监禁六周。卢森堡对该判决提起上诉,被设在德累斯顿的萨克森邦最高法院于1917年8月8日驳回,因此原来的判决仍然有效。

致玛蒂尔德·雅各布

布雷斯劳　1917 年 8 月 6 日

我亲爱的玛蒂尔德!

今天是星期一,我一块儿收到了你的两封信(第 1 号信和第 3 号信)。为了让你一直保持正确的导向,我告诉你收信的情况:在此之前,我在 8 月 1 日收到了你一张明信片,8 月 2 日又收到了一张明信片,以及你和玛尔塔·罗森鲍姆一起给我寄来的明信片。我一直到确认你收到了我的第一封信才给你写信,如今我知道你确实收到了它。——从佛龙克运来的那些箱子在 2 号到了这里。我当然立刻把它们打开,到目前为止"一切就绪"! 此时这几个屋子看上去都很人性化了,我只是担心安置我的东西这件事不能得到适当的解决,我将不得不再次将自己限制在一个囚室里。如果人们走进这两间屋子,会发现它们真的很好,但我将被紧锁在其中一间屋子里,我只有敲门叫来女看守,才能成功进入第二间囚室。除了频繁请求某人为我自己做事违背我的原则之外,事实上这也是不可能的,因为她自然有很多各种各样的工作,根本不可能老待在她的岗上;另外,从下午一点到四点(下午的休息),她基本上不在那儿,而且在晚上六点之后她就下班了,而直到晚上十点我都被允许开着灯。有鉴于此,安置我的东西这件事很困难,我要么被门锁与我的床隔开,我本可以在工作间歇或者身体不舒服的时候躺在那儿，要么我被门锁与我的茶煲和我的医药柜隔开，抑或我在晚上与我的书桌和我的灯分开。换句话说，这里与佛龙克监狱不一样，与巴尔尼姆街监狱也不一样，在那些地方，被"保护性拘禁"的人只在夜里才被锁起来，在白天则被允许在监狱里自由走动，我对在这种条件下安置东西这件事是否可以在两间囚室里解决感到怀疑，尽管把我的所有东西都放在一间狭窄的囚室里这当然会很难。但是所有的一切不久将会得到妥善解决，所以请不要为此而沮丧，这些事情必须按照任何一种可行的方式推进。——自从星期五以来，我都被可怕的胃疼折磨，但我希望现在它会好一些。我认为胃疼是由于这里的面包的原因，我不得不逐渐习惯吃这种面包。除此之外，那个女人为我买的食物是非常好的。① 专家奥普勒医生——监狱当局允许他来为我提供治疗——写信给我说，他将去度假，直到八月底才回来。同时，这里当然有常驻医生；但是很明显我暂时不能得到太多帮助，因为我的胃拒绝任何治疗。请不要为此担心；我已经开始好起来了。

你写信说索尼娅·李卜克内西希望在不久之后来看我，但你只字未提她是否已经获得了许可。但那毕竟是主要问题，直到获得批准之前，这种希望的一切喜悦并没有多大意义。

你还是没有在你的信上把地址写正确。请注意：用两个信封和付两次邮费是不必要的，只写这个地址：司令官办公室，布雷斯劳，罗莎·卢森堡博士夫人。这就足够了。我听说有人写了一张明信片寄到这里，信封上写的地址既提到了总司令办公室，也提到了监狱，自然那张明信片到这里最快，在寄信过程中不会耽误时间。（我还没有收到那张明信片。）在总司令办公室，人们非常了解在哪儿可以找到我。请你也提请索尼娅、玛尔塔她们注意，在她们的信上应该如何写地址。我收到了一封从梅林那里寄来的宝贵的

---

① 在玛蒂尔德·雅各布做出的安排的基础上，塞尔玛·斯勒夫人在她在布雷斯劳服刑期间承担为卢森堡提供食物的任务。

信,我将很快给他写回信。

在我看来,你对咪咪越来越冷淡了!……我对此感到很伤感。相信我,它一定也能感受到这一点。它会变得麻木不仁,没精打采,懒懒散散。对它好一点,像从前一样!

非常感谢你送来绿色的桌布,没有那两幅画我也能过得很好,最好不要再送来太多的画了!我可以用某种小书做消遣。简单地把它放在信封里或者报纸包装纸里送来,我从玛蒂尔德·乌尔姆那里收到了一本,来得很快;否则这就不值得了,——是的,我的装黏合剂的罐子坏了,通过索尼娅的途径再给我送来一个。我拥抱你一千次,也拥抱咪咪一千次!

你的罗莎

附言:向你亲爱的母亲致以最衷心的问候!

致玛蒂尔德·雅各布

1917 年 8 月 11 日

我亲爱的玛蒂尔德！

  我简直无法向你描述我昨天收到的,你寄来的那封信是多么让我不安。唉,我的咪咪得重病已经有几个月了,直到现在我才碰巧知道了这件事,因为我——这样说吧,我正面对着那你设置的一堵墙,你用这堵墙来阻挡我提出的很多问题！你和所有人一样,有意向我隐瞒对我来说很重要的事情！我问你,你对我的基本尊重在哪里？那种尊重使你不能像对待一个没有法律上的行为能力的小孩,像对待一个"物件"一样对待我！为什么,申请释放我也是一样,你不让我知道就自己做了。①

  根据军事管制法,军方把我关了几年,然后我的朋友们,又向我宣布了他们自己私自制定的军事管制法,像对待一个未成年人一样对待我,以我的名义做出决定,并且隐瞒重要的消息不让我知道。你是剩下的唯一一个他(她)的话我还能相信的人。现在我再也不相信你了。这样,现在我完全孤独了。好的,好呀！

  然后,你简单地给我写信,告诉我咪咪病了！这就足够了！没有一个字告诉我它为什么得病,得了什么病！而且还有这样的唠

---

① 玛蒂尔德·乌尔姆曾以健康原因为由,申请释放罗莎·卢森堡。

唠叨叨，说咪咪"已经老了"！一年前，当我被捕的时候，它还年轻、美丽，而且健康。为什么，在圣灵降临节的时候，你甚至想把它带到佛龙克来看我……然后一切都很好。现在，我突然不得不听你给我讲它的"年龄"。

现在，如果你愿意，请在回信中告诉我最详尽的信息：1）咪咪是从什么时候开始得病的？2）它有什么症状？3）它的病是从什么时候开始恶化的！4）它是否吃了药，吃了什么药？5）请的是哪位兽医来给它看病的？——我会给你写信详细告诉你我的健康状况，就像你给我写信告诉我咪咪的健康状况一样——我拥抱你，衷心问候你母亲。

你的罗莎

致汉斯·狄芬巴赫

布雷斯劳　1917年8月13日

　　汉森,我最近在一张明信片上写了一段简短的文字来问候你,我已经在盼望着从你那里收到一封很好而且很适当的信。在这里我过着像普通囚犯那样的受到严格管制的生活,也就是说,无论白天还是黑夜,我都被锁在我的囚室里,我唯一能看到的就是对面的男子监狱。我当然可以如我所愿地在下面的院子里散步,但这是一个普通的用于商业活动的铺过路面的院子,位于两座监狱大楼之间,有工作任务的囚犯们急匆匆地来回穿过这个院子,忙着完成他们的任务,因此当我待在那里的时候,我只做医生由于健康原因叮嘱我做的最少量的运动,我限制自己散步的距离,并且尽可能地减少向四处观望。与佛龙克监狱相比,这里在各个方面都是非常让人失望的,我说这个并不是为了抱怨,而仅仅是向你解释为什么现在我在给你的任何一封信里都没有写玫瑰花的香气、蔚蓝色的天空、云彩的花环之类,就像你在我从佛龙克监狱寄来的信上经常看到的那样,我不能胡编乱造。那种开心的心境肯定会重新回来的——毕竟它以无穷无尽的数量存在于我的心中——我在某种程度上必须首先做的只是让我的身体好起来,到目前为止,它令人不安地出了很多问题。在过去一周半的时间里,我的胃一直在造反,因此我不得不在床上待了整整一个星期,甚至现在,我仍然主要靠热敷和喝稀汤来过日子。胃疼的原因我并不清楚。可能是我的神经对我的整体生活条件的急剧恶化的一种反应。今天情况似乎已经开始有些好转,我在太阳底下待了一个小时,我觉得最不好的时候已经过去了。在院子里有两片窄窄的条状草地,那些草的情况很不好,它们被走过这两片草地去晾衣服和取衣服的人重重地踩在脚下,因此这些草很难长得很茂盛。然而,在那两片草地上,我已经辨认出了一些常见的植物种类,虽然它们都处于一种枯枝败叶的状态之中;一些矮小的西洋薯草类植物在茁壮成长,一些山柳菊属植物昂着它们在阳光照耀下的黄色的头颅(你肯定对它们很熟悉,即使你不知道它们的植物学名称;它们看上去像蒲公英的花朵,只是要小得多)。那些白色的纹白蝶,现在成群地展翅飞翔,像是要在那些植物上面落下歇息一会儿。这里也有一些鸽子,就像在任何一个监狱的院子里一样,它们是从旁边的地方飞过来的,但在这里感觉就像在家里一样,每当谷子袋被朝里面翻并且摇动的时候,它们就赶忙飞过来,可能是因为时不时地会有一些谷子撒出来。除此之外只有一些麻雀在周围闲逛。

  我现在在读米涅和库诺关于法国大革命的书。怎样的一幕永不过时的戏剧,它一再地让人激动,让人陶醉!(事实上我发现英国革命[克伦威尔时代的]更有力量,更加富于想象力,而且更加辉煌[以它自己的方式]),即使它是穿着单调乏味的清教服装上演的。)基佐的书我已经读了三遍,但是我会再次拿起这本书,甚至更经常地去读它。

  我在忙着翻译柯罗连科的书,我曾经承诺在月底前交稿。然而,由于我得了病,翻译工作被大大地往后推迟了。你是怎么突然想起这件事的?

  我突然想起你在给我写信的时候信封上的收信人可能写的是吕贝克博士夫人,这里的人不知道那就是我。不管怎样,我在这里没有收到你的一封信,而如今我热切地期盼着能看到你的来信。来信对我来说是非常宝贵的客人,在这里比在佛龙克的时候更甚。

等你的下一封信等了这么久。

衷心地,你的罗莎

附言:当然我在这里已经把我的身份确定为吕贝克博士夫人①了,你可以写信给我,收信人就这样写,不用担心。直接寄到司令官办公室。你能不能送我一些纯文学类的书?我这里完全没有这种书。索尼娅·李卜克内西给我送来一大捆书——这里面绝对不可能有纯文学的……我给你附上一小段关于莎士比亚的文字(摩根施特恩博士写的)。②

---

① 卢森堡在1898年与古斯塔夫权宜地结婚之后,有时使用这个名字,在1903年他们的婚姻在法律上终结之后,她有时也用这个名字。

② 在她1917年4月16日给狄芬巴赫的信中,她引用了摩根施坦关于莎士比亚的强烈的女性化性格的一段文字,这段文字说,莎士比亚简直就像《皆大欢喜》里女扮男装的罗萨琳一样。

致玛蒂尔德·雅各布

1917 年 8 月 18 日

亲爱的玛蒂尔德：

这个时候我刚刚收到你 15 日的来信，在信中你似乎想让我在拷刑台上多待一段时间！你不停地说咪咪病了，却闭口不谈它是得了什么病。是魔鬼带走了它！我必须知道它得的是什么病！她还活着吗？也许它已经死了很久，而你们一直在误导我，直到现在才让我知道！如果事情确实如此，我不会原谅你。我想知道真相，立刻知道全部真相！

给你亲吻和问候

你的咪咪

致汉斯·狄芬巴赫

布雷斯劳 1917年8月27日

汉森,今天是灰蒙蒙的一天,一个糟糕的下雨天,所以我整天都坐着,锁在我的"窝"里。但现在它们给我带来了邮件:一些信,而且其中……有你写来的信——因此我再次变得开心快乐起来!我们之间的通信重新开始了,这对我来说也是一种宽慰。顺便说一下,我把一封给你的信寄到了斯图加特,但我能够把它取回来,我正在写这封信,来代替那封信。

可怜的汉尼斯莱,我能感受到你现在的那种心境,我一定感到有一种听你讲你的各种烦恼和悲伤的需要。我也支持你现在搬到斯图加特,以便离你上了年纪的父亲近一点。如果人们不再能以某种方式帮助他,而且什么也做不了,如果你住得和他近一些,至少可以减轻他的负担,而且你知道,以后一个人每时每刻都会责备他自己,他没有向老人奉献他的爱。我没有那么幸运,我甚至一点都不能为他们做什么。我当然不得不去处理人类的紧要事情,让世界变得更快乐,因此当我突然知道我父亲去世的消息的时候,我正从在巴黎举行的第二国际大会返回柏林的路上,在那里我正和饶勒斯、米勒兰、达申斯基和倍倍尔等人讨论——上帝知道还有别的什么人——直到我们大吵起来,同时那位老先生(卢森堡的父亲)一会儿工夫也等不了了,他可能对自己说这样毫无意义,因为我事实上"没有时间"去照顾他，甚至照顾我自己——所以他就去世了。当我从巴黎回来的时候，他下葬已经有一个星期了。现在我当然会做得更聪明一些，但到人们变聪明的时候，常常已经太晚了。所以如果你能为他做什么的话，到你的老人那里去，跟他在一起直到为他送终。这个建议从我的角度来讲并不是一点自我牺牲也没有。毕竟，当你在利萨的时候，我觉得你好像离我更近了一些，如果你去了斯图加特，我会感到完全彻底地被抛弃了。但我有时间——现在我有很多时间——信最终会把你的话带到我这里，即使是从斯图加特那儿寄来。

我对罗曼·罗兰并不是一无所知，汉森。他一定是一只白色的乌鸦（也就是说，一个罕见的人），*intra et extra*，①是一个面对着战争，却没有回到那种尼安德特野人时代的心理的人。我读过他的《在巴黎的约翰·克里斯朵夫》的德文译本。我不想伤害你的感情，但我想像往常一样实话实说：我发现这本书很勇敢，也很合我的心意，但它更像是一本宣传小册子，而不是一部小说，不是一部真正的艺术作品。我对这些东西这样敏感，因此对我来说，甚至语言最优美的宣传作品也不能代替简单的上帝恩赐的天才的品质。但我会更乐于读更多他的作品，尤其是那些用法语写的，这本身对我来说就是一种乐趣，也许我在其他几卷里能找到比读这一卷更多的乐趣。

但是你和我的那本霍普特曼写的《圣愚》相处得怎么样了？你还没有读它吗？考虑到你现在的心境，它将成为你的一份真正的财富。但如果你已经读过它了，我急切地请你讲讲你对它的看法。

最近一些天里，一大群黄蜂嗡嗡叫着飞进我的囚室（自然，无论在白天还是在夜晚，我一直让窗子开着）。它们来这里是带着一个目的——寻找食物，正如你所知道的，我一直让屋子敞开着。我为它们放置了一个小碗，里面盛放着各种各样的美味甜食，它们忙

---

① 拉丁语："无论墙里墙外"。

不迭地把这些甜食放到自己身上驮走。看着这种小生物每隔几分钟，就拖上一些新东西，从窗口消失，对我来说是一种乐趣。它们前往远处的一个公园，由于距离远，我几乎不能看到那个公园里的绿色树顶。几分钟后，它们又飞回来，穿过窗户飞进屋子，直冲着那个小碗而去。汉森，在这些并不比针头大的小眼睛里，存在着一种多么令人难以置信的确定方向的能力，而且这些黄蜂有着这样强的记忆力！日复一日它们过来，这意味着在夜晚，它们丝毫没有忘记通往监狱里的"好公民的午餐桌"的道路！在佛龙克我每天在花园里散步的时候都观察它们，观察它们是怎样在铺路石子之间的土中钻洞和挖掘通道，同时把它们挖出的土弄到地面上来的。在每平方米的土地上都有很多这样的洞，在我们人类的眼里很难相互区分。然而这些生物中的每一只经过了在外面广阔世界的一次远足之后返回的时候，都能迅速而准确地知道哪个洞是它自己的！鸟儿们在迁徙过程中展现着它们同类的种种难解之谜，我最近对这已经很熟悉了。汉森，你知道在秋天它们通往南方的行程中，像鹤一样的大鸟常常把一大批小鸟——像云雀、燕子和戴菊莺等等——驮在背上？这不仅仅是给孩子听的童话故事，而是被科学证实了的观察。这些小家伙在它们的"公交车座位上"开心地叽叽喳喳地交谈！……你知道在这些秋季旅行中经常发生这样的现象：那些食肉的猛禽——雀隼、猎鹰和鹞隼——在旅途中将与小个的鸣禽结伴同行，在其他的情况下，这些猛禽经常捕食那些鸣禽，但在这一旅途中，一种上帝赐予的和平，一种总体的休战在起作用？当我读到类似这样的东西时，我是这样激动，它让我进入了一种感到生活很快乐的心境之中，我开始认为，甚至连布雷斯劳监狱也是一个适合人类生活的地方。我自己也不知道这种现象为什么会这样深地打动我；可能是因为它再次让我想起，生活事实上是很美好的。在这里起初我几乎要忘掉这一点了，但现在它又重新回到了我的心中。我不会让那些事情使我变得沮丧的。

快些给我回信。

衷心地，你的罗莎

致弗兰兹·梅林①

布雷斯劳 1917年9月8日

　　一只眼睛笑着,另一只眼睛却流着眼泪,我也跟随着考茨基的生花妙笔无穷无尽的喷涌。他从来不会厌倦。以蜘蛛一样的耐心,连续拉长一个又一个复杂的"主题",把一切整齐地分解成一个个带着副标题的段落,所有这些都被"历史地"处理,也就是说,始于原始时代的团团迷雾,一直讲到现在。但当涉及主要问题的时候,他却仍然不知道什么是他所想的,什么是他所了解的。我一直想着弗里茨·阿德勒,在上一次他来柏林的时候,他告诉我他完全同意朱尼厄斯的看法。在回答我的感叹"但我认为你和考茨基也持同样的观点"时,他说:"任何一个人都不会如此。甚至连考茨基本人也不会持和考茨基同样的观点。"然而谢德曼却把他(考茨基)当做圣人,从而让他的贫瘠的光环再一次变得耀眼起来。

---

① 这封信的这段摘录发表在《国际》1923年第6卷第3期上,但原信没有找到。

致玛蒂尔德·雅各布

1917年9月18日

亲爱的玛蒂尔德：

我接到驻军总部的通知，说我的通信过多。请一周只给我写一封信，并且写得简短一些。也通知汉斯、克拉拉和露易丝，我请他们不要再给我写信了，也不要想着我会回信。今天我收到了你的第9号信。以后不要给信编号，这是多余的。我已经给你寄去我手稿的另外一百页。① 在信里或者在其他场合请不要提及我通信受到限制这回事。问候你。

你的罗莎

---

① 这是指罗莎·卢森堡翻译的俄国作家柯罗连科的作品。

致玛蒂尔德·雅各布

1917 年 11 月 9 日

我亲爱的玛蒂尔德!

……我非常渴望能见到你:我认为这正是我们再次见面的恰当时机。我们不能让这么长的时间就这样流逝过去——四个月!——这竟然是可能的,这让我非常伤心。我不能忘记这个事实,如今在我们之间,与过去不一样了,我不知道引起这种变化的原因是什么。我不仅仅是指距离我们上次见面已经有很长时间了,我也指你的信似乎都寄到其他地方去了。我非常想知道你在感情上是如何接受和理解这一切的,就像我在佛龙克所能了解的那样。一定地,你不要怀疑我是想经常给你写信,只是他们不允许我这样做……

汉森对霍普特曼的《圣愚》心醉神迷……亲爱的,我想给你写更多的信,并问你很多问题,但我必须搁笔了。你会在什么时候来看我?我拥抱你很多次,并深情地吻你。

你的罗莎

致露易丝·考茨基

> 布雷斯劳,拘留所
> 1917年11月10日

亲爱的露露:

我刚刚得到消息:汉尼斯已经阵亡了。在这个时候,我没有心情再写下去。

深情地

你的罗莎

致露易丝·考茨基

布雷斯劳　1917年11月15日

亲爱的！

　　感谢你给我送来那几句话，它让我感到羞愧，因为我肯定在信中如此简短，又如此直率地告诉你那个可怕的消息。① 但我刚刚收到了你的信，感到在这种情况下简短和直率是最好的，就像做一个大手术。我仍然不知道用什么言辞来说这件事。

　　我只希望我现在能和你还有汉斯（汉斯·考茨基）在一起，因为这对我来说就好像处在一种爱的气氛之中，在这种气氛中我们三个也能以某种方式与他在一起，让他一直活着。

　　我仍然不能从这次深深的打击中走出来。这怎么可能呢？对我来说这就像一句话被从中间掐断，就像一段音乐的和弦突然停止，尽管我一直在听它。

　　我们有一千个关于战后生活的计划。我们希望"享受生活"，去旅游，读很多好书，在春天到来的时候惊奇地凝视，这是从未有过的……我不能理解：这怎么可能？就像一朵花被掐断，并被踩在

---

　　① 在1917年11月10日，卢森堡给露易丝·考茨基写了一封简短的便笺，说："我刚刚得到消息：汉尼斯（汉斯·狄芬巴赫）已经阵亡了。在这个时候，我没有心情再写下去。"狄芬巴赫在1917年10月24日—25日夜间在西线战场阵亡。

脚下……

　　亲爱的,把你的头高昂起来,一个人必须保持自豪的样子,并且不把自己的伤心表现出来。我们必须更紧密地团结起来,这样就会变得"更暖和些"。我以最真挚的爱拥抱你和汉斯。

你的罗莎

致玛蒂尔德·乌尔姆

布雷斯劳　1917年11月15日

我亲爱的玛蒂尔德！

　　我多想在很早以前就给你写信；但我希望你了解我直到现在才给你写信并不是由于我的原因：我曾经在信里跟你说过，现在我不得不限制我写的信的数量。除此之外，我的思想过去是，现在也是经常和你在一起。特别是当你送给我你亲手做的如此好的食品的时候，我觉得非常甜蜜，也很感动。每一次你烤的东西到了我这里的时候，我都由衷地高兴，并且笑着对自己说：玛蒂尔德天生喜欢真实和有用的东西，她的爱和友谊要弄成看得见摸得着的样子。*Nota bene*①，当我在你的上一封信里读到，伊曼纽尔·乌尔姆庆祝了他的六十岁生日的时候，这让我大笑起来。我第一次认为你写错了：应该是五十岁；然后，我意识到，毕竟那也许不可能找到正确的答案。但是这个令人尊敬的数字与人们心目中他那种清新、柔顺的形象多么不相称，对你来说都一样，我亲爱的姑娘！好啦，我不能准时地向他和你表示庆祝，因此请接受我迟来的衷心的问候，包括对你的生日的问候，它的日期我不知道。埃莫（伊曼纽尔·乌尔姆）在这样的天气下病成这样，听到这个我感到很担心，但如今

---

①　拉丁语，意为注意。

你在信里告诉我他好多了。这再一次显示了男人有不同寻常的柔韧性,为了让他一如既往地保持良好的健康状态,他需要的只是放松和休息,以及正常的生活规律。

我在信里不会跟你说任何关于"采取的那些措施"①的话,因为除了我不能在自己想写信的时候写信之外,关于这个事情我不能说什么。我不能对"超脱善与恶"的人和事感到愤慨已经有很长时间了。我想我能够用一种冷静和超脱的方式来处理它,不用说很多话,但是很有效果……既然我不能那样做,我更愿意保持沉默。我不喜欢在一个有限的小圈子里用愤怒的语言发泄自己。

现在我以你很熟悉的那种方式在这里生活:总是沉浸在书本之中,更喜欢那些能带着我远远地离开现实,远远地离开人类的书。这指的是科学著作。我很少读文学作品,而且只读不错的那些。原谅我,亲爱的,但我仍然不能对《许佩里昂》产生好感,因为它的作者荷尔德林总的来说与我的天性不相符。然而也许有一天,我会突然喜欢上他的作品。类似的事情已经在我身上发生过好几次了。例如,今天我读完了格里美豪森的《痴儿西木传》,我有这本书好多年了——是阿尔布·朗根出版公司的精美版本——我没有阅读它的兴趣。它描绘了一幅三十年战争时代的广阔而有力的画卷,展示了那个时代德国社会的野蛮化。然而我建议你现在不要去读它,因为它可能会让你感到非常沮丧。我只是把它一口气读下来,为了麻醉自己,为了散散心,因为我遭受了沉重的打击:汉斯·狄芬巴赫走了。我知道生活会继续下去,一个人必须继续保持坚强和勇气,甚至保持开心,这些我都知道——我不久将结束(为此伤心),全靠我自己,而且事实上我不想谈这个。

---

① 事实上,1918年10月1日,德国社会民主党执行部门将卡尔·考茨基(他是这个杂志的创始人之一)和伊曼纽尔·乌尔姆(他曾多年担任这个杂志的编辑)开除出《新时代》杂志的编委会。他们都参加了新组建的德国独立社会民主党,这个党于1917年4月成立。争论点在于他们并没有按照德国社会民主党官方的主流精神来编这个杂志。主编工作被交给了海因里希·古诺。

告诉我,你读了盖尔哈特·霍普特曼的《信奉基督的愚人:伊曼纽尔·昆特》吗?我已经问过你一次了。一定要回答我。你一定要读它,因为这部书会让你的精神焕然一新,就像你徒步登上了一座高高的山峰一样。

很长一段时间以前,我收到了玛格丽特·文格尔的一封情真意切的信,这让我非常高兴。我非常愿意给她写回信,只要我能这样做。我将利用下一个允许写信的机会给她回信。同时替我给她送去无数次问候。

我的心在为俄国人焦急地怦怦直跳,但不幸的是我并不希望列宁主义者获胜。然而对我来说这样一种权力转移肯定比"为了祖国而活下去"要好。

现在再见了,我亲爱的姑娘,我希望在不久的将来能在这里看到你。一直开心,一直勇敢。事实上一切都会变得有所不同,而且变得更好,当时机成熟的时候。在康拉德·斐迪南·迈耶的《胡登》(书名全称:《胡登的最后时光》)中,这样说道:"最伟大的事情是由那些人做出来的,他们无法用其他的方式来做。"……因此我们将耐心等待。

我吻你,并紧握你的手!

你的罗莎

附文:如果你给我送来什么贵重的东西,只用挂号包裹给我送来,或者通过货到付款的方式。太多的包裹遗失了。最近一个克拉拉(就是克拉拉·蔡特金)寄来的包裹又丢了。谢谢你送来莫里克的书信集,我会很开心地去读它。

致索菲娅·李卜克内西

1917年11月中旬

我亲爱的索尼奇卡：

我希望不久能再次得到机会，给你寄这封信，我满怀思念拿起了笔。如今我不得不放弃至少和你用文字交谈的可爱的习惯已经有很久了！但我没有办法；我只被允许寄出很少的几封信，我把这些寄信的机会都用来给汉斯·狄芬巴赫写信，毕竟他一直在等着这几封信。如今一切都过去了。我最后的那两封信是写给一个已故的人的，一封已经被退回了。我仍然不能接受他已经死了的事实。但是让我们还是不要谈这个了。我更愿意自己来面对这些事情，但某人，"为了不伤害我的感情"，想在做了一番准备之后再跟我说那些坏消息，并且用自己的悲伤来"安慰"我时，正如N.所做的那样，这让我说不出地生气。那些我最亲密的朋友仍然这么不了解我！他们这样低估我！他们不理解，在这种情况下，最好和最优雅的方式就是用最简短的语言快些告诉我"他死了"——这会让我伤心，但仅此而已。算了，不谈这个了。

这是多么令人遗憾，几个月，甚至几年过去了，而且本来在这段时间里我们可以一起度过那么多美好的时光，而不顾在世界上发生的所有恐怖的事情。你知道，索尼奇卡，这种情况拖得越长，在每天发生的跨越所有道德界限的暴行和卑劣行径越多，我就会变得越平静,越坚定。正如我不能用道德标准来衡量这样一些事情,诸如飓风、洪水,或日食,而是仅仅把它们当作习以为常的事情,当作研究和了解的对象,这些很明显地在客观上是历史发展的必由之路,我们必须沿着这条路走下去,而不偏离基本方向。我有一种感觉,我们如今正在其中艰难前行的道德泥沼,我们正在其中生活的这个巨大的疯人院,将会在一夜之间,随着一支魔棒的晃动,转化为它的反面,转化为异乎寻常的伟大和富于英雄气概的东西,而且——如果战争再持续几年——它一定会发生这种转化的……

当你有机会的时候,去读读阿纳托尔·法朗士的《诸神渴了》。我认为这部作品如此伟大主要是因为,通过一种对全部人性的天才洞察,它说:快来看呀!在历史的决定性时刻,正是从这些可怜的人物和这些日常琐事中产生了重大的事件和不朽的壮举。

我们必须用处理发生在私人生活中的每一件事的方式来处理发生在社会上的每一件事:平静地,宽宏地,带着一种温柔的微笑。我坚定地相信,最终,在战争结束之后,或者在战争结束之时,一切事情都会翻个个。但很明显我们必须先度过这段人类遭受巨大苦难的时期。

顺便说一句,我的上面那些思想唤起了我的另外一种想法,这是一件真事,我想与你分享,因为它是如此地富有诗意,如此地感人。最近,我在一部科学作品中读到关于鸟类飞行的一件事情——直到现在它还是一个让人非常困惑的现象——那就是人们观察到不同种类的鸟儿——它们通常是死敌,互相打斗,互相捕食——竟然和平地进行一场伟大的向着南方的跨海旅行,肩并肩地向南飞行。大群的鸟类到埃及过冬。它们飞得很高,就像一片片云彩,遮蔽了天空。在这一大群鸟中,在食肉的猛禽——战隼、鸳鸟、老鹰、游隼中间可以看到数以千计的小小的鸣禽,就像百灵鸟、金顶鹪鹩和夜莺,它们在这些平时捕食它们的猛禽中间毫无恐惧地飞行。因此,在这场旅行中,一种上帝恩赐的心照不宣的休战似乎在起作用；所有鸟儿都奋力冲向共同的目的地，在尼罗河边，累得半死的它们才落了下来，在那里，它们又重新按照类别分成不同的种群。另外，在穿越"大池塘"①的过程中，大鸟们用它们的脊背背着小一些的鸟儿向前行进。就这样，那群用脊背背着小个子候鸟的大鹤们正在愉快地吱吱叫！这种景象难道不动人？

在一本其他方面都很乏味而且杂乱无章的诗歌选集中，我最近发现了一首雨果·冯·霍夫曼斯塔尔的诗。② 总体而言，我一点也不喜欢他。我觉得他的诗矫揉造作，过分雕琢，过分晦涩——我简直一点也读不懂他的诗。但是我非常喜欢这首诗，它给我一种非常富有诗意的印象。我把它寄给你，也许它也会给你带来快乐。

现在我对地质学很感兴趣。你可能认为地质学是一门很枯燥的科学，但这是一种误会。我带着一种狂热的兴趣和热情的满足来读这些材料；它极大地拓宽了一个人的认知视野，而且它传达了一种比任何其他科学更为统一的，包含一切的关于自然的观念。

关于地质学我想跟你讲的很多，但是这些必须在一种惬意的环境下当面和你谈，在我们早上在苏登台原野散步的时候谈，或者在安静的，月光照耀下的夜晚我们互相送对方回家的时候谈。

你在读什么？《莱辛的传奇》看得怎么样了？我想知道一切事情！如果可能的话，立刻通过同样的途径给我寄信，至少通过官方的途径，而不要提到这封信。我也在静静地数着日子，等着几周后能再次在这里见到你。你在新年后不久就会来，不是吗？

卡尔写信说了什么？什么时候你能再次见到他？送给他我的一千个问候。我拥抱你，紧紧地握住你的手，我亲爱的，亲爱的索尼奇卡！快些给我回信，在信里多写一些。

你的罗莎

---

① 指地中海。

② 雨果·冯·霍夫曼斯塔尔(1874—1919)：重要的现代主义作家和诗人。霍夫曼斯塔尔的最有名的作品可能就是他的《塔》。他也是理查·施特劳斯的歌剧《玫瑰骑士》和《莎乐美》的歌词作者。

致索菲娅·李卜克内西

布雷斯劳　1917 年 11 月 24 日

我亲爱的小索尼奇卡,我已经向自己承诺要利用这个机会(一封被偷偷带出的信,规避了当局的审查),再次给你写信。现在你的可爱的信也在昨天到了,我必须和你交谈,虽然很不幸我并不如我所愿地拥有很多时间,以及那种交谈所需要的宁静平和的心态。

不要跟我谈那些"歇斯底里的夫人",我的小山雀。你不明白,或者你没有注意到,除了你的不幸之外,我们最好的那些女性朋友也在忍受着痛苦的折磨。看看可怜的玛尔塔(玛尔塔·罗森鲍姆)的那双眼睛,其中包含着那样一种难以名状的悲伤和那种无法形容的焦虑和恐惧,害怕生活的货栈已经关门,而生活的现实却还没有接触或者还没有充分地享受。而露易丝(露易丝·考茨基)——当我刚开始认识她的时候,她是和现在完全不同的一个人——精力充沛,对生活满足,几乎麻木不仁,而且很成熟。从那以后,悲伤和与她的丈夫之外的人打交道的过度紧张,把她变成了一个心软的,过度敏感的女人;看看她的眼睛:在那里有多少让人震惊的打击,不安,探索和寻找和痛苦的幻灭!所有这些和你所抱怨的都是同样的……我把所有这些告诉你,并不是想给你一种平淡无味的安慰,以达到这种效果:既然其他人也受着痛苦的折磨,那么你应该忘记你自己的痛苦。我知道对每一个人来说,对每一个生物来说，它的生命是它唯一真正拥有的东西，当一个人漫不经心地拍打和压碎一个小苍蝇的时候，整个世界终结了，在小苍蝇的折射光线的眼睛里，这和世界终结，所有生命都被毁灭是一样的。不，我告诉你其他女人的事情是为了让你不要低估你自己的痛苦，不要忽视它，这样你就不会错误地理解你自己，不会对你是谁形成一种扭曲的图像。哦，我是多么理解你，对你来说，每一段可爱的旋律，每一朵花，每一个春天里的日子，每一个沐浴在月光中的夜晚，代表着对这个世界所能给予的最美好的事物的一种渴望，并且被它所吸引。我非常了解你"在与爱情恋爱"！对我来说也确实如此，爱情自身总是比产生它的环境更重要，而且更神圣。这是因为它让我们把世界看做一个闪闪发光的童话故事，因为它激发了每个人最高贵，最美好的品质，因为它把生活中最普通，最琐碎的细节拔高，让它们环绕在一枚美丽的钻石周围，因为爱情有可能让我们生活在一种极度幸福，极度快乐的状态之中……但是小索尼奇卡，你还没有触及生活的外在边界，像玛尔塔和露易丝那样。你既年轻又漂亮，而且在即将到来的日子里，你一定要正常地生活。在这灾难性的年代，一个人只需要坚持活下来，但是在此之后——这样多的东西会以这样或那样的方式变得不同。你不应该，也一定不能与生活一刀两断。这是荒谬的。我仍然想让你完全沉浸在生活的极度幸福之中，我将坚定地捍卫你体验它的权利。

你错误地认为我倾向于反对现代派诗人。大约十五年前，我热情地阅读德默尔的作品。——我尤其痴迷于德默尔的一些散文作品或其他作品——关于一个被别人深爱着的女人的临终时分——对于这首诗现在我只有一种模糊的记忆。阿尔诺·霍尔兹的《梦幻者》我现在还是能够凭着记忆背诵。当时约翰·施拉夫的《春》（散文诗）令人陶醉，给我带来了很多快乐。然后我摆脱了这些新爱情，回到了歌德和莫里克身边。我看不懂霍夫曼斯塔尔的作品，对史蒂芬·盖欧尔格我一点也不了解。真的，在所有这些作品中，我可能有些误会地认为它们拥有一种完美的形式，但在其中缺乏一种宏大而高贵的哲学。这种形式和内容的分裂给我留下了一种空虚的印象,因此形式的美丽完全是一种令人心烦的事情。作为一种规则,它们对人的心情给予了出色的描绘,但是除了心情之外,人还有更多的东西。

索尼奇卡,这些黄昏现在是这样不可思议地美丽,就好像是在春天一样。大约下午四点左右,我走到监狱的院子里,那里已经是黄昏了,可怖的四周已经罩上了黑暗的神秘面纱,但与此相反,天空中仍然闪烁着甜美的蓝色光芒,在那里漂浮着一弯洁白的月亮。每天大约在这个时候,在高高的天空中,几百只乌鸦结成有高有低、延伸很广的大群,呈斜线穿过监狱的院子,冲向旷野,冲向"可以栖息的树木",它们将在那里过夜。它们飞着,翅膀悠闲地忽闪着,互相用一种奇怪的叫声交谈——和它们在白天贪婪地追逐它们的猎物的时候那种尖细的"克拉、克拉"的叫声完全不同。现在的那种叫声听起来很柔,很温和,那种深沉、嘶哑的叫声不知怎地让我产生一种小金属球的感觉。当它们中的几只轮流交替地发出"考考"的叫声,在我看来这就好像它们在做游戏,互相投掷金属小球,这些金属小球沿着弧线温柔地穿过天空。它们在平静地聊天,聊着它们的经历,聊着"白天",聊着"今天所享受过的白天"……①

它们对我来说似乎充满了重要性:每天晚上它们遵循它们的习惯,沿着同样那条指定的路径飞去,我对这些很大的鸟儿们感到一种敬畏,把我的头扭过去盯着它们看——直到最后一只飞走看不见了。然后我在黑暗中来回踱步,看着囚犯仍然在院子里急匆匆地干他们的活,就像模糊的影子一样一掠而过。我很高兴别人看不到我——独自一人,很自由,带着我的幻想和在我和我头顶上飞翔的乌鸦之间穿过的偷来的问候——温暖的,像春天一样的微风。然后囚犯们拿着重重的水壶(晚上喝的汤!),穿过院子走进

---

① 斯蒂芬·埃里克·布朗纳在大西洋高地出版公司1993年出版的《罗莎·卢森堡的信》这本书第238页的注释中将这行诗归于德国先锋派诗人阿诺德·霍尔茨。

楼。一对一对地，步调一致地走着，他们一共有十对，一对跟在一对后面；我殿后，是院子里的最后一个人；在车间和院子里，灯火逐渐熄灭了；我走进楼，门既被锁上，又被闩上了——白天已经结束了。我感觉很好，虽然心中仍然隐藏着汉斯·狄芬巴赫阵亡所引起的痛苦。事实上我生活在梦幻世界里，在那里他没有死。对我来说他还活着，当我想到他的时候，我经常冲着他微笑。

索尼奇卡，我的小心肝，健康快乐。我很高兴你就要来了。尽快给我写信——目前，通过官方途径，这当然也能起作用——当你能做到的时候，利用（把信偷带进来）的机会。

我拥抱你。

你的罗莎

致露易丝·考茨基

布雷斯劳　1917年11月24日

亲爱的露露！

我最近给你写了几行字。我现在正在利用这个机会（找人把信偷偷带出监狱，以规避当局的审查），虽然马上给你写任何东西对我来说很困难。我能跟**你**说的当然几乎都是关于**他**的。① 但正是在这一点上没有什么可说的。至少我不能构造任何词句。我甚至不敢想这件事，否则我就会受不了。相反，我带着梦想继续活着，在梦中，他仍然在那里，他还活着，就在我面前，在我的想象中我与他聊一切东西，**在我的心中**他仍然活着。

昨天我在10月21日写给他的信被退回来了，这已经是第二封了。那些信再也不会到他那里了。

我收到了他姐姐写的一封甜蜜的信，她一定是个好心的女人，但她毕竟是汉尼斯的姐姐。②

那么你在做什么，没有你的所有那些年轻人，你的日子过得怎么样？现在对你来说在家里的生活一定非常安静也非常空虚。那么你是怎么度过你的这些日子的？我仍然能够想起你五月在佛龙

---

① 指的是汉斯·狄芬巴赫。
② 狄芬巴赫的姐姐是玛格丽特·米勒。

克的样子,那时你看上去是那样亲切,在你的眼睛里有那样一种焦急而痛苦的表情。我从我隐藏的地方看着你,你却看不见我。你穿过监狱的院子走向那间"屋子",在你的手里拿着一个手提箱,里面装满了礼物。我看着你亲爱的脸,心中想道:那双灰蓝色的眼睛是那样年轻,在那双眼睛里存在着那样多的不安的寻找和那样无助的痛苦,那双眼睛看上去比你身体的其余部分要年轻二十岁;它们揭示了你在内心中仍然是那个探索着,寻找着的焦急的年轻女人。我这么爱你正是因为你拥有这种内在的不确定!……我希望我现在能离开这里,这样我就可以坐在你身边,与你交谈。亲爱的,不要情绪低落,不要像一只被人踩在脚下的小青蛙一样!看,我们仍然拥有——至少我们在这里拥有——这样不可思议的,温暖的,就像在春天里一样的白天,能看到一轮银白色的月亮的夜晚是那么美丽。我从来不会厌倦在黄昏之中走出去,在监狱的院子里散步。(我有意在晚上出去,为的是大体上不要看到监狱的墙和监狱的周围。)读一些美丽的东西!现在你身边有一些好书吗?请一定在信中告诉我你在读什么,可能我会送你一些,或者至少向你推荐一些美丽的书,它们会让你兴奋起来。

我用我的耳朵来研究地质学,它鼓舞我达到了一种超乎寻常的程度,并且使我感到非常快乐。当我想到还在我前面的生命是那样短暂,而仍然需要学习的东西是这样多,我只会感到紧张。

你对俄国人的胜利感到快乐吗?当然他们在这个女巫的安息日里不可能坚持得住——不是因为数据显示俄国的经济发展是多么落后,像你聪明的配偶所全部收集到的那样,而是因为在高度发达的西方国家,社会民主党的领导层是由一些可怜的怯懦的狗组成,他们平静地隔岸观火,这会让俄国人流血至死。但这样一种旧势力的垮台,比"为了祖国生存下去"要好一些。这是一个有世界历史意义的事件,它的痕迹从今以后就永远不会消失。我希望在即将到来的几年里会发生更多伟大的事件;但我希望自己能够亲眼欣赏世界历史的进程——而不是仅仅透过我囚室窗子上的栅栏……

　　亲爱的,不管所发生的一切,要保持平静、坚定而开心——尽快给我写信。我拥抱你。

你的罗莎

致克拉拉·蔡特金

布雷斯劳，1917年11月24日

我亲爱的克拉拉！

我现在给你写信是利用了一个机会（就是一封偷着带出监狱的信，躲开了监狱当局的检查），因此在你将来的任何一封信里不要提到它。

非常感谢你的所有那些写得很详尽的诗，我是在同一时间收到它们的，因为包裹在路上耽搁了十天。我已经在信中告诉你，我在11月9日已经得知了汉尼斯的消息。

盖拉赫——他时不时给我写信——很快给我送来了这个消息。为此我非常感谢他。在这里没有必要"谈论"那件事。

这给我很大的安慰，当我知道马克西姆（马克西姆·蔡特金，克拉拉的儿子之一）这样深地被汉尼斯的死所打动。在给他的信里问他，他是否还记得1914年8月2日在我家阳台上的那次告别。当时汉尼斯像一个孩子一样流着眼泪，在我们面前抗议道，他不愿意去，也不能去参加战争，他感觉他不会回来了，我安慰他就像安慰一个小孩一样。马克西姆自始至终用他的那种方式静静地微笑着，但我想，他的眼睛里也充满了泪水。当时我陪着他们在旷野里走了很长的路。我再次见到汉尼斯是在1916年，那时他恰好空闲，待在柏林。后来他也曾到佛龙克来探望我。

我希望你现在也会有一个不错的健康的休息,既然你非常希望下一次能来探望我。不久就是新年了,人们已经可以开始期盼春天了,它将再次把你带进你的花园。我在这里做一些小规模的种植。每个人都给我送来很多花和盆栽植物,因此我在我的囚室里有整整一座冬季花园,而且必须在这些花上花掉大量的时间,每天早上都要给所有这些"小小的人"浇水和喷水。除了其他事情之外,我诱导一株灯笼海棠在十月里第二次开花,并且通过小心地摘掉它的花朵,从中收获了水果!我从未见过类似这样的事情发生,因为,毕竟,没有头脑的人们总是剪掉已经凋谢的花朵,从不让水果有成熟的机会。因此看到发生的一切让我感到很有趣。这是一个红色的,果肉很多的水果,榛子一样的大小,里面有很多灰色的籽儿。顺便说一下,灯笼海棠与夹竹桃属于同一科。现在我有一株很大的开花的白色百合花,我们将看看它将结出什么样的果实。

关于动物生活方面,这里我能看到的就只有那些鸽子,我喂它们,每天早晨它们从各个方向向我冲来,而那个时候我很少能出现在通向监狱的院子的过道里。

你收到我还你的《奥勃洛摩夫》①了吗?一个多月前我就要求他们把它寄给你了。我想通过挂号信来寄,但这里的邮政系统没有挂号信这一项。原谅我,但我读到第 25 页就再也读不下去了。早先我曾用俄语读过一遍这本书,而且很受鼓舞。现在它以让人如此难以忍受的冗长和无趣打击了我,尤其是书中的主要人物,从书的第一页就开始出场了,看上去是一个完全标准的类型,对这种类型的描绘被推到了极致,因此我不知道他还想要做别的什么。任何性格发展和随之而来的兴趣(对我来说的兴趣)就被堵死了。因此很感谢,但让我对它产生兴趣是不可能的。

如今除了其他东西之外,我还收到了汉斯·帕煦的一本小说,书名叫《外籍军团士兵基尔希》,我对这本书感兴趣仅仅是因为它

---

① 俄国作家伊凡·冈察洛夫的小说。

的作者。我不知道你是不是了解关于他的一些事情。汉斯·帕煦是帝国议会前副议长（赫尔曼·帕煦）的儿子，他最近与波兹南市市长维廷的女儿结婚了，他们一起到尼罗河的源头进行蜜月旅行，在旅途中，这个女人——她通晓斯瓦希里语——和她的丈夫一起经受了所有那些难以消受的经历。关于这次旅行他们两个写了一本书（我在《柏林日报》上读到了一些关于这本书的摘录），在这本书中，关于非洲人民，他们表现了他们的人道主义和热爱自由的精神，因此这本书立刻就被没收并且销毁。汉尼斯曾想替我买这本书，但他已经去世，不再能弄到这本书了。如今同样这个汉斯·帕煦在最近被捕了——逮捕他的原因似乎是因为一份传单，据说他在传单中号召在军需用品产业工作的女工发动大罢工！……事实是他正在接受调查。突然之间人们仍然可以发现一个人类，发现一个真正的人，即使是从看起来最没有希望找到这种人的圈子里，这难道不让人感到惊讶？看看另一个例子，特·沃尔夫在《柏林日报》上是如何勇敢地表现自己，尤其是如果将他与《前进报》的怯懦行径相对比的话。

青蛙和老鼠之间的斗争，"独立派"（德国独立社会民主党党员）和谢德曼之间的斗争，让我感到恶心。我真的不能再阅读关于沃格特尔、格耶尔和迪特曼的演讲旅行的胜利报道了，尤其是当我能够这样准确地描述这些人物的时候。在"著名的"米夏埃利斯事件（涉及那些在威廉港起义的水手）中，他们是多么悲惨，多么荒谬地表现他们自己的。这足以让你哭喊起来。①

---

① 帝国首相米夏埃利斯于1917年10月9日在帝国议会关于一些德国公海舰队水手在1917年8月的起义企图的辩论中重申他在此之间已经表达过的观点，也就是他认为德国独立社会民主党是一个对德意志帝国的继续存在构成威胁的政党，因此他不能以一种客观的方式对待这个党，就像他对待其他政党和倾向那样。在辩论中，德国独立社会民主党的主要议员们拉开了他们自己与水手们的革命斗争的距离，在这个党于1917年4月成立后，水手们的代表曾向德国独立社会民主党寻求帮助。在起义尝试被镇压后，德国独立社会民主党的领导人仅仅表达了对那些成为海军司法系统施加的报复行为的受害者的水手的哀悼。

好的,愿魔鬼抓住这整整一批人。尽管与大形势相关的所有这些情况,我正处在一种很好的心境之中,因为如今我相信再过几年,在全欧洲将不可避免地发生一场大变动——尤其是如果战争持续得更长久的话——那就不仅仅是可能而已了。

在俄国发生的那些事件令人惊异地伟大,又令人惊讶地悲惨。列宁和他的人民当然不能成功地战胜那种难以克服的混乱的纠缠,但他们的尝试,就其自身而言,是一个有世界历史意义的举动,并且是一个真正的里程碑,不是有福的保尔(保尔·辛格,德国社会民主党执行委员会的主席之一)在每一次像狗一样的,平庸的,低劣的,恶心的党代表大会闭幕的时候所宣布的那种"里程碑"。我确信高贵的德国无产阶级,正像法国的工人和英国的工人一样,将在这个时候对正在流血而死的俄国袖手旁观。

但在几年之后,周围的一切都必然发生改变,所有的怯懦和软弱都不能阻止这种变化发生。另外,现在我以一种完全平静而且快乐的方式看着所有这一切。总破产的规模越大,持续的时间越长,这就会变得越明显,通过一种简单的方式就能看得出来:必须采取一些适当的方法来应对这种总破产。对人类全体表示愤怒是很荒谬的,人们必须以一种在研究问题的科学家的平静心态来研究和观察这些事情。我有一种确信无疑的感觉:所有这些事情都将会发生一种决定性的转折。我只是很好奇,我是不是必须穿过监狱的栅栏来欣赏所有这一切。

我当然很用心地在读你的《妇女增刊》。① 我为可怜的贝尔塔(贝尔塔·塔尔海默)感到很抱歉,但我收到了她寄来的几行字,那些话既开心,又勇敢。我不知道我的回信是不是已经到了她那里。

玛格丽特·文格尔斯给我写了几封非常不错的信。这对她的

---

① 在克拉拉·蔡特金被德国社会民主党领导层解除《平等报》的职务后,德国独立社会民主党开始出版《莱比锡人民报》的"妇女增刊"。增刊的编辑工作被交给了克拉拉·蔡特金,增刊的第一期于1917年6月29日面市。

儿子来说是一件可怕的,令人惋惜的事情,他是我的学生(在德国社会民主党的党校里)。威斯特麦耶的死是一个巨大的损失。[①] 我总认为在将来发生一系列伟大事件的时代,他还要承担某种角色。

我拥抱你很多次。

你的罗莎

附言:请在寄信写地址时只写以下的内容:司令官办公室,LLD区,布雷斯劳,卡尔街。

(不要再给我送腌肉了;因为它不合我的胃口。谢谢你送来的苹果!)

[①] 在1917年11月14日,弗里德里希·威斯特麦耶在西线的德军战地医院死去。他的死亡地点是在法国境内。

汉斯·狄芬巴赫死后，
给他的姐姐葛丽特的信

1917 年

我亲爱的米勒太太：

非常感谢你的通知。如果在这样的极度痛苦中还有些安慰的话，那么是你的那些话给了我安慰。我们的思想碰到一起了。即使在收到你的信之前，我就已经决定，一旦我被释放了，我就去斯图加特，去结识汉森的姐姐。我感到现在我似乎需要去世界上的某些地方，去寻找和收集他曾经存在过的鲜活印迹——除了通过你以外我还能去哪儿找呢？汉斯多次告诉我，在他还很年轻的时候，他对你的深深的姐弟之情，也告诉我你们一起去威尼斯旅行的经历。没有人能比我更深地理解你所失去的，因为我认为没有人比我更了解他。

你是对的，汉斯在内在的高贵、纯洁和善良方面超过了我认识的每一个人。就我而言，驱使我赞美死者的并不是大家习以为常的原因。仅仅在不久前，我从我住的上一个监狱里给他写信的时候——信的内容与牵涉两人的共同朋友的一件特殊的事情相关——这带给我很多安慰，很多鼓舞，当我想到他，汉斯，绝不可能做出愚蠢的举动，甚至在没人觉察的时候也不会这样做，甚至在他思想中最隐秘的角落也容不下这种想法。所有卑下的东西都与他的天性格格不入，好像他是用最纯粹最优质的材料做成的。他的弱点——当然他也有弱点——是一个对生活有着一种内在的恐惧的弱点,这个孩子对应对现实生活,应对斗争和应对生活中所有不可避免的残酷缺乏准备。我总是担心他会永远停留在一种对生活缺乏了解的状态中,对生活中的所有风暴毫无防备;我试图尽我所能向他施加温和的压力,让他把他自己和现实紧紧联系在一起。如今一切都过去了。

同时,我失去了我最亲密的朋友,他和其他人不同,他理解和同情我的每一种心境和感情。音乐、绘画和文学是他的生命所必需的血液,对我也一样。在音乐、绘画和文学中,我们有着同样的偶像,也有着同样的发现。

就在现在,为了放松,我正在阅读莫里克给她的未婚妻写的棒极了的信。出于习惯,每当读到一页优美的文字时,我就自己想着:"我一定要让汉斯关注这一段!"我无法对这种想法感到习惯:他如今已经消失得无影无踪了……

罗莎·卢森堡

我深情地紧握你的手。

致索菲娅·李卜克内西

1917年12月中旬

现在卡尔在卢考监狱待了一年了。这个月我经常思虑这件事,也想着从你来佛龙克看我,并送我那棵可爱的圣诞树到现在已经有整整一年过去了。今年我安排他们去弄一棵圣诞树来,但他们给我带来的是这样一棵寒酸的小树,它的一些树枝已经折断了——它和你送的那棵圣诞树根本没法比。我为圣诞节买了八根蜡烛。我确信我真的不知道如何才能把这八根蜡烛点燃。这是我的第三个在监狱里度过的圣诞节,但你不必把它放在心上。我和往常一样平静和快乐。昨天夜里我有很长时间是醒着躺在床上。我必须十点睡觉,但我不能在凌晨一点以前睡着,所以我就在黑暗中躺在床上,思考着很多事情。昨天夜里,我的思绪转到了这个方向:很奇怪我总是处于一种快乐的陶醉之中,尽管并没有充足的理由。在这里我躺在一间阴暗囚室里的一张像石头一样硬的床垫上;这幢建筑物还像往常一样如墓地似的寂静无声,因此人还是已经入土了好;监狱前面有一盏灯整夜亮着,它的闪烁光芒穿过窗子落在这张床上。我还不时能隐约地听见在远处火车经过的声音或近在咫尺的监狱看守的干咳声和他很重的皮靴踏在地上的声音,他为了舒展四肢,常常缓慢地在地上踱步。地上的砾石在他脚下摩擦发出的嘎嘎声是这样让人绝望地响着,让存在的所有疲倦和无用似乎都从而消散在了那潮湿、阴暗的夜晚中。我一个人躺在这里，默不作声，被黑暗、沉闷、不自由和寒冬的多层包裹包围着——而我的心却在一种不可估量、不可理解的内在快乐中跳跃着，就好像我正在灿烂的阳光下走过一片鲜花丛。在黑暗中我微笑着面对生活，好像我有一种魔咒，它能使我把所有邪恶和悲惨的东西转变为明朗和快乐的东西。但当我在我的内心寻找快乐的原因时，我发现这里没有原因，而且只能嘲笑我自己。我认为谜底很简单，就是生活自身。深黑色的夜晚就像天鹅绒一样柔软和美丽，只要我们用正确的方式看它。在监狱的看守缓慢而沉重的脚步下潮湿的砾石摩擦发出的嘎嘎声就像一首小小的可爱的生活之歌——对于能用耳朵听到这歌声的人来说。在这些时刻我想到了你，但愿我能把这把神奇的钥匙也交给你。然后，在一切时间一切地点，你都能看到生活的美丽和快乐。然后你就可以也生活在甜蜜的陶醉中，也走过一片鲜花丛。不要觉得我是把一种想象中的快乐给你，或者我在鼓吹苦行主义。我希望你能品味到所有这种真正的快乐。我有一个愿望，就是让你也能享受到我那种永不枯竭的内在幸福。如果我能做到这一点，我将会对你感到放心，知道在你的生命旅途中，你身上披着一件星光闪烁的斗篷，它会保护你不受各种卑劣、琐碎或让人头痛的事的困扰。

我饶有兴味地听说你从斯坦格利茨公园摘下了一束束可爱的草莓、黑莓和红蝶紫罗兰。黑莓可以更成熟些，当然你知道成熟的黑莓是结成又厚又重的一簇簇，挂在扇形的树叶之间。然而，更有可能的是，它们是水蜡树，苗条、雅致，有穗的浆果生长在细长的绿叶之间。红紫罗兰浆果几乎被小树叶遮住了。一定是那些矮欧楂，它们本来是红色的，但在这一年的末季，它们已经熟透，而且开始腐烂，因此它们通常呈现出紫罗兰的色彩。它们的叶子就像桃金娘的叶子，很小，形状是尖角的，颜色呈青绿色，有着坚韧的上表面，而下表面却是粗糙的。

索犹莎,你知道普拉顿的《不幸的叉子》①吗?你能把它寄给我吗?或者在你来看我的时候带上它?卡尔告诉我他已经在家读了这本书。盖欧尔格②的诗是优美的。现在我知道你是从哪儿引来的这句诗"在红色稻谷的沙沙声中",当我们在这个国家旅游的时候,你喜欢引用复述这首诗。我希望你在你有时间的时候为我抄一首《当代阿玛德斯》。我是这样喜欢这首诗(多亏了雨果·沃尔夫的配曲,我才知道这首诗),但在这里我没有这首诗。你还在读《莱辛的传奇》?我在重读朗格的《唯物主义史》。我总是从这本书中得到鼓励和振奋。我多么希望你有一天也会读它。

索尼奇卡,亲爱的,最近我难受极了。在我散步的院子里,经常有军车抵达,车上载着从前线运来的军用背包或破旧的紧身短上衣,以及衬衫;它们有时沾染着血迹。这些衣服被送到女囚室缝补,然后再送回军队继续使用。另一天,开来的军车里有一辆车不是用马拉的,而是由一批水牛拉着。以前我从来没有这么近地观察这种动物。它们的身体比普通的牛强壮很多,头是平的,牛角使劲向后弯,因此它们的头颅有点像绵羊的头颅。它们是黑色的,长着大而温柔的眼睛。这些水牛是从罗马尼亚运来的战利品。驾车的士兵说这种动物很难捉到,它们总是跑得很快,而且很难被套上挽具。③ 它们经常被鞭打,依据的是"战败者遭殃"的原则。仅仅在布雷斯劳一处就有一百头水牛。它们过去习惯了水草丰茂的罗马尼亚牧场,而在这里却不得不忍受营养贫乏的饲料。被无情地驱使,每天驮过于沉重的物品,它们过不了多久就会因劳累而死去。另一天一辆军车开来,上面装满了袋子,由于货物的重量严重超出了水牛的载重能力,事实上这些水牛无法驮着它们走过大门的门槛。那个驾车的士兵,一个野蛮的家伙用鞭子的尖端如此野蛮地

---

① 奥古斯特·冯·普拉顿(1796—1835),德国诗人和剧作家。
② 斯蒂芬·盖欧尔格(1869—1933),富于影响力的德国诗人,他反对大众文化和消费主义。
③ 在罗马尼亚,水牛主要不是用作畜力,而是用作食用牛或者奶牛。

抽打这些可怜的动物,站在大门边的女典狱官被这个场景激怒了,问他是不是对这些动物没有一点同情心。"我对它们的同情心,不比任何人对我们这些人的同情心更多。"他答道,脸上露出一种邪恶的微笑,然后抽打得更加凶狠了。最后水牛成功地拉着货物通过了门槛,但是其中的一只流出了血。你知道它们的皮是出了名的又厚又坚硬,但它被磨破了。当卸货的时候,这些动物已经完全筋疲力尽了,但仍然好好地站着。流血的那头水牛的黑脸上现出一种表情,它那双温柔的黑眼睛就像一个哭泣的孩子的眼睛——这个孩子挨了一顿痛打,又不知道是为什么,也不知道如何从被虐待的痛苦中解脱出来。我站在车队的前面,那头水牛看着我,眼泪从我的眼睛里流了出来。这个可爱的兄弟的痛苦打动了我,但打动我更深的是面对这头不会说话的动物的极度痛苦,我竟然无可奈何。在遥远的地方,在永远失去了的美丽的、青草繁茂的罗马尼亚草地,那里是多么不同啊,那里有太阳的光芒,有轻风的吹拂,多么不同啊,那里有鸟儿的歌唱和牧人悦耳的呼唤。而在这里可怕的事情伴随着你,在我的痛苦之中,在我的软弱之中。我的小巷,散发着恶臭的牛棚,腥臭的干草和发霉的稻草混放在一起,奇怪而可怕的人们——一下又一下的鞭打,血从裂开的伤口流出。可怜的家伙,我和你一样无能为力,一样沉默无言;我在期待。

同时女囚犯们一个挤着一个给那辆车卸货,然后把重重的袋子搬进楼里。那个驾车的人把手放在口袋里,在院子里走来走去,自己冲自己笑着,用口哨吹着一首流行歌曲。我看到了战争的全部光彩! ……

尽早给我回信,亲爱的索尼奇卡。

你的罗莎

不用担心,我的索犹莎,你一定要和以前一样平静和快乐。这样的生活,我们必须接受它,勇敢地抬起头,总是微笑——任凭这一切!

致伊曼纽尔和玛蒂尔德·乌尔姆

明信片,邮戳日期为
1917年12月17日布雷斯劳

亲爱的蒂尔德:

我收到了你那张传达令人悲伤的消息(施塔特哈根的去世)的卡片。现在我耐心地等着你获得许可来探望我。你的丈夫这样消沉让我很伤心,我也深深地被亚瑟·施塔特哈根的死所震撼。然而,那种流行的悲观主义是完全不适宜的。

不要让这件事情打垮了你,应该把你的头高昂起来。一个人绝不可能透过黑色的棱镜正确地看待事情,看待生活。因此开心起来,勇敢地展望未来。同时,致以我衷心的问候。

你们的罗莎·卢森堡

致弗兰兹·梅林

布雷斯劳　1917 年 12 月 30 日

你的《马克思传》至少已经确定要出版了,而且不久就要面世了,①这是多好的一件事,它真的是这个糟糕的年代里的一束耀眼的光芒。我希望这本书能激励和鼓舞很多人,同时也能让人们带着怀念想起那个可爱的时代,那时人们还不会为称自己是一个德国社会民主党党员而感到羞耻。

---

① 弗兰兹·梅林写了一本马克思的传记,它于 1918 年出版,标题是:*Karl Marx. Geschichte seins Lebens*。

致伊曼纽尔与玛蒂尔德·乌尔姆

布雷斯劳　1918年1月

蒂尔德琴!

我只想讲一些关于蒲鲁东①的话,因为很不幸,昨天我是那样不舒服,话在我的喉咙里堵住了说不出来。此外,我不能很好地给你完整的演讲稿,这会引起外面的人的怀疑。

好的,你可以从米尔伯格②那里找到蒲鲁东的生平和著作年表。如果有必要,你也可以去请教狄尔③(他的关于蒲鲁东的三卷本著作在国会图书馆或者皇家图书馆肯定能找到)。

这三方面的内容可以用在你的演讲中:(1) 他的"直接交换"理论,这是他的理论和实践体系的核心;表达得更通俗一点,就是在废除货币的同时保留商品生产。那就是说,蒲鲁东认为是货币的使用掩盖了工人和资本家之间交换的"不公平"(用劳动力换取工资):只须引入商品可以根据它们所包含的劳动时间直接交换的概念,剥削就成为不可能。自然,这完全是一种空想的主张。

---

① 皮埃尔·约瑟夫·蒲鲁东(1809—1865):无政府主义和空想社会主义的主要理论家,蒲鲁东最有名的著作是《贫困的哲学》,针对这本书,马克思写了《哲学的贫困》。

② 亚瑟·米尔伯格(1847—1907):医生,后来成为蒲鲁东的无政府主义思想的宣传者。

③ 卡尔·狄尔(1864—?):一部关于蒲鲁东的权威著作《皮埃尔·约瑟夫·蒲鲁东:他的学说和他的生活》(出版于1896年)的作者。

按照蒲鲁东的理论,对无产阶级的剥削并不是以生产资料私有制为基础,而是源于在工资支付中的欺诈行为;货币的使用使这种欺诈行为成为可能。因此,他引入了一种可以证明每件商品中所包含的劳动时间的简单票据;然后平等的交换就必然带来整体的经济平等。

他完全忘记了无产阶级并不是把商品卖给资本家,而是出卖了它仅仅拥有的唯一商品——劳动力。因此剥削会继续存在,尤其是在劳动力根据它的价值出售,根据它的维持成本出售的时候。这种空想最具危害性,也是最反动的方面就是,它把工人的注意力引向经济上的骗人的空话,而使他们远离政治斗争,远离夺取国家政权的斗争。这可以理解为对法国大革命时期单纯为了夺取权力的政治斗争的失望所引起的一种反应。

顺便提一句,不要忘了并不是蒲鲁东发明了这种主张。欧文①已经在十九世纪二三十年代在英国提出了这种主张(参见恩格斯所写的《哲学的贫困》一书的序言)。蒲鲁东只是阐述这种主张的人中最有才的一个。

(2)这种主张在二月革命②中的实际作用:"直接交换银行"的实验和它(自然而然)的迅速破产。蒲鲁东的主张和路易·勃朗③在《劳动组织》一书中阐述的那些主张,形成了1848年革命中占优势地位的潮流。与这两种空想的经济实验作斗争,布朗基派④是二月革命中为一个真正的革命无产阶级组织,它直接为了社会革命和夺取政权而斗争。

---

① 罗伯特·欧文(1771—1858):马克思和恩格斯所称的"空想社会主义"的突出案例之一。作为一个英国实业家,欧文在苏格兰建立了新拉纳克社区。

② 法国二月革命:1848年法国人民发动革命,推翻了七月王朝,建立了法兰西第二共和国。在二月革命的过程中,一些改造社会的理论得到了实践的机会。

③ 路易·勃朗(1811—1882):作为一个法国社会主义者,勃朗参加了1848年革命,后来又反对建立巴黎公社,他的口号是"工作的权利"。

④ 奥古斯特·路易·布朗基(1805—1881):法国革命家,他在监狱里度过了很多年。布朗基谋求通过密谋政治培植革命,他参加了1830年革命和1848年革命。

顺便说一下,"公平交换银行"之前也已经在英国试验过了,我想是在 1836 年前后在曼彻斯特。自然,它也在几个月之内就走向破产。

(3) 尽管他的主张完全站不住脚,尽管他已经于 1858 年破产,蒲鲁东对十九世纪六十年代和七十年代的法国和整个拉丁世界①的工人运动产生了很大的,而且是很持久的影响。在第一国际②,马克思不得不主要与蒲鲁东主义作斗争,它的主要代表人物是托伦③(后来成为叛徒和参议员)。你可能必须查阅耶克的书《第一国际史》④,蒲鲁东主义的影响自然比蒲鲁东个人更重要。只有在巴黎公社失败后法国工人运动的新基础的出现——十九世纪八十年代马克思主义的引入——才从根本上铲除了蒲鲁东主义思想在法国的基础。

尽管如此,不要忘了蒲鲁东的最重要,最直接的影响不在于他的错误的商品交换和货币理论的精巧,而在于他把工人运动的注意力引向纯粹的经济补救,而不是夺取国家权力。尽管如此——再一次强调——不要忘了历史的观点:蒲鲁东,路易·勃朗以及所有经济派别都可以理解为对法国大革命和雅各宾派统治的失望的反应。正是马克思主义第一次确立了正确的经济和政治之间的关系(正如我们今天所见到的光辉成绩……)⑤。

---

① 指法国、意大利、西班牙等使用与拉丁语有亲缘关系的印欧语系罗马语族诸语言(如法语、意大利语、西班牙语等)的国家。

② 第一国际成立于 1864 年,一直延续到 1876 年。马克思曾是第一国际临时委员会的成员,并且起草了"国际工人协会成立仪式讲话"。马克思主义者与以巴枯宁为首的无政府主义者的斗争从来没有停止过,在巴黎公社起义失败后,第一国际实际上停止存在,尽管它名义上又继续维持了几年。

③ 亨利·路易·托伦(1828—1897):右翼蒲鲁东主义者,他曾是第一国际的领导成员。在巴黎公社起义时期,他投向巴黎公社的敌人"凡尔赛军"。他后来被驱逐出第一国际。

④ 古斯塔夫·耶克(1866—1907):《莱比锡人民报》的编辑。他是《第一国际史》的作者。

⑤ 这个讽刺性的结尾意指卢森堡的一种观点:正是党依附于工会运动的现实使它不能采取一些更革命的行动。

致索菲娅·李卜克内西

布雷斯劳 1918年1月14日

我亲爱的索尼奇卡:

已经有很久没有给你写信了！我觉得已经有几个月之久了。甚至在今天,我甚至不知道你是否已经到了柏林。但我希望这几句话仍会在你过生日之际及时到达你那里。我让玛蒂尔德·雅各布替我送一束兰花给你。但如今那个可怜的家伙生病住院了,不能执行我的指示了。

尽管如此,你知道在我的心中我还是和你在一起的,而且是完全在一起的,在你过生日的时候,我想用一束束花来把你包围:淡紫色的兰花、白色的鸢尾花、浓香扑鼻的风信子,和任何其他我能弄到的花。可能在明年的这个日子,我将有幸能亲自把花送给你,并且和你一起在植物园里愉快地散步。这将是多么美妙!

今天的气温是32华氏度。① 然而同时能感受到在空中有一种柔和、清新的春天的气息,在上方,在一朵朵乳白色的云彩之间,深蓝色的天空在闪着微光,还有,麻雀在这么高兴地叫着,你会觉得这是在三月下旬。我这样向往春天,春天是绝不会让你感到厌倦的,只要你还活着,而且正相反,年复一年,你学会了更好地欣赏春

---

① 32华氏度相当于0摄氏度。

天,珍爱春天。

你知道吗,有机世界的春天的开端——也就是说,生命的苏醒——实际上开始于一月初?它可不会去等日历上春天到来的日子。你看,在日历上冬天开始的日子里,我们是——从天文学上来说——离太阳最近的,这就对所有的生命产生了一种这样神秘的效果,甚至在我们仍然被冬天的冰雪笼罩着的北半球也是如此。早在一月,植物和动物的世界就苏醒了,好像是一支挥舞着的魔棒把它们唤醒了,树木花草开始发芽,很多动物开始繁殖。最近我在阿纳托尔·法朗士的书中读到了他的这样一种观察:著名人物的最出色的文学和艺术创作都是在一月和二月的时间里问世的。因此,即使在人类的生活中,冬至应该是一个关键的时刻,所有生命力量的一次新的活跃期在这个时候开始启动,你也一样,索尼奇卡,你是一枝正巧在冰雪之中发芽的早熟的小花,因此你的生命长时间地打着哆嗦,在生活中没有宾至如归的感觉,需要在温室里得到温柔的照顾。

你送给我做圣诞礼物的《罗亭》让我感到非常地高兴。如果不是玛蒂尔德告诉我你在法兰克福的话,我会立刻写信感谢你。尤其让我喜欢的是罗亭的那种对自然的感受,他对原野中的每一株小草都很崇拜。他也一定是一个很阳光的家伙:开放,自然,充满内在的温暖和智慧;他马上让我想起了饶勒斯。

你喜欢我的布鲁德库林斯吗?或者你是不是早就知道他了?这部小说深深地打动了我,特别是其中的风景描写,有一种优雅的诗一样的意韵。布鲁德库林斯,正像德·古士德一样,认为日出和日落"在佛兰德斯的土地上"比在世界上其他地方更加美丽。我感到所有的佛兰芒人都毫不掩饰地爱他们的小小的乡土,他们不把它描述为一小块美丽的土地,而是把它称作一个容光焕发的年轻新娘。甚至在这本书的阴郁的,悲剧性的结尾,一种与《梯尔·欧伦斯皮格尔》中壮丽的画面相似的地方,例如,在拆毁名声不好的房子的情节中。你不也觉得这些书的色调很明显让人想起伦勃朗的绘画？整个画面的暗淡，再加上闪烁着的古金色色调；最让人惊叹的包含所有细节的现实主义，然后整本书仍然被归入寓言似的幻想作品的领域。

我在《柏林日报》上读到：在弗里德里希博物馆里有一幅提香的巨幅画作，你已经看到它了吗？我承认，严格地说，我并不喜欢提香。对我来说，他的画过于工整，过于冷峻，过于讲究艺术技巧——请原谅我，也许我犯下了 lèse majesté① 的罪名，但我忍不住要依从我的直接感受。完全是同样的道理，如果现在我能去弗里德里希博物馆拜访这位新客人，我会很高兴。你也去闹市区看到过那引起大吵大闹的考夫曼的遗稿了吧？

我读的书现在包括了关于莎士比亚的较早一些的研究著作，从六十年代的到七十年代的，那时候在德国人们仍然在热情地讨论莎士比亚问题。你能不能从皇家图书馆或者帝国议会图书馆给我借几本书：克莱恩的《意大利戏剧史》、沙克的《西班牙喜剧文学史》以及格尔维纽斯和乌尔利希关于莎士比亚的著作？你自己是怎么看莎士比亚的？快些写信告诉我！我热情地拥抱你，紧握你的手。不管所有的一切，平静下来，开心起来，亲爱的索尼奇卡，再见。

你会在什么时候来？！索犹莎，帮我个忙：替我给玛蒂尔德·雅各布送一些风信子。你来这儿的时候我会把钱给你。

你的罗莎

---

① lèse majesté 意思为：大不敬。

致玛尔塔·罗森鲍姆

布雷斯劳　1918 年 2 月

亲爱的玛尔辰：

我收到了你的问候，但我希望——如果 K 先生允许的话——下次你能亲自给我一个吻。在你的那些信里有太多的忧伤！不管所有的一切，一个人不应该失去希望。嘲笑这乱七八糟的一切：为什么，历史足够强大，可以继续向前推进，并扫清一切障碍。它会这样做的，你不要担心！历史自身总是知道该如何理顺它自己所关心的事情，它会把挡着它的路的很多粪堆碾碎。这次它也会成功的。越是看上去毫无希望的事情，历史的这种清除会越彻底！——因此，不管所有的一切，让你的头一直高昂着，让你的精神一直很强大。

玛尔辰，我有一个请求：你一定要尽可能多地关心和帮助索尼娅·李卜克内西。她需要温暖、善意、友谊和关心。把你对我的爱转移一些给可怜的索尼娅。首先，如果可能的话，务必找人庆祝她的生日。她像一个孩子一样敏感。经常请她来家里坐坐，和她一起去散步（这对你也有好处）。但是你还是不要把我扔在一边，亲爱的！我拥抱你无数次，给你和你的亲人最好的问候。

你的
罗莎

致弗兰兹·梅林①

布雷斯劳　1918年3月8日

我完全无法形容你的上一封信，尤其是你出事的可怕的消息给了我多大的震撼。② 总的来说，我真的以一种羊羔一般的耐心，忍受着我的被奴役状态，这已经进入第四个年头了，但如今，在这个坏消息的令人痛苦的打击下，一种狂躁的焦急压倒了我，我感受到一种燃烧般的渴望，渴望立刻离开这里，赶到柏林，亲眼看看你现在怎么样了，握住你的手，和你聊大约一个小时。所有这些都做不了，只能像一只拴着锁链的狗一样躺在这间囚室里，一边是不断出现在眼前的男子监狱，而另一边是疯人院——在读到你的信后，所有这些都刺激着我，让我进入了一种想要反抗的心境。

我有一种坚定的信心——无论如何，到明年我们最后一定能够在你过生日的时候再次聚在你那里，然后——我期待着历史的辩证法，最后一定能找到一条出路，走出这种混乱，并且走上一条既宽广又宏伟的大道。我一刻也不怀疑，你和我们所有人，不久就会呼吸着一种新的空气，比现在人们不得不忍受的那种空气要清纯。

---

① 这封信的摘录本发表在《国际》杂志第6卷1923年第3期上。原信直到现在也没有被找到。

② 弗兰兹·梅林一次在街上走路的时候突然晕了过去，当他跌倒的时候他的后脑勺受了伤。

致罗茜·沃尔夫施泰因

布雷斯劳　1918年3月8日

我亲爱的罗茜：

你用你的包裹和你写的几行字给我带来了巨大的快乐——它们在5日(卢森堡的生日)准时到达。那些小猫和那只小象让我特别高兴。真希望有人能给这种"小角落中的快乐生活"画上句号，如今我享受这种快乐已经是第四年了。但世界历史现在读起来一定像一本坏书，一本追求轰动效应的小说，在这本小说中粗俗的印象和残忍的行为以一种极端夸张的方式堆积在一起，人们从中见不到一个真正的人，只能看到一些在动的木偶。不幸的是，人们不能简单地把这本坏书扔到一边，人们必须咬紧牙关，经受这种考验。然而，"它还在转动。"①我从未对一直在发挥作用的历史辩证法产生过任何怀疑……现在我知道了你的命运，即使仅仅是短期的。我希望你将总是清新，活泼，勇敢无畏，就像我以前所知道的那样。从你那里来的消息总是对我有帮助。再一次给你很多感谢，我衷心地紧握你的手！

你的罗莎·卢森堡

---

① 这段引文出自伽利略：eppur si muove(地球还在转动)。

致斯蒂芬·布拉特曼-布罗多夫斯基

布雷斯劳监狱　1918年3月9日

亲爱的同志：

收到你的便条让我非常高兴。最后我们渐渐开始再次相互交流。什么时候我们能——如果上帝愿意的话——再一次相互交谈，一起工作？！……我看你对"约兹"（约瑟夫）的活动也并不很热情。①然而在当前形势下向他提出"建议"是很难的。首先，因为他已经——正如人们能够看到的——在很大程度上把自己投入到他的事业中去，很明显，所有在那边的我们的人也是如此②，其次，缺乏简单易行的联系方式。③因为你理解通过这种方式是有些不便的，人们必须把自己局限在光秃秃的本质上……捎带说一下，我必须承认我还没有从"约兹"（约瑟夫）那里直接收到过一个词，也仍

---

① 1930年布罗多夫斯基在一个便条里指出，"罗莎·卢森堡用'约兹'这个暗语不仅仅是指约瑟夫（约瑟夫·捷尔任斯基），也指所有（在俄国）的波兰同志和整个布尔什维克党。"

② 罗莎·卢森堡指的是在俄国的波兰社会民主党人，他们曾经支持过俄国革命。他们主要是政治犯，在二月革命后被释放，但是俄德战线切断了他们前往波兰的道路。他们中的很多人在政府、党、军队和外交领域中占据重要位置。

③ 唯一的联系方式是通过在柏林的苏俄公使馆。当卢森堡提到"通过这种方式"联系的时候，她是指她没有感受到她所希望的公开的言论自由。

然没有给他写信。我现在正在给他们所有人写信,详细地与他们交流,事实上形成了总体的看法。现在一个人必须——唉——不断地显示出对那边的整个事件的严峻形势的考虑,而这对发表评论是非常不利的。然而,正如不久之后你肯定会看到的,我不可能完全保持沉默。① 尤列克(尤列克·马尔赫列夫斯基)在给我的信中说,他完全沉浸在应对食品供应的问题上,这当然是最重要的事情——就目前来说。无论是他还是我们的人中的其他个体都无力改变整个政治进程,他们正在其他人控制的河流中游泳,但事实上大方向在布列斯特②确定之后,是命运之手在掌控一切……谢谢你送来这些礼物。我并不是真的急需食物,想一想利奥(利奥·约基希斯),是他非常需要食物。我似乎觉得你现在可以跟他接触了③,这肯定会让他非常高兴。我更想从你那里定期得到新闻,而不是得到一些食物——所有类型的新闻:关于"别基"的,关于我们的人和他们的工作的(你所耳闻的),以及关于瑞士的形势的,总之,人们不能从媒体上得知的(一切)。我对与正在进行中的事情保持尽可能密切的联系非常感兴趣,有时从(在地理上)最近的渠道④得到信息是最难的,部分地是因为这里只有很少的一些人,而且他们都非常忙,但主要是因为他们是傻瓜,是做着白日梦的人(我指的是德意志人)。

---

① 罗莎·卢森堡在那个时候正在写作《论俄国革命》。
② 在同盟国的主导下,于1918年3月3日在布列斯特-立托夫斯克,签署了一份和平条约,在和约上签字的是同盟国的代表和苏维埃政府的代表。条约规定,苏维埃俄国割让立陶宛、库尔兰、波兰、巴统和卡尔斯;承认芬兰和乌克兰是独立国家;维持德国在占领区的军事统治,直到总体和平得以实现;苏维埃俄国承认同盟国与乌克兰拉达之间签订的和平条约。
③ 可能是通过罗莎·卢森堡的秘书玛蒂尔德·雅各布。
④ 可能指的是柏林的斯巴达克团的同志们。

我们的人与左派波兰社会党人①现在以什么样的条件合并？一些事情让我很惊讶：在战争的初期，因为我和瓦莱茨基②进行了交谈，在我看来(在我们和他们之间几乎没有什么分歧)，我认为战争的形势甚至会加速两党的合并。同时一些来自波兰的同志(或者还有一些来自俄国的同志)给我写信说，他们已经远离了左派(波兰社会党)，因为它完全迷失了方向。对此你了解些什么吗？无论如何，把我的问候送给瓦莱茨基。

坚守你的立场，直到我们再次在工作中见面！热情地握你的手。

罗莎·卢森堡

如果你在方便的时候给我提供一些在瑞士出版的有趣的书，这也会引起我的兴趣。

我想知道罗伯特·格里姆③和Nationalrat④现在在起着什么样的作用。人们仍然可以指望他吗？瑞士(像普兰登和他的同志们这样的左派)是怎么看"别基"的政治活动的？

---

① 左派波兰社会党起源于1906年俄属波兰的波兰社会党的分裂。随后波兰社会党的右翼在约瑟夫·毕苏斯基的领导下建立了他们自己的党。在战争爆发不久前，两个团体(波兰王国和立陶宛社会民主党与左派波兰社会党)的合并谈判已经很顺利地推进了。布拉特曼-布罗多夫斯基代表社会民主党方面引导这个谈判。合并最后在1918年12月中旬实现，双方合并后成立了波兰共产党。

② 马克西米连·霍尔维茨·瓦莱茨基(1877—1937)，左派波兰社会党的重要领导人，他于1914年和1915年在柏林与罗莎·卢森堡进行了关于这两个波兰民族的政党合并的商谈。

③ 罗伯特·格里姆(1881—1958)，瑞士社会民主党的主席，自1911年开始成为国民议会的议员。在第一次世界大战时期他领导了在伯尔尼的国际社会主义委员会(也就是齐美尔瓦尔德运动)。

④ "Nationalrat"是一个德语词，指的是瑞士议会议员。为什么罗莎·卢森堡要强调这一点还不清楚。

致克拉拉·蔡特金

布雷斯劳,1918年3月11日

我亲爱的克拉拉!

你用你慷慨的包裹和你的信给我带来了多少快乐!你送来的一束瑰丽的兰花,科斯佳(也就是科斯佳·蔡特金送来的蓝色风信子)把我的囚室变成了一个冬天的花园。那些书让我感到很高兴;原先我只有莫里克的诗集,现在我将读他的小说《画家诺尔滕》。歌德的《意大利游记》是一个绝妙的、精美的版本。书中的那些插图真的让我心花怒放。饼干棒极了,当然苹果和腌肉也很棒。请写信告诉科斯佳,我非常感谢他,他让我非常开心。你最终让马克西姆(马克西姆·蔡特金)回来了,这是多么可爱。我也从汉尼斯的姐姐①那里收到了一封非常甜蜜的来信,还有各方面送来的花和礼物。但愿一个人有那种心境,把自己沉浸在所有这些快乐之中!但是……事实上你知道(我的意思是什么)。上帝在上,诅咒他们都下地狱,如果我仅仅能和你谈几个小时 de omnibus rebus.②是的,饼干和蛋糕!……这里也有一种重回冬天的感觉,但不会持续

① 玛格丽特·米勒,汉斯·狄芬巴赫的姐姐。
② 拉丁语,关于所有的事情。

很久,我希望。我对你的新的生活伴侣——猞猁感到很紧张;它最好不要去追逐那些小猫,否则我将不想听任何有关它的事情。我拥抱你一千次,并向你家的男人们送去衷心的问候。

罗莎

致索菲娅·李卜克内西

布雷斯劳 1918年3月24日

我亲爱的索尼奇卡：

有很久没有给你写信了，而且我常常想到你带着这种"时代的坏脾气"，我甚至暂时失去了写信的愿望……如果我们现在能在一起，一起在那里漫步，谈谈这个，聊聊那个——那将是多么幸福。但现在没有这样的机会。我的申请被拒绝了，他们对我的卑鄙和不知悔改详细地描述了一番；说正因为我的卑鄙和不知悔改，我才请求至少短暂地离开监狱。我将不得不等待，直到我们征服了全世界……

你送我的那些照片是多么美丽！无须再评论伦勃朗，在提香的画作中我甚至更多地是为那匹马所吸引，而不是马上的骑手。这样逼真的皇家的威武和尊贵——过去我不认为可以在一匹马的身上表现这些。但最美的要算是巴尔托罗缪·达·委内齐亚所画的女士肖像（顺便说一下，我对这个画家一点也不了解）。色彩是多么热烈，构图是多么完美，人物表情中带有一种多么神秘的妩媚！……

当然你一定要保存好汉斯的书。我很伤心，他的书并不是都在我们手里。我会把他的书给你，而不是给其他任何人……

开心起来，享受春天。到了下个春天我们无疑会在一起。我拥抱你，亲爱的。复活节快乐。也给孩子们送去很多问候。

你的 罗莎

致伊曼纽尔和玛蒂尔德·乌尔姆

1918年4月22日

亲爱的蒂尔德：

正在我就要给你写信的时候，你的小篮子就到了。非常感谢你送来的那包东西和你的信。你送来的面包好吃极了，你送来的书也是同样。你甚至不知道你给我送来了什么样的宝贝：歌德的《威廉·迈斯特的戏剧天职》，它毕竟是《威廉·迈斯特的学习时代》的最早的版本，研究歌德的文献学家找它找了很久。它一直被认为是散佚了。直到十年前——完全是出于偶然——在苏黎世发现了一份手抄稿，它是由芭芭拉·舒尔特斯抄录的，舒尔特斯是歌德的老朋友，来自拉瓦特的圈子[①]。在那时候，这一发现引起了巨大的轰动：毕竟，这是歌德在《意大利游记》之前写作的作品，而《威廉·迈斯特的学习时代》是在那次旅行之后问世的，而且是经历了二十年的修改之后。哦，你可以想象这引起了我多大的兴趣。

一个人绝不可能去买《威廉·迈斯特》，你想知道你能从这个事实中得出什么结论？非常简单，它没有被当众诵读过，这就是为什么它不再单独出版。只有书籍收藏家和歌德专家仍然可以应付

[①] 约翰·拉瓦特(1741—1801)：歌德在法兰克福时代的朋友，作为一个牧师，他认为一个人的灵魂可以通过他的观相术来发现。

它。他那种举止庄重的枢密院顾问官①的态度也真的让我很心烦。

  那本从你丈夫那里弄来的关于植物学的书，给我带来了很大的快乐。它当然是一部普及性著作，从中自然很难找到对我来说是很新鲜的东西。但是它的表达方式和它的总体观点是那么让人欣赏，因此我是带着极大的快乐去读它的；我非常愿意见到更多这一类的书。我还没有完全克服我的流行性感冒，但我尽我所能不去注意它；你再次拥有了生机勃勃的活力让我更加高兴。

你的　罗莎

---

① 歌德曾是魏玛宫廷的枢密院顾问官。他第一次去魏玛是在1776年，正是在那一年他开始写《威廉·迈斯特》。

致索菲娅·李卜克内西

布雷斯劳　1918年5月2日

　　我读了《老实人》①和乌尔菲德伯爵夫人的书②，这两本书我都非常喜欢。这本《老实人》是一个如此精美的版本，我甚至不忍心裁开书页。我读着这本书页未裁开的书，由于它只有一面没有裁开，这其实很简单。在战争爆发之前，我曾经认为，这种把一切的人类不幸卑鄙地聚集在一起是一种漫画手法。可是如今它是一种完全的现实，真深深地刺痛了我⋯⋯最后，我终于发现了我自己时不时引用的那句习语典出何处："Mais il faut cultivar notre jardin."③乌尔菲德伯爵夫人的那本书是一部有趣的关于文化方面的文献，是对格里美豪森④的补充。⋯⋯你在做什么？你没有在享受这灿烂的春天吗？

一如既往　你的
罗莎

---

　①　法国作家伏尔泰的小说。
　②　克里斯蒂娜·乌尔菲德伯爵夫人(1621—1698)；罗莎无疑指的是乌尔菲德伯爵夫人的《回忆录》，这本书在她入狱期间写成。
　③　这指的是《老实人》的最后一行。在经历了一系列冒险之后，老实人说："我们必须栽培我们的花园。"
　④　汉斯·雅各布·克里斯托弗尔·冯·格里美豪森(1625—1676)：关于三十年战争的经典小说《痴儿西木传》的作者。

致索菲娅·李卜克内西

布雷斯劳　1918年5月12日

索尼奇卡：

你的小便条给英克带来了这样多的快乐,我必须立刻写回信。你发现自己从植物园之行里得到了如此多的享受,你对此如此热情。你为什么不经常去那里呢? 我向你保证,这对我来说很重要,当你用这样温暖和丰富多彩的语言迅速记下你的印象的时候。是的,我知道那些云杉树的绯红色花朵。它们是如此不可思议地美丽(事实上,在开花的时候,在大多数的树上也能开出这样美丽的花朵),让人们很难相信自己的眼睛。这里有一些雌花,从中长出较大的球果,当它们的重量增加时,就垂下去,除此之外还有不那么显眼的浅黄色的云杉树的雄花,从中产生金色的花粉。——我不知道"比勒陀利亚花"。你在信中说它是金合欢的一种。你的意思是说它有羽状的叶子,它的花就像甜豌豆的花一样,因此很像伪金合欢? 我觉得你知道那种通常被称作金合欢的树实际上是"洋槐"。真正的金合欢是含羞草的一种:它有着黄绿色的花朵,散发出醉人的芳香;但我不认为它能在柏林的野外生长,因为它是一种亚热带植物。当我在科西嘉的时候,十二月份我在阿雅克肖市看到了美丽无比的含羞草,很大的树,在大广场上开着花……在这里很不幸,我只能透过监狱的墙顶,看到很远的地方的树的树顶。我看到它们变成绿色,试图从它们的颜色和大体形状来猜想它们是哪种树。另一天一些人把一根折下的树枝带进了屋子。它的不同寻常之处吸引了很多人的注意,人们都想知道它可能是一棵什么树上的。那是一棵榆树!你还记得在南头我们自己的街道上,我是怎么向你展示一棵长着一簇簇香气扑鼻的浅绿色花朵的榆树?那也是在五月份,当时你看到这种美丽的景象感到很高兴。人们在这条长满了榆树的街道上生活了几年几十年却没有"注意过"当榆树开花的时候是什么样子的。他们只是毫不留意,就像对那些动物一样。大部分城市人实际上确实是愚昧无知的野蛮人。

然而,对我来说,我对有机生命的兴趣几乎是有些病态地强烈。这里一对有冠毛的云雀生了一只小鸟,无疑另外三只没有活下来。这只小鸟现在已经能跑了。你可能已经注意到了云雀们那种奇特的奔跑方式。它们以小碎步轻快地走,而不像麻雀那样用两只脚跳来跳去。到现在这种云雀已经能飞得很好了,但还不能自己寻找食物(虫子、幼虫等),无论如何在天气仍然很冷的时候是这样。每天晚上在我窗前的院子里,它发出尖细、哀怨的叫声。那两只大鸟很快就出现了,用一种温柔而焦急的"惠、惠"声回答它,它们在很冷的黄昏时分东奔西跑,寻找一些食物。一旦它们找到了什么,就把它塞进那个吵吵嚷嚷的小鸟的喉咙。这样的事情在每天晚上大约八点半的时候发生,每当我听到幼鸟的尖声提醒并看到两只大鸟的急切挂念的时候,我都感到心中一阵剧痛。我不能做任何事情来帮它们,因为这种带冠毛的云雀胆子太小。如果我扔出一些面包屑,它们就会飞走,在这一点上与鸽子和麻雀很不同,那些鸟像狗一样跟着我。告诉自己不要犯傻对我来说是毫无用处的,尽管我意识到我不能对世界上所有饥饿的小云雀负责,我也不能为世界上所有被鞭打的水牛而流泪(它们仍然每天来到这里,拉着装满麻袋的车)。在这件事情上逻辑推理不起作用,看到动物经受痛苦让我感到不舒服。同样,尽管八哥整天絮絮叨叨让人感到讨厌,但有时,如果这只鸟有一天或两天默不作声,我就会睡不好觉,觉得在它身上肯定发生了什么事情。我等待着,等待重新听到那种愚蠢的对话,这样我就可以确保我的八哥是安全的。

因此以我的囚室为起点,有很多精致的线向各个方向伸展,把我和数以千计的大小动物连在一起。它们对我的做法的反应引起我的忧虑、痛苦和自责。你自己也属于这群鸟类和动物,我出于本性敏感地为它们感到痛苦。我感受到你经历了怎样的痛苦,因为岁月无可挽回地流逝,而你却没能享受真正的"生活"!耐心一些,勇敢起来!我们依然要活下去,通过各种伟大的经历活下去。我们现在目击的是旧世界的沉没,一天天又一块碎片沉到水底,一天天又出现了某种新的灾难。最奇怪的是,大多数人对此视而不见,仍然继续幻想着,他们脚下的土地仍然很坚固。

索尼奇卡,你正好有《吉尔·布拉斯》和《瘸腿魔鬼》这两本书吗?或者你能帮我弄到吗?我从没有读过勒萨口①的书,而且从很久以前就想读他的书了。你知道这两本书吗?如果你没有这两本书,给我买一个比较便宜的版本。

无尽的爱
你的罗莎

快些给我写信,让我知道卡尔的情况如何。
也许普菲姆菲尔特有某个版本的《Flashsacker》②,作者是斯泰因·斯特勒弗尔斯③,又一个佛兰芒人。这本书曾被岛屿出版社④出版,据说是一个非常好的版本。

---

① 法国作家,剧作家,生于1668年,死于1747年。
② 《亚麻田》。
③ 弗兰克·拉勒尔的笔名,生于1872年,用佛兰芒语写作。
④ 莱比锡一个著名的出版社。

致露易丝·考茨基

布雷斯劳　1918年5月28日

　　亲爱的，谢谢你的明信片，你送来的一点小小的生活的印迹给我带来了很大的快乐。我能想象你现在所需要的是如此之多，据我了解你让伊格尔的可爱的田园生活计划化为了泡影，虽然这让我为他感到有些遗憾，也为你。从你的明信片里我简直弄不明白你是放弃了整个旅行计划，还是仅仅推迟了这个计划并且缩短了它。没有可能的是后一种！如果你进行这次旅行，我肯定会在第一时间得到消息，不是吗？

　　现在谈谈柯罗连科！① 只想一下在昨天的那个不眠之夜里，在我身上发生了什么：突然这对我来说变得很清楚了，我不能允许其他人触碰这份手稿！对我来说这种想法是让人难以忍受的，一部作品将在我的名下出版，而它直到其中的一个字母 i 都不是我的。很难理解为什么现在这种事只发生在我身上，但我们之间的事无疑以和往常一样的快速进行，而且不知道什么时候才结束，因此（直到现在）我还没有很好地找到感觉。无论如何我的要求现在是很清楚的，在我的心中我对此是很清楚的，我想以我的原样"出现"，带着我的斯拉夫主义和其他的美中不足。所以请你发发善

---

① 卢森堡在翻译柯罗连科的《我的同时代人的故事》。

心,把整篇稿子都给卡西雷尔(出版商),让他用我的高贵的乡下人所习惯的那种咽下他们兰姆酒的方式,"不加糖,不发酵,不打折扣地"出版,不管怎么样。已经弄出来的,那当然应该允许保留,但不要再加上一笔了。你当然有充分的理由生我的气,因为我浪费了你那样多的时间,但不幸的是我不能改变这一点,我用这种想法安慰自己,你对柯罗连科也有如此强烈的兴趣,最重要的是,我想知道你关于这整个事情的看法。因此再一次恳求你:不要生我的气,尽快把全部稿件都交给科斯腾堡(编辑)。

我可以用(我所拥有的)材料勉强应付着写出这本书的序言,而且我非常感谢你给我寄来那些材料。我不想写得过分冗长,我想让它保持简洁。我捎带把这些直接告诉卡西雷尔。一旦你从玛蒂尔德(玛蒂尔德·雅各布)那里收到了这个稿子的结尾部分,并且读过了,请给我写你关于这部作品(也包括翻译)的明确的,最终的意见。

《贝多芬》给你带来那么多快乐,这让我很高兴。① 告诉我一些东西,你从没有跟我提到过你是否熟悉高尔基的(短篇小说)《三个男人和一个少女》。② 我非常想知道你对它是怎么看的。对我来说,坦率地讲,这篇东西现在被弄到德国公众面前是很让人痛心的,因为它提供了一个很陈旧的,因而也是虚假的俄国的形象。快些回信,即使是短短的一两行也好!

我拥抱你一千次。

你的罗莎

---

① 《贝多芬》是罗曼·罗兰写的传记。
② 卢森堡在这里写错了,这篇小说的标题是《二十六个男人和一个少女》。

致玛蒂尔德·雅各布

布雷斯劳　1918年5月28日

我亲爱的玛蒂尔德：

昨天我收到了你的来信，在等了这么久之后，收到它让我感到非常高兴，然后在中午，你的亲爱的包裹也安全地到达了。我在一封信里已经跟你提到，我也收到了——在此之前而且很准时——那个装着小饼干的盒子。那可能没有引起你的注意。但我再一次急切地请求你不要再给我送吃的东西了！你必须尊重我的请求。我根本不需要，把所有这些都给那些真正需要的人吧，或者给你亲爱的妈妈，这对我来说就是一种真正的快乐。——至于鞋，我们会在这里买的。——我很高兴地听说，你又重新开始阅读一些，思考一些了；记着拿到尼克索的《星期天》，很久之前我就把这部小说给玛尔塔（玛尔塔·罗森鲍姆）了，让她把它交给你！我不久将给你写一封长一些的信。今天，让我只加上这些，给你很多衷心的问候，也问候你的全家。

你的罗莎·卢森堡

致克拉拉·蔡特金

布雷斯劳　1918年6月29日

亲爱的克拉拉，我强烈希望这几行字能在7月4日准时到达你那儿，让你知道我的心和我的思想是完全与你在一起的。① 当我在去年你过生日的那天从佛龙克给你写信的时候，我从没有想过今年我仍然不能过去和你在一起，在今天我只想知道：我必须满足于以写信的形式表达我的生日问候还要有多久！我不要求更多的，因为这没有必要，也毫不理智。似乎我们恰恰是要永远这样继续下去，幸运的是，甚至屈尔曼现在也承认了。② 我多么高兴，这对我来说是一种怎样的安慰，怎样的保证，你至少在享受一种"自由"，如果仅仅是一种高度退化的形式，这是由"时代条件"和你的健康状况决定的。在最近对你的拜访中，厄纳发现你一如既往地非常清新，非常富有活力——或者类似的，他是这样告诉我的。我非常希望你的花园——在这个"玫瑰的月份"里，它一定美极了——能给你勉励，让你振作，让你能够面对冬天——已经过去的那个冬天

---

① 克拉拉·蔡特金的生日是7月5日。
② 理查德·屈尔曼，德国外交大臣，于1918年6月24日在德意志帝国议会演讲中谈到："鉴于两个联盟之间的战争规模巨大，而且有很多力量介入，包括来自欧洲大陆之外的力量，通过一些纯粹的军事决定，而不经过外交谈判，来实现战争的彻底结束，是很难预期的。"

和即将到来的那个冬天。梅林的书①一定给了你很大的快乐,我发现这本书棒极了,而且希望它将对群众产生一种非常有力的影响。真希望他们会读它!"décor"(也就是外部表象)事实上是糟糕的,但对我来说这种外在的不幸是某种被掩盖着的好事,因为至少它符合当今生活的内在核心和本质,它不像早些时代那些假充内行的,雕琢的装饰品(为书籍准备的),因为那些仅仅代表一种虚伪的外在表面,引人注意地与灵魂生活的内在疾病相矛盾。弗兰吉斯库斯(弗兰兹·梅林)认为对议会团体的批评做得很出色吗?我对此非常欣赏。②

我刚刚接待了来探视的雅各布小姐,这次她只能在这里待很短的时间,因此我们不得不一句紧接着一句地快速进行我们的谈话。她在昨天离开了。(有她在这里)对我来说当然是一种很大的快乐,而且很令人振奋,特别是因为自四月中旬以来我没有见过任何一个人来。但她已经精疲力竭,极度过劳,而且尽管如此她还是一如既往地清新和好动。那位老人(弗兰兹·梅林)正相反,对他的状况抱怨了很多,很不幸。我对他在上一封信中所写的感觉很不好——在生命的黄昏,他希望得到一些更好的东西。我希望——为了他的缘故——他将仍然能够经历一些比世界大战可爱一些的事情。

你从你的年轻人③那里得到什么好消息了吗?

汉尼斯的姐姐一定是个很可爱很优秀的人。我们在通信,她承诺从他的书房里拿一些书送给我;最近她甚至送给我一些烤过的食品!为一个她从未谋面的人做这些事情,她真的很迷人。不

---

① 梅林所写的马克思的传记《卡尔·马克思——他一生的故事》。

② 克拉拉·蔡特金写了一篇题为《关于普鲁士人民的选举权利》的文章,于1918年5月18日发表在《莱比锡人民报》的妇女增刊上。在这篇文章中,除了阐述其他的事情之外,她还批评了德国独立社会民主党议会团体在普鲁士议会下院讨论一个关于选举法的反动提案时的机会主义行为。

③ 指马克西姆·蔡特金和科斯佳·蔡特金。

幸的是,我受到了很多限制,我只有很少的机会给谁写几行字。而且首先是给你写！你能想象我多么希望经常给你写信,而且写得很长！然而,我们会等待,直到我们最终能真正地相互交谈的那一天。

　　我再次送给你一千个问候和最美好的祝福,全心地拥抱你。让我不久能再次收到你的来信！

你的罗莎

　　附言:祝福"那位诗人"。我不知道我的《吉尔·布拉斯》是否能给你带来一些快乐。我非常喜欢读它。

致罗茜·沃尔夫施泰因

布雷斯劳 1918年7月16日

我亲爱的罗茜：

你趁我不备这样亲切地"戳了一下我的肋骨"，因此我想立刻给你寄去几行字。我很早就要求通过雅各布小姐的途径给你送去我的热情感谢，我感谢你送来的那个甜美的包裹，而且我希望这能够成为现实（也就是说，把我的感谢送到你那里）。你那边现在一切进展得怎么样？

我的人生经历一直千篇一律，至少是那些"外在"的经历，一直是很充足的。至于那些"内心"的经历，它们与你的经历以及我的其他朋友的经历并没有太大的不同——除了我不善交际。我恐怕你——肩负着这么多的任务——不能找到足够的时间去读书，而对我来说，我正沉浸在过多的阅读之中。你读过梅林关于马克思的那本书吗？也谢谢你给我送来杜雷尔雕刻的一只野兔，他是我的一个亲爱的老熟人，我很乐意再次见到他。

所有美好的祝愿，衷心地紧握你的手。

你的罗莎·卢森堡

致克拉拉·蔡特金

布雷斯劳　1918 年 7 月 23 日

亲爱的克拉拉！

你的沉默让我感到很不安。真希望我能知道你在做什么，你的健康状况怎么样，你有没有从你的年轻人那里得到什么好消息。①

我是一切照旧，我读很多书，做很多工作，思考着世界上正在发生的事情。我没有看到最轻微的迹象，表明这种形势何时结束，如何结束，但历史不会停滞不前，它一定很快就会知道下一步怎么走。你有没有从梅林的书中得到一些快乐？写信告诉我！我以一直以来的全部忠诚拥抱你，给你送去一千个问候。

你的罗莎

昨天从我开始坐在这里算起，已经满一年了。到 10 号从我第二次被捕算起已经满两年了。——我曾经自己在盆里种了一株豆类植物；如今它已经长成了一棵大植株，上面结着很大的豌豆。

---

① 马克西姆·蔡特金和科斯佳·蔡特金。

致露易丝·考茨基

布雷斯劳　1918年7月25日
（没有审查官的审查标记）

亲爱的露露！

今天我在四点半就起床了。在清晨我看着高悬在蔚蓝色的天空中的一小片白色和灰色的云朵，静静的监狱院子仍然在熟睡；然后我仔细地检查了我的那些花瓶，给它们倒上了新水，整理好花瓶和玻璃瓶，在这些花瓶和玻璃瓶中总是插满了插枝和野花，然后现在，早上六点多钟，我坐在写字台前给你写信。

啊，我的神经，我的神经。我完全睡不着觉。甚至我最近让他来看牙的那位牙医——虽然我总是像小羊羔一样听话——突然这样说道："哦，你的神经可能受刺激了，不是吗？"然而，把这件事忘掉吧。

只承认这件无法挽回的事；因为我很久没有给你写信了，你对我已经抱有一千个疑虑，并且对我有了一些看法？……我一定要直视你的眼睛，就像童话中勇敢的骑士们直视着妖怪那样；一旦我转过脸来，我就会这样做。

自然，在这段时间里，我无数次地想到你：我调皮地取笑最近可能在你心中唤起的那种不信任——但是我不能给你写信。部分地是因为经过书稿校样的狂轰滥炸和与科斯坦伯格①的勤勉的书信交谈,部分地是因为——"其他的原因",我已经严重透支了当局给我定下的通信限额。

现在,科斯坦伯格在瑞士,印刷人员在他们的校对攻势中也进行了战略性休整——我不知道这是为什么——我想 8 月 11 日就要到了……这一次我想提前决定,在你的生日那天,我的思绪将在哪里追上你。你在柏林吗?你在维也纳吗?你去什么地方疗养了吗?你感觉还好吗?我想从你的心中知道你的健康情况和很多其他的事情。

克拉拉(克拉拉·蔡特金)已经沉默了好长一段时间。她甚至没有回信,对我庆祝她生日的那封信表示感谢,这在她是前所未闻的。我很难抑制住一种越来越强烈的担心。你能想象这意味着什么,如果某些意外发生在她的一个儿子——更不用说两个——的身上?他们两个现在都在前线,而且现在那里情况很不好……

我有勇气面对所有这些让我担心的事。必须忍受别人的悲伤,说克拉拉什么事也不会发生;如果"上帝禁止"某件事发生的话——对此我缺乏勇气和力量。但所有这些仅仅是我的猜想,我的幻影……

当你在监狱里待了很长一段时间,这种心理的滋长是不自觉的:有时会发生这种事情,你经受着强迫性幻想的折磨。你突然醒来,在空荡荡的屋子里那种坟墓般的寂静中,非常确定地相信灾难降临在了这个或那个我很珍视的人身上。在多数情况下,它不久就被证明只是你的想象,一种怪想——而有时不是……

甚至在今天,这种现象也发生了,当我正带着极大的热情整理那些花,并且不是查阅植物大图,要决定在一些细节方面应该如何处理——它突然发生了,我好像在有意识地误导自己,引诱自己这样想。我仍然过着正常的生活,而此时我周围的一切正处在一种

---

① 出版罗莎·卢森堡译作的出版商。

世界崩溃的气氛之中。可能在莫斯科发生的那两百例"报复性处决"——我是昨天在报纸上读到的——特别让我不安……但是,抛开这些想法,亲爱的!我不想让你沮丧!振作起来,我们将继续见面,无论生活中等待着我们的是什么。相信我的话,我们将一起通过斗争顺利地取得胜利,我们绝不会忘记带着感恩拥抱生活中剩下的少而又少的一点点美丽和善良。

我正在从一个大花束中采集一朵小花。为此我最近到牙医那里给自己治病。你知道它吗?它有这样一些美丽而惹人喜爱的名字:"留着发辫的新娘"、"绿衣少女"、"灌木丛中的格雷琴",它一定是农民园地中的一种古老装饰,因为在这个地区,它被用作防止牛"被施魔法"的一种工具。

你的男孩子们在做什么?你随上一封信送来的那朵茉莉花让我非常高兴,我精心地把它保存起来。每当我想起那个年龄最大的男孩——伊戈尔爷爷,我的思绪就会转向这朵茉莉花。伊戈尔爷爷现在在做什么?从索尼娅(索尼娅·李卜克内西)那里收到一本非常棒的佛兰芒语中篇小说集,是因赛尔出版公司出版的。在书里有些东西让我想起特尼斯兄弟中的一个①,但也让我想起"地狱勃鲁盖尔"。② 你对这些了解吗?

写信写得简短一些,但快些来信!简短一些,因为,你看,我不是唯一一个读这些信的人……哦,好的,我准备一些不错的东西给赞吉,但必须等一下。再见了亲爱的,顺利,开心。

拥抱你很多次
你的
罗莎

---

① 指的可能是宗教画家大卫·特尼斯,年长的(1582—1569)。
② 指的可能是彼得·勃鲁盖尔(1525/30—1569),他画了一些表现宗教主题的人在地狱受折磨的画作。

致尤里安·马尔赫列夫斯基

布雷斯劳监狱　1918年7月底8月初

亲爱的尤列克：

非常感谢那个便条。能够按时收到新闻让我非常高兴。从我的角度来说，当然，我只能给你一些意见和感想：因为（在苏维埃俄罗斯的）事情的真实情况，传到我这里已经是第三手资料了，但是你认为我可以用这种方式毫不拘束地向你表达我的观点？① 因为我不了解，我对那个民族没有充分的了解……最近发生的事件的转折给人的印象总体来说是糟透了。② 人们想要猛烈地谩骂"别基"（布尔什维克），但 Rücksichten③ 自然不允许这样。也许这些事件并没有在你那里留下毁灭性的印象，你那里也处于混乱之中，正如他们在这里所做的那样——也许。尽可能详细地告诉我发生了什么。与"中央王国"（德国）"结盟"的幽灵似乎越来越迫近了，那

---

① 卢森堡在询问她是否可以毫无问题地通过在柏林的苏俄领事馆来表达她的恐惧。

② 卢森堡指的是红色恐怖和结束二月革命后的资产阶级民主，特别是逮捕和处决数百名左派社会革命党人作为"赎罪的牺牲品"，这是因为左派社会革命党人试图发动政变，反对苏维埃政权，政变的开端是在莫斯科谋杀德国大使威廉·格拉夫·冯·米尔巴赫-哈尔弗（1918年6月7日）。

③ 德语词"Rücksichten"，也就是考虑，使用在最早的文本中。

确实将成为最可怕的耻辱,"如果是那样的话",真的最好现在就结束这一切。

现在很紧迫的一件事:利奥必须得到释放①,而且他们在这里会帮很大的忙。律师②其实已经向你们国家那儿提交了正式申请,因此他们可以宣布利奥是他们的公民。当地代表(阿道夫·约菲)表示同意,但是请求必须直接来自你所生活的那个城市(莫斯科)。因此向所有你必须打交道的人做工作(约瑟夫[菲利克斯·捷尔任斯基的化名]),让利奥立即被宣布为公民,竭尽全力去做这件事。利奥知道这件事,而且很高兴。这会对你们所有人都有帮助!!!请让我立刻知道你收到了(我的信),并且做了必要的事情。处理这件事,而且要赶紧。今天说这些就够了。深情地紧握你的手,还有布朗卡和佐斯卡的手③。

你的罗莎

---

① 利奥·约基希斯于1918年3月被捕,被关在莫阿比特监狱。他因为领导印刷反战呼吁书,并且在士兵中散发,以及在军需工厂组织罢工而被捕,为此他将被判处死刑。像尤里安·马尔赫列夫斯基,就是通过交换俘虏而被从在哈维尔堡兵营的羁押中释放,人们试图通过同样的方式释放约基希斯。约基希斯从1901年开始拥有瑞士公民权,但他仍然保有俄国公民权,这是交换俘虏的先决条件。这次俘虏交换最终没有发生。

② 这位律师是柏林的奥斯卡·科恩(1869—1934)。

③ 布朗卡即布罗尼斯拉娃,是尤里安·马尔赫列夫斯基的妻子,佐斯卡即索菲亚,是他的女儿。

致卡尔·李卜克内西

布雷斯劳 1918年8月8日

亲爱的卡尔!

为了你的生日,我至少想直接给你送去我的问候。通过索尼娅我经常能了解关于你的消息。毫无疑问你依旧坚定而清新,开心而富有活力。在这里祝你一切顺利!等到好一些的时候我们再见面!

全心地,你的罗莎·卢森堡

致索菲娅·李卜克内西

布雷斯劳 1918年9月12日

我亲爱的索尼奇卡:

收到你的两封信我是多么高兴！一直以来我都想给你写信，但我一直不是特别好，我总想在我清新和欢快的时候出现在你的面前，为了让你也进入这样一种心境。今天我确实还没有回到正常状态，但我不想拖得再久了，特别是因为我们需要就你的探视达成一致意见。我因此要让你坚守你的承诺:你将在十月份来。我已经为此狂喜了一阵子。同时我也要给玛尔塔(玛尔塔·罗森鲍姆)写信，我要求对这个我们已达成的一致意见不要再做变更了。这当然指的是如果这对你来说是方便而且合适的话！如果出现了任何事情，让你在十月份来探视变得不方便了，那么就给我写信告诉我，不需要再去尝试与其他人安排某种"交易"了。如果不是这样的话，我真的还是能盼望你在十月份来看我，对吧？这次我们也一样肯定能一起出去(离开监狱)一两次的，我很焦急地盼望这一天的到来。我还从来没有享受过和你一起出去看看外面的世界的快乐。玛蒂尔德(玛蒂尔德·雅各布)会告诉你应该如何去做，或者(最好)让我马上告诉你，因为它很简单:在这里还是九月的时候，向这里的指挥官办公室提交一份申请，请求探视我两次或者两次短期离开监狱。然后我们就可以一起离开几个小时，到这里的那一小片绿地里去采集鲜花!

  玛蒂尔德告诉我自从你从你母亲那里收到那些话之后,你就好像重新出生了一样,又振作了起来。这对我来说是很大的安慰。从你的信中我也看到,你在某种程度上过了一个不错的暑假。可是我非常后悔,你在这个国家里还没有做适当的户外居住训练。你和我关于西方价值观和东方价值观的区别可能有比较接近的看法和感受,或者至少是相似的。事情的混乱和复杂在人类的理性占据上风之前似乎要上升到最不可能出现的顶峰,但最后理性占据主导地位的时代即将到来——现在我读了很多十六世纪和十七世纪的德国早期文学,另外一本关于植物学的非常好的书像一系列纯粹的精灵故事一样打动了我,然而它是一本基础性文献和严格的科学著作。《失去的天堂》[①]是一本我不可能去读的书。——以前我曾多次开始读这本书,但是无法继续读下去。现在我也试图去读托尔夸托·塔索的《耶路撒冷的解放》,但是我不期望我能成功地读下去。对我来说,当我要读这类东西的时候,灯光就熄灭了。你能成功地读完它们吗?你送我的那本佛兰芒语的书中包含有美丽的素描,有时让我想到特尼斯的画,然后又想到勃鲁盖尔画的地狱景象。

  快些给我写信,亲爱的,告诉我你来不来,什么时候来。

  一千个问候!我拥抱你。

你的罗莎·卢森堡

[①] 《失去的天堂》,安东·弗赖赫尔·佩法尔所著的小说。

致阿道夫·盖克

布雷斯劳,1918年9月14日

亲爱的朋友阿道尔夫斯!

非常感谢你尊贵的问候,也谢谢你送来的老奥芬伯格。收到从你那里传递来的生命的印迹让我感到非常温暖,非常快乐,尤其是因为我从你的信中了解到你现在身体很好,而且处于往日的清新和富有活力的状态之中。玛丽(玛丽·盖克)即将进入"斯瓦比亚老人"的行列,这是什么意思?难道她不是首先必须到四十岁?更确切地说,我想可能是五十岁,不对吗?无论如何,我送给她我迟来的最衷心的祝愿。我会很高兴听到关于你们全家的更多详细的消息,关于每一个人,关于男孩子们和女孩子们!你可能已经知道了我们亲爱的汉斯·狄芬巴赫去世的消息。对我来说,这里什么新的东西也没有:我"坐着",工作,阅读,并且——等待。我把衷心的祝愿送给你们全家人许多次,让我再次收到你的来信。

诚挚地,一如既往。

罗莎·卢森堡

附言:请也向特拉宾格家的同志们转达我的问候。关于路德维希·弗兰克的回忆非常可爱,而且熟记在我的心中。

致尤里安·马尔赫列夫斯基

布雷斯劳监狱　1918 年 9 月 30 日

亲爱的尤列克：

非常感谢你送来的便条、你的问候和你提供的信息。我知道利奥（利奥·约基希斯）的案子①是很难取得成功的，但必须尽一切努力。你指望你和"约兹"（约瑟夫）。——注意：我从布朗卡（布朗卡·马尔赫列夫斯卡）给其他人的信中了解到，关于利奥的恶毒的谣言甚至传到了你们居住的地方。在那段时间，利奥在信中告诉我这些，我给那个疯狂的傻瓜莱德②寄了一封用词得体的信——他是这些谣言的来源——在信中我要求他要么提出证据，要么公开收回他的话（也就是在目击者的面前收回他的指控）。利奥，正如你所了解的，当然没收了那封信；他不想"在污言秽语之中打滚"。最后是人们不应该允许这些事情发生而作恶者不受惩罚。现在我可以正式要求与莱德诉诸仲裁，在这场仲裁中，我可以选择那位大

---

① 约基希斯在 1918 年 3 月被捕的直接原因是他领导了印刷和在军队散发反战材料，以及在 1918 年 1 月组织几个军需工厂的罢工，为此他可能会被处以死刑。德国当局可能并不热衷于在一次战俘交换中允许他离开去苏维埃俄国。

② 瓦迪斯瓦夫·莱德（1880—1938），波兰王国和立陶宛社会民主党的领导人物。他对约基希斯的这些指控的性质不得而知。

使①作为仲裁人,这样莱德必须提供一个解释或者庄重地撤回那些控诉。立刻告诉我你觉得做到什么程度合适或者还能做什么其他的。

正如你所描述的,你的情况似乎与我的情况恰恰相同,尽管我们相距遥远。一种悲惨的形势。很清楚,在这种条件下,也就是我们两边都被帝国主义牢牢抓在手里,无论是社会主义还是无产阶级专政都无法实现,最多只能出现一种社会主义和无产阶级专政的讽刺性漫画。然而,我恐怕只有你、我和少数其他人明白这些。另一方面,我害怕约瑟夫会对此着迷,(如果他相信)人们可以通过查获"阴谋"和谋杀"阴谋分子"来填补经济和政治真空。拉狄克的主张,也就是"屠杀资产阶级",或者甚至仅仅是这样的一种威胁②,无疑是一种极端愚蠢行为 *summo grado*;只是在损害社会主义,仅此而已。接着在签订布列斯特-立托夫斯克条约"附件"的时刻,《消息报》③和《消息报晚报》上的官方文章是彻头彻尾的丑闻。这并不是像你所说的无能和草率,而是在误导公众舆论。Schünfürberei trotz eines Norddeutschen!④ 对我来说,这是"别基"政府自从签署布列斯特条约以来,脱离正道有多远的一个征兆。自从布列斯特条约签署以来,他们的整个外交政策给人以一种最模糊不清的印

---

① 阿道夫·卓菲。

② 指的是拉狄克发表在《消息报》1918年6月9日第1版上的文章《红色恐怖》。1918年2月9日全俄中央执行委员会宣布,政府将以"针对国内资产阶级及其代理人的红色恐怖"来回应任何袭击苏维埃代表的行为,并且将"在资产阶级当中"扣留人质,用处决人质来报复任何谋杀苏维埃代表的行为。

③ 关于外交人民委员 G.V.契切林在全俄中央执行委员会上关于1918年2月9日俄德补充条约的讲话的报道,刊登在1918年4月9日的《消息报》上。俄德双方在1918年8月27日就对条约原本的三点补充达成协议,在其中最后一项补充条款里,俄国以各种形式支付600万马克给德国,考虑到这个国家当时的状况,这对它是一个沉重的负担。苏俄喉舌,尤其是《消息报》在粉饰关于这个事件的情况。

④ 意思是:"粉饰,而不顾北德意志。"这段引文的意思不得而知。

象。例如,在约瑟夫最近的一篇"杰作"中,不断地发现英法的阴谋①,并且向"文明世界"发出呼吁,但是鉴于以下问题,他的呼吁只能让人嘲讽地耸耸肩:好的,那么乌克兰、芬兰和波罗的海三国怎么样呢?② 由于这种疯狂的行为——与它相比,英国和法国的那些阴谋算不上什么,你此时不能把嘴张开,你怎么能向全世界呼吁?这种自从签署以来实行的单边政策——无限地屈从于一方的暴行,而大声叫喊着抗议另一方的疯狂行为——颠覆了这种政策的任何道德合理性,而且使他自己不管愿意还是不愿意,最终沦为两大阵营中的一方的工具。我知道这样做的原因完全是因为军事上的无助,但在这种情况下恰恰应该对双方都采取消极态度,或者如果一个人必须要在两方之中选择一方的话,那么至少不要选择错误的一方!……

自从约基希斯生病之后,这里的工作每况愈下。③ 他们都是胆小鬼,而且仍然没有"时间期限",特别是如果工作不是用现金支付的话。他们在公使馆里有足够的时间"工作"——纯粹的蠢笨而已——既然薪酬不菲。但是报纸和传单——对此存在着极大的需要——必须由玛西耶·罗兹加④一个人来写,没有其他人愿意尽举手之劳。在那里也没时间去写关于玛西耶的情况的公道合理的信息,人们不得不假思索地去编造它或者从 WTB⑤ 的电报中来了解它。但人们能说什么,我了解这些人。无疑那些可怕的事情必须在这些人自己弄明白之前发生。然而,慢慢地看起来像是那么回事。社会主义者彻底蒙受了耻辱,如果又一次是枪——这次是

---

① 这不仅仅指的是捷尔任斯基个人,也指整个苏维埃政府。所谓的洛克哈特阴谋就是其中一例。
② 罗莎对于苏维埃俄国放弃这些领土的评论包含在1918她所写的一篇评论文章里,并且反映了她在民族问题上的立场。
③ 这里指的是自1918年3月以来对约基希斯的羁押。
④ 罗莎·卢森堡的一个波兰语化名。这指的是《斯巴达克信件》和一些小册子。
⑤ 沃尔夫斯电报局。

美国人的枪——而不是无产阶级的行动缔造了和平。然而,也许某些东西会在这些事件的影响下发生变化。四星期前①,在莱茵兰似乎发生了伟大的事件。但自然我们的傻瓜们在政治上一无所成,而且罢工最终瓦解了。

经常给我写信,我们真的必须保持联系。我也有来自弗洛里安的信息。② 给我写信告诉我关于维索里③的消息,他的健康如何,他的气色如何,他正在做什么。给布朗卡最亲切的问候,请求告诉我更多消息。给我们所有勇敢的波兰小伙子们一千个问候。保持好健康和好心情!一定记住把给我的信放在密封了的信封里!

你的
罗莎

阿道夫现在如何!他在哪里?你和他有任何联系吗?

---

① 在1918年夏天,在鲁尔区和德国的其他几个工业区,爆发了大罢工,抗议生活条件的急剧恶化和战争的延续。

② 斯蒂芬·布拉特曼-布罗多夫斯基在波兰王国和立陶宛社会民主党党内的化名。

③ 布罗尼斯拉夫·维索洛夫斯基(1870—1919),他和罗莎·卢森堡以及马尔赫列夫斯基一起创立了波兰王国社会民主党。他曾两次被沙皇政府关入监狱(1894—1903,1908—1917)。二月革命后被释放。1917—1918年担任布尔什维克党记处的成员。在1918年末率领苏俄红十字会代表团到华沙与波兰当局商讨交换战俘的问题。在归途中被波兰军警谋杀。

致索菲娅·李卜克内西

布雷斯劳　1918年10月18日

亲爱的索尼奇卡,我前天给你写了一封信。直到今天,我给宰相发的电报仍然没有得到明确的答复。① 可能还要等几天。无论如何,我对此感到确信无疑:我已经处于这样的一种心态——在监狱当局的监视下接受我的朋友们的来访已经不可容忍。在过去的这些年里,我耐心地忍受着一切,如果是在另外的条件下,我还会在接下来的几年里继续这样耐心地忍受下去。但是在形势大变之后,在我的心中产生了一个念头。在监狱官员的监听下交谈,就根本不可能谈论真正让我们感兴趣的东西——这已经让我难以忍受,我宁愿拒绝任何来访者,直到我们能像自由人一样相互面对。

这种情况一定不能再继续下去了。如果迪特曼和库尔特·埃斯纳已经被释放了,当局就不能把我在监狱里关得再久,卡尔·李

---

① 1918年10月初,马克斯·冯·巴登亲王被威廉二世皇帝任命为宰相。在1918年9月底,武装部队的首脑鲁登道夫将军告诉皇帝,战争不可能打赢,并且建议成立一个以谋求和平为宗旨的新政府。马克斯·冯·巴登亲王一向以自由主义倾向闻名,他的政府里包含了几名德国社会民主党的领导人,还向人民作出带有民主色彩的让步,包括释放政治犯。然后,这没有涉及卢森堡。直到德国海军的水手在11月3日—4日举行起义,并且扩展为大规模兵变和大规模的罢工,在全国各地成立工兵苏维埃的时候,卢森堡才获得自由。11月8日—9日,君主政权垮台,威廉皇帝逃离德国,共和国宣布成立。

卜克内西也将在不久之后获得自由。① 因此我们最好一直等到我们下次在柏林会面的时候。

到那时再见,一千个问候!

你一如既往的罗莎

---

① 卡尔·李卜克内西于1918年10月23日在卢考监狱获释。